中國歷代書目題跋叢書

葉景葵　撰

卷盦書跋

（附三種）

圖書在版編目(CIP)數據

卷盦書跋：附三種 / 葉景葵撰；顧廷龍，柳和城整理. —上海：上海古籍出版社，2019. 10
(中國歷代書目題跋叢書)
ISBN 978-7-5325-9344-6

Ⅰ. ①卷… Ⅱ. ①葉… ②顧… ③柳… Ⅲ. ①題跋—作品集—中國—現代 Ⅳ. ①I266

中國版本圖書館CIP數據核字(2019)第205915號

中國歷代書目題跋叢書

卷盦書跋(附三種)

葉景葵 撰

顧廷龍 柳和城 整理

上海古籍出版社出版發行

(上海瑞金二路272號 郵政編碼200020)

(1) 網址：www.guji.com.cn

(2) E-mail：guji1@guji.com.cn

(3) 易文網網址：www.ewen.co

蘇州越洋印刷有限公司印刷

開本850×1168 1/32 印張14.125 插頁5 字數251,000

2019年10月第1版 2019年10月第1次印刷

印數：1—2,100

ISBN 978-7-5325-9344-6

G·716 定價：68.00元

《中國歷代書目題跋叢書》出版説明

漢代劉向、劉歆父子編撰《别録》《七略》，目録之學自此濫觴，在傳統學術中發揮了重要作用。歷代典籍浩繁龐雜，官私藏書目録依類編次，繩貫珠聯，所謂「類例既分，學術自明」（《通志·校讎略》），學者自可「即類求書，因書究學」（《校讎通義·互著》），實爲讀書治學之門户。而我國典籍屢經流散之厄，許多圖書真容難睹，甚至天壤不存，書目題跋所録書名、撰者、卷數、版本、内容即爲訪書求古的重要綫索。至於藏書家於題跋中校訂版本異同、考述版本淵源、判定版本優劣、追述藏弆流傳，更是不乏真知灼見，足以津逮後學。

我社素重書目題跋著作的出版，早在二十世紀五十年代，我社就排印出版了歷代書目題跋著作二十二種，後彙編爲《中國歷代書目題跋叢書》第一輯。此後，我社又與學界通力合作，精選歷代有代表性和影響較大的書目題跋著作，約請專家學者點校整理。至二〇一五年，先後推出《中國歷代書目題跋叢書》第二至四輯，共收書目題跋著作四十六種，加上第一輯的二十二種，計六十八種，極大地普及了版本目録之學。面對廣大讀者的需求，我社將該叢書陸續重版，並訂正所發現的錯誤，以饗讀者。

上海古籍出版社

二〇一八年八月

出版説明

葉景葵（一八七四——一九四九），字揆初，别書存晦居士，又號卷盦。浙江杭州人。清光緒二十九年（一九〇三）進士。曾任大清銀行正監督、漢冶萍公司經理等職。一九〇八年參與創辦浙江興業銀行，任董事長凡三十年。

葉景葵先生不僅是著名實業家，還是一位藏書大家。葉氏藏書有「唐寫本二，宋本元本九，明本四百四十一，稿本鈔本六百六十六，清以來刊印本一千七百十，域外刊本鈔本四十五，拓本五，都二千八百七十八部，三萬一千五百六十七册十三卷六百三十張」（顧廷龍杭州葉氏卷盦藏書目録跋）。可見其收藏豐富，而且以稿鈔校本爲特色。一九三九年，葉氏提倡創辦了上海合衆圖書館（今上海圖書館前身），並率先捐出自己的藏書，爲我國古籍保護事業作出了突出貢獻。

葉氏學殖深厚，精於考訂校讎，其「每得異本，必手爲整比，詳加考訂，或記所聞，或述往事，或作評騭，或抒心得。而以鑒别各家之筆跡，眼明心細，不爽毫黍。所撰跋語，精義藴蓄，有如津逮寶筏，裨益學者甚鉅」（顧廷龍卷盦書跋後記）。一九五七年，古典文學出版社（今上海古籍出版社前身）出版了顧廷龍先生所編卷盦書跋，略依四部編排，收録葉氏題跋二百零五篇。二〇〇六年，上海古籍出版社又據該版重印。一九六二年，顧廷龍先生輯録葉氏遺文爲卷盦賸稿，其中的卷盦札記爲讀書隨筆，多數條目卷盦書跋未收，亦有個别條目内容與卷盦書跋相近而語句有異。一九八六年，上海古籍出版社出版的葉景葵雜著，收録了卷盦書跋與卷盦札記。

葉景葵先生另有未刊手稿卷盦藏書記，今藏於上海圖書館。該稿分經、史、子、集四部分，著録版本、款式、序跋、藏印、得書經過等，詳略不一，共一百二十九首。這些書大都見於杭州葉氏卷盦藏書目録，然而亦有少數書籍不在其中。該稿大部分抄寫工整，少量係陸續補充，因篇幅關係而字體較小，且有修改塗抹痕迹，故爲未定稿。二〇一三年，柳和城先生將卷盦藏書記標點整理，並以注釋形式逐録葉先生書於原稿書眉的文字，發表於上海古籍出版社出版的歷史文獻第十七輯。

本次出版包含卷盦書跋、卷盦札記、卷盦藏書記。其中，卷盦書跋、卷盦札記據上海古籍出版社一九八六年葉景葵雜著所收重排；卷盦藏書記據上海古籍出版社二〇一三年歷史文獻第十七輯所收重排。此外，近年來柳和城先生自上海圖書館藏葉氏藏書及興業郵乘、民權素等刊物輯録的葉氏題跋，作爲卷盦題跋輯存，一併收入。書後附書名索引，以便檢索。

上海古籍出版社

二〇一九年七月

總目

出版説明……一
卷盦書跋……一
卷盦札記……二〇一
卷盦藏書記……二六九
卷盦題跋輯存……三六七
書名索引……1

卷盦書跋

葉景葵　撰
顧廷龍　編

卷盦書跋目録

周易本義辨證……一一
師二宗齋讀易劄記……一三
古文尚書……一四
尚書古文疏證……一四
古文尚書撰異……一六
吕氏家塾讀詩記……一七
韓詩外傳……一八
又……一八
禮記訓纂……一九
夏小正箋疏……一九
振綺堂本吹豳録……二〇
春秋左傳杜注……二一
春秋緯史集傳……二一
吴愙齋篆文論語真蹟……二二
爾雅正義……二二
爾雅郭注義疏……二三
恒言廣證……二三
説文解字理董……二三
説文解字段注……二四
説文解字彙纂條例……二五
諧聲譜……二五
集韻……二七
羣經音辨……二九
傳經表補正……三〇

後漢書疏證……三一
三國志……三二
晉書斠注……三二
王儼齋明史稿真蹟第十四册……三三
明通鑑……三三
鮑氏戰國策注……三四
南遷録……三四
北夢瑣言……三五
劫灰録……三五
南疆逸史……三六
歷代統系……三六
吴江陸幹夫先生墓表……三七
新化鄒徵君傳……三八
趙君閎行略……三八
稷山段氏二妙合譜……三八
明唐荆川先生年譜……三九
閩中書畫録……三九
經濟特科同徵録……四〇
復堂日記……四〇
栩緣日記……四一
寶迂閣日記……四一
忘山廬日記……四三
華陽國志……四四
又……四六
南唐書箋注……四六
水經廣注……四七
邦畿水利集説……四七
中吴紀聞……四八
蒙古諸部述略……四九
徐霞客遊記……四九
又……五〇
讀史方輿紀要稿要……五一
方輿紀要州域形勢説……五八
方輿考證……五九

新纂杭州府志殘稿……五九
光緒杭州府志稿……六〇
南朝會要……六一
歷代官制考略……六一
大明寶鈔……六二
大元海運記……六二
變法平議……六三
述漢冶萍產生之歷史跋……六三
趙尚書御史任内奏議……六九
滇緬界務新約諍議……六九
浙江圖書館善本書目甲編……六九
鐵琴銅劍樓藏書目録……七〇
瑞安黄氏蔘綏閣藏書目録……七一
羣碧樓善本書目寒瘦山房鬻存善本
書目……七二
海鹽張氏涉園藏書目録……七三
兩漢金石記……七四
岱頂秦篆殘刻題跋……七五
史通……七五
又……七八
廿一史彈詞注……七八
鹽鐵論……七九
揚子法言……七九
顔氏家訓……八九
匡謬正俗……八九
夢溪筆談……九〇
習學記言序目……九〇
癸巳存稿遺篇……九二
思益堂日札……九二
沖虚至德真經……九三
南華真經……九四
抱朴子……九四
管子校本……九五
墨子……九六

呂氏春秋……九六
又……九六
又……九七
淮南釋音……九七
愧郯録……九八
何恭簡公筆記……九八
弢園隨筆……九九
聞塵偶記……一〇四
齊民要術……一〇五
又……一〇六
農政全書……一〇七
芻牧要訣跋……一〇七
太康物産表跋……一〇七
又……一〇九
畫竹齋評竹……一一〇
法象考……一一一
傚徠山房所藏五朝墨蹟……一一二
倪文貞書畫……一一二
吴漁山蘭竹……一一三
潘榕臯先生墨筆山水……一一五
陸廉夫先生編年畫册……一一六
涉園圖詠……一一六
秀野草堂第一圖……一一七
黄小松薛公祠圖……一一八
南池雅集圖……一二〇
養知書屋圖……一二一
栩緣老人墨蹟……一二三
楊龢甫先生手蹟四種……一二三
脈經……一二三
舌鑑辨正……一二五
傷寒論文字考……一二五
傷寒百證歌……一二五
一切經音義……一二六
地學問答……一二七

礦政雜鈔……一二八
姓氏辯誤……一二九
岑嘉州詩集……一二九
劉賓客集……一三〇
賈長江集……一三一
丁卯詩集……一三四
笠澤叢書……一三四
羅昭諫江東集……一三六
蘇學士文集……一三六
後山詩注……一三七
陳後山集……一三七
張文潛文集……一三八
石林居士建康集……一三八
慈湖遺書……一三九
石湖居士詩集……一四〇
范石湖詩集……一四〇
渭南文集……一四一
釣磯詩集……一四一
存雅堂遺稿……一四二
遺山詩集……一四三
水雲村氓稿殘本……一四三
姑山遺稿……一四四
琴張子螢芝集……一四六
副使祖遺稿……一四六
石川集……一四七
震川先生集……一四八
歸震川先生文鈔……一四八
瞿忠宣公集……一四九
金文通公集……一四九
王烟客與王子彦尺牘……一五〇
松皋文集……一五一
遂初堂文集……一五一
睫巢集……一五二
鮚埼亭集……一五三

又……一五四
彭尺木文稿……一五六
柳洲遺稿……一五六
敬思堂文集……一五七
復初齋文集……一五七
簡松草堂文稿……一五八
兩當軒全集……一五八
獨學廬初稿……一五九
八瓊室文稿……一六〇
鐵橋漫稿……一六〇
小謨觴館詩集注……一六〇
甘泉鄉人稿……一六一
攀古小廬雜著……一六二
恬養齋文鈔……一六二
落帆樓文集……一六三
笏庵詩稿……一六四
葉徵君文鈔……一六五
秋蟪吟館詩鈔……一六五
冬暄草堂遺文……一六八
藤香館詩鈔……一六九
人境廬詩草……一六九
西泠僑寄客遺詩……一七〇
愚齋存稿初刊……一七〇
狷叟詩録……一七一
四當齋集……一七二
松鄰遺集……一七三
吴伯宛先生遺墨……一七四
非儒非俠齋集……一七五
志盦詩稿……一七六
曹君直舍人殘稿……一七七
甎屑録……一七八
半櫻詞……一八一
萬首唐人絶句……一八二
文選……一八三

全上古三代秦漢三國六朝文……一八四
駢體文鈔……一八五
駢體文林……一八七
花間集……一八七
樂府雅詞……一九四
類編草堂詩餘……一九五
停雲集……一九五
蜕廬鐘韻……一九六
胡綏之跋靖康稗史七種……一九六
守山閣叢書……一九七
檇李叢書……一九八
卷盦書跋後記……一九九

卷盦書跋

周易本義辨證

惠松厓先生周易本義辨證稿本五卷，前年於書估手中無意得之。頃又見常熟蔣氏省吾堂刻本，與稿本對校，發見不同之點甚多，兹將已校出者録下：

凡例 稿本共十條，刻本八條，缺第九、第十。

卷一 坤六五「黄裳元吉」條，刻本「以荀慈明之説參之」至末七十字。稿本作「其説本之荀慈明」七字。

蒙「以亨行，時中也」條，刻本云：「説詳漢易考。」稿本「漢易考」三字硃筆改爲「易漢學」。需上六「入於穴」條，刻本注云：「與月令天氣上升，地氣下降之説相違。」稿本無。

又稿本注云：「自復而臨而泰而大壯而夬，此乾自下升之證，謂乾元自下升上之義，殊不可解。」刻本無。

卷二 泰「拔茅茹」句,「郭璞洞林讀至彙字絶句」條,稿本硃筆注云:「朱子不讀漢易,止據洞林。」刻本無。

復六四「中行獨復」條,稿本硃筆注云:「愚近撰易述以中行屬初,異於前説矣。」刻本無。

无妄「剛自外來而爲主於内」條,稿本硃筆注云:「无妄遯上之初,與復卦剥上之初同例。」刻本無。

刻本卷二首謙,稿本首泰。

卷三 益六四「中行告公從」條,稿本硃筆注云:「復初稱中行以爲乾元也。」刻本無。

卷四 小過六二「過其祖遇其妣」條,稿本硃筆注云:「爻辭爲文王作,則顧氏亦未盡然,仍當以象爲主。」刻本無。

凡稿本硃筆圈點,及校改增注,均係松厓先生手筆。大約蔣刻本出於及門傳鈔,而稿本則先生寫定後隨時修正。名家著述精益求精,得此原稿,洵足珍重。且據此可知先生所著易漢學,原名漢易考,周易述原名易述也。己巳臘八日,景葵識。

庚辰正月,收得淑照堂丁氏舊藏周易本義辨證手稿,詳細校對,知此本朱校的係松厓親筆,從前審定不誤。蔣刻底本傳抄在先,此本次之,手稿又次之。復六四「中行獨復」條手稿作「愚案四得位應初獨得所復四非中稱中行者以從道也其時中之謂歟謂初也詳見易漢學」。以此條三本互勘，即知層遞修改之次序矣。无妄「剛自外來」條，益六四「中行告公從」條，小過六二「過其祖」條，所加硃注，皆手稿所無。是閱此本時，隨時箋釋，未爲定論，故不采入手稿，無足異也。景葵二次審定記。

手稿後有附録一論河洛，二論先後天，三論兩儀四象，四論重卦，五論卦變，六論太極，後改入易漢學末卷。故凡例亦删去後二條，非見手稿，不知其詳。

手稿所加簽注，有爲此本及刻本所無者，如卷一不以朱子用林栗説爲然之類。是爲兩本傳抄在前之確證。此書原名旁通，後改辨證。

師二宗齋讀易劄記

漢陽關棠慕郭林宗、阮嗣宗之爲人，顔其居曰師二宗齋。中光緒乙酉舉人，爲羅田縣教諭，刻厲於學，從游甚衆。植品清峻，湘撫陳寶箴專摺奏保，旨未回，即病歿。曾纂修湖北通志，編集湖北文徵、湖北叢書，著有讀易劄記及詩文詞若干卷。門人陳曾壽梓其詩文詞，有讀易劄記序一篇。此稿未刊，蓋從其門人謝鳳孫鈔本傳録者。舊藏沈乙盦家。辛巳春購得後，又覓得遺集刻本，其子炯重印者，今亦稀見，並交合衆圖書館庋藏之。景葵記。

古文尚書

庚辛之際,蓼綏閣遺書散出,購得此書。去歲又在滬見黄氏集存時賢墨札,檢得楊星吾氏致仲弢學士書,與抄此書有關,黏附卷首。又見張文襄公之洞與仲弢學士之尊人漱蘭侍郎書一通,其略曰:「方言『蓼綏』兩字甚佳,尊意何爲病之?但兩字連用,其義方顯,似不必用别號,擬爲公題一齋館,名曰蓼綏閣,令世人以之對廣雅堂,豈不極妙?並當爲撰蓼綏閣記,兼書一扁呈教。公元有憨山别號,其超逸大似唐宋高僧,何不仍用之乎?」録之以見蓼綏閣命名之緣起,亦藏書家一掌故也,癸酉十月杪景葵記。

此即日本訪書志所載,上虞羅氏惜爲人藏俱亡者,今得此覆寫本,藉以見古文真面,不勝欣喜。辛未正月,景葵書。

尚書古文疏證

此舊鈔本,有胡朏明序,係百詩殁後其子詠屬朏明校定之本。朏明序而還之。越四十年,詠之子學林始克刊於揚州,即眷西堂刻本也。兹以鈔本與刻本對讀,發見互異之處如左：

刻本無胡序，有黄梨洲序。梨洲作序時，僅見四卷以前之稿。疏證云：黄君太沖晚而序余書兩卷，黄序云方成四卷，屬余序之。朏明則於百詩身後代爲寫定，不知何以删去胡序。卷一第四十一葉葉數以刻本爲主。下同。「時日曷喪」二句至「享多儀」四句，鈔本雙行小字，刻本改爲大字。

卷二第六葉，又按吳文正公尚書敍録一條，鈔本在史記、漢書儒林傳條下，刻本不同。

卷四第六葉，「王肅之誤因於」句下，刻本脱「孔叢子，孔叢子之誤，因於王舜劉歆之本」計十六字，鈔本有之。

又第十六葉，「仿經例而爲之」句下，刻本脱「唐劉貺亦有是説」計七字，鈔本有之，作雙行小字。

又第十九葉，又按楚辭十七卷一條，鈔本提行，刻本誤。

又第二十葉，鈔本「至宋人而亡，朱子尤其著者」，刻本改爲「至宋人而亡云」。

又卷四補遺第四葉，鈔本「又按不特此也，即朱子亦有如周官篇」云云。刻本删去「不特此也即」計五字。

又卷四補遺，共十一則，鈔本皆列入正文，並無佚漏。刻本則謂刻成後從徵君手書他本中檢出。

卷五下末葉，鈔本有「又按鄭康成年七十，嘗疾篤，戒子以書」一條，計一百九十六字，刻本脱。

卷六目録，第九十六，言晉省穀城入河南一條，刻本改爲第八十八，與鈔本次序不同。

按學林付刊時，其父詠早已物故，似朏明校定之本，又經後人意爲增損矣。壬申仲夏，葉景葵識。

古文尚書撰異

右海豐吴氏石蓮翁所題。余初得此書，審定甘誓一至九頁，盤庚上中，及書中臧在東簽注各條之十九爲劉端臨所書。繼又審定禹貢廿五、廿六、廿七、廿八、廿九頁，及吕刑十八末條後，朱筆加注，是懋堂先生所書。是此爲撰異原稿之副本無疑。錢竹汀簽注各條，未詳何人所録。但與正文修改朱筆是一手所書。可證其由正本迻寫者。拜經堂文集刻詩經小學序云：「段君自金壇過常州，攜尚書撰異來授之讀，且屬爲校讐，則與鄙見有若重規而叠矩者，因爲參補若干條。劉端臨訓導見之，謂段君曰，錢少詹簽駁多非此書之旨，不若臧君箋記，持論正合」云云。端臨與此書之關係，可以此序文作一旁證。

原稿與刻本亦有不同處，惟箘簵楛條，引夏書曰：「惟箘簵枯，木名也。」刻本作「惟箘簵枯枯此字今補。木名也」，是付刻時又經修改之證。戊寅七月十一日讀畢記之。景葵。

此處隱約是「禹貢副本」四字，蓋已失其正葉。言副則必有正本矣。葵又記。

多士後朱書一行云：「雒誥、多士二篇，辛亥四月客經訓堂畢。」此係懋堂原題，從正本迻録者。大約禹貢篇最先成，雒誥、多士最後脱稿。後序言「重光大淵獻皋月乃成」，即辛亥五月也。次日再記。

呂氏家塾讀詩記

丙寅冬日，購得此本於上海中國書店，前有徐星伯先生手鈔補陸序，楷法甚精。至己巳秋細讀全書，始知第二十七卷亦缺兩葉，爲嘉靖後印本。即據羣書拾補鈔補完竣，并録校語於右。此書之價值，抱經先生鈔本跋文論之頗詳，因檢抱經堂文集，照録全跋，附於校語之後。景葵記。

此即抱經先生所據以校南都本者也，近時頗不易得。余藏得二帙皆無陸序，蓋作僞者去之，托爲宋槧耳。茲手録之，補於簡端。道光丁亥孟夏，星伯徐松識。

韓詩外傳

龔孝拱校通津本，最注意于引毛改韓之謬。其校例之善，詳見原跋。己卯長夏承羣碧主人惠假照臨一通，野竹得通津原板校正再印。與通津異字，以墨筆注于下方，不與原校相溷。葉景葵記。

又

丁丑四月間，江都秦君更年以新影刊元刻詩外傳見贈，適先室朱夫人搆疾，於伴醫值夜之餘暇，取望三益齋合刻周趙校本，詳細對勘，藉消岑寂。並欲審定元刻之得失，因秦跋云有校勘記而未附刊，不知其已成否也。先室之病，反復糾纏，終致不起。當轉劇時，屢屢閣筆，迨午夜呻吟稍輟，則又持筆點校。或作或止，經兩月半有餘，至先室易簀前，第七卷尚未終校。嗣後戰事忽作，余亦入山休養，此書久置高閣。己卯冬初，檢點書籍，乃將未終卷處，改用黑筆完成之。回憶前塵，愴然心痛！元刻譌奪頗多，而佳勝處亦不少，除秦跋所舉外，記得初校時曾以别紙疏記元刻之佳處，今此紙業已遺失，續校時，未暇詳審記録，殊覺可惜。後有讀者，能自得之。己卯十月，卷盦老人漫記。

禮記訓纂

憶劬既以朱子聖學考略見贈，余告以閱畢即送合衆圖書館收藏，乃又檢禮記訓纂家刊本見贈。閱後跋，知係咸豐原版，至光緒又重修者。然坊間已不多覯。憶劬告余版存寶應，損否不可知。此重修本，在南京施工，夢華先生親自校訂，故譌字甚鮮。憶劬尊人舅伯中丞壽鏞在世時，曾允檢贈一部，未果。憶劬克成先志，可感也。庚辰中秋後七日，景葵記。

夏小正箋疏

光緒甲午季春，余在濟南，將南歸應試，孫佩南先生葆田餞飲于濼源書院。晉之先生亦在座，以後未得再晤。此書僅耳其名，今竟邂逅遇之。四十年來碩儒淪謝，著述湮沈，深可惘也！卷中修改處，始終矜慎。初名「釋義」，後改「箋疏」。借用歸樸堂鈔書紙，不知宋、徐如何關係？疑是士言先生丐其録副，藏之歸樸。年來徐氏藏書，陸續散盡，此稿遂流轉人間也。卷六末頁士言補鈔八字，注云：「紙已破損，補書於此。」倘係徐氏傳録之本，即不應作此語，故審爲先生手稿無疑。庚辰三月穀雨節，展讀一過敬識。後學葉景葵。

頃見傳抄釋義本，與此底本同。至卷中改削處，則此本所獨，故此當爲最後定本。是月廿二日又記。

振綺堂本吹豳録

民國初元，見湘友王佩初鬻書單，載吹豳録十册，未見原書。至廿九年合衆圖書館草創，始假得中央圖書館藏傳抄本，照録一部。再三紬繹，深佩西林老人於荒寒寂寞之鄉，神與古會，其剖析六律淵源，及抨擊歷代謬説，最精要處，竟與凌次仲、陳蘭甫諸儒不謀而合，歎爲奇書。聞李玄伯先生藏有精抄十册，係朱朗齋手校，六七兩册則係程易疇改本，面乞假讀，慨然允許。展卷大喜，即佩初故物也。先讀程改兩册，知西林行文易流冗蔓，又往往詞不達意。易疇遂删潤，勝於原本處甚多。且易疇改本悉照西林原意，雖鉤乙雜沓，無損其真。若立説之繆者，眉書糾正之。如卷二十四辨鼓在鉦長之中各條，卷二十六説鼓股十八分一條，可見大儒之矜慎矣。檢國學圖書館藏目，有汪十村傳抄本，所録朗齋後跋，文義删節，不易明了。乃乞柳館長録示原跋全文，始知朗齋與西林同館。汪氏是稿，曾録副本，藏於振綺堂。西林逝世，朗齋盡收遺稿。是書之稿，已缺三册，至乾隆丙午春，易疇見而善之，託朗齋傳抄一副。因原稿有佚，乃借振綺藏本補足，并將振綺本原抄譌字悉爲校正。於是年閏七夕竣工，附識卷末，仍歸振綺堂。復查玄伯藏本，後題「文藻校於丙午長夏」，可證爲振綺原藏無疑，不知何時佚去兩册，後人取易疇改本補其缺，於是朗齋後跋所謂流傳二本，竟爲延津之合。惜乎易疇改本餘兩册外，不知尚在人間否耳！既屬顧君起潛校讀一過，敬書緣起，以謝玄伯先生通假之惠。三十七年歲次戊子中秋日記。

嗣游南京，親訪國學圖書館，請觀十村抄本，後有小跋，稱係借原本影抄，每半頁十二行，行廿五字，而此本係十行，行廿三字，則非振綺原本，當爲朗齋自己抄藏之本。前跋非是，應更正。

春秋左傳杜注

前得儀禮正義，亦有述禮堂藏印。此書分四色，前後評點，深得左氏行文之宗旨，當係胡氏羣從所爲，惜未署名。庚辰正月，景葵。

春秋緯史集傳

民國甲戌春游天台，宿陳君鍾緯家，出此書相贈。陳君克繩祖武，讀史摘有長編，卓然有著述之志。亂後未通尺素，不知近狀如何。揆初。

吳愙齋篆文論語真蹟

愙齋先生篆書《論語》二卷，上卷寫於天津，約在光緒甲申、乙酉間，其時正奉查辦朝鮮事宜之命，年已五十；下卷寫而未竟，越二年又奉命出關籌畫邊防，在途次旅店，分日補寫，并作後序，交同文書局石印行世。今亦稀見。其原本則於六十二歲中風後，檢贈女夫潘君儉廬，庋藏四十年。至民國丁丑，日寇轟炸蘇州，老屋受震而圮。二册陷瓦礫中，有忠僕護持，幸得無恙。同文印本，前有「揭櫫」二大字，原本無之。儉廬於甲戌年請栩緣老人摹寫署檢，又倩鄧正闇題後，久而未報，正闇物故，無可追尋。蘇城書友於羣碧殘籍中發見，慨然贈之，於是延津復合。儉廬珍重攜歸，將與辛苦保存之先代圖書並傳孫子。愙齋精研上古文字，篆寫論語，成於説文古籀補寫定之後，字字碻有依據，其價值歷久不磨，栩緣評爲天壤至寶，洵不誣也。後六十年乙酉冬至節，後學葉景葵盥讀敬書。

爾雅正義

此初印未修本，宿遷王氏故物。丙子冬購於故都。曾見翁蘇齋評閲本云附刻陸氏釋文，係依葉林宗抄本校刻。撰初記。壬寅春仲處孤島中，以瀏覽遺悶。

爾雅郭注義疏

此本爲未經王石渠删節以前之稿，已得上虞羅氏論定。第印本甚爲罕見。此係初印。書根題字，爲何道州手筆，可珍也。壬申仲冬，景葵記。

恒言廣證

此書十五年前懸值二百元，欲以百二得之，不諧。曾見北平圖書館得一傳録本，似未全録，疑即藏者所爲。今董估以五百元出售，因其繁富切實，足與錢注並行，且爲鄉先哲未刊遺著，故不嫌其昂而收藏之，以公諸世間爲快也。庚辰十月，景葵讀。

説文解字理董

吴西林先生説文理董前編鈔本十七卷，京估從揚州得來，謂其源出自繆藝風家。後附山右石刻叢編序兩頁，係繆著，有繆校字。又理董前五頁，有朱文校字，亦藝風筆。則所云出自繆家，可信也。後編石印本，柳序述前編存亡及卷數作疑辭，知爲罕見之本，因收得之，將請專家研究，俾與後編並顯於世。辛巳四月廿四日，揆初記。

購得此書後，請馬夷初先生審定，謂是正編，非前編。又假得鄭西諦先生所收舊鈔本，第七、第八、第十一、第十二四篇，經夷初詳細校正，因目力不繼，由顧起潛君續校，并補寫缺篆缺葉，夷初作跋於後。當再請專家復審之。聞徐行可藏有原稿，未知係完帙否？書以訊之。壬午中秋又讀一過。景葵。

説文解字段注

批校本段注説文，佚去第十四篇一册，存十五册，未署名。抱經堂朱遂翔自杭州寄來，每册有皖江馬氏素行居藏印。第一篇下「茟」篆校，有「麟按」云云；第四篇下耒部校，有「徵麟按」云云。定爲懷寧馬徵麟讀本。第十一篇上「汨」篆校，辯羅汭非湘陰之羅城，説見歷代地理沿革圖説云云。余案頭適有同治十年金陵刊本馬本訂正歷代地理沿革圖，取以核對，語語符合。前後校語約二百餘條，除採取錢獻之之説外，均自抒所得，精覈不苟。馬氏著有長江圖十二卷，與地理沿革圖先後刊行，其他著述未見流傳。在校語内發見所著有七始元音正徵篇，有學詩多識篇，有補嗢字説，有佩韘解，不知尚有傳本否？又似曾游李申耆之門，爲仙源書院山長，是同治間一樸學。其他履歷著述須續訪之。已卯除夕前二日燈下，葉景葵記。

說文解字彙纂條例

仁和嚴曾銓字蓉孫，廪貢生。仁和孫禮煜字耀先，光緒丙子舉人。同輯。

此書係蓉孫姑丈任搜訪及編輯，而耀先年丈總其成，即在孫宅辦事，昕夕勞勩，卒以工本太鉅，成書遲緩，鴻寶齋所儲原稿，不知踪跡。孫氏後嗣頗疑近來所出説文詁林或係脱胎彙纂原稿，但未得佐證，故勤齋同年智敏有啓事徵求之舉。其實丁氏亦富於收藏，且喜公開流布，如見原稿，決不致祕而不宣也。己卯九月，揆初記。

諧聲譜

此書校寫刊行始末，已詳霜根老人序言。余本以此事屬霜根，霜根謙辭，以不習韻學爲憾，乃薦戴綏之翁專任其事。嗣徐君森玉借得東方文化會另一寫本，乃以三本并交綏翁。綏翁約定每月寫費四十元，以十個月寫畢爲約。但事極煩難，綏翁寫畢一册，繳與霜根，再取第二册。盛暑祁寒，未嘗間斷。至第十一個月尚未竣事，堅不肯收寫費，謂原約以十個月，今遲誤則某之咎，不可妄取。霜根於月朔送以寫費，綏翁璧還之，謂第一月係初四日起，今未滿一月，未便領受。其耿介而重然諾如此。余素未識綬翁，因此事得厠交游之列，深自欣幸。此書刊成，閲一年綬翁貧甚，得一課徒，館穀甚菲，主人復吝嗇，而綬翁安之若素，課讀甚勤，謂其徒聰慧可教也。余方欲以他事煩之，函詢霜根，謂綬翁目力如何？霜根復以尚可鈔書，但不久已以老病死矣！身後著述無存，此本是其精力所萃，堪與張氏父子原本同傳永久矣！

東方文化會傳抄之本，不知其來歷。讀經解所刊節本，出於粤東龍氏。龍氏刻本，余亦未見。惲子居作序見大雲山房稿，其時恐尚未有付刊之意。因就原稿驗之，蓋草創而非定本也。余友王欣夫大隆告余謂國粹學報載鄭叔問南獻徵遺，附鄧氏秋枚案語，謂光緒時廣州有刊行足本，陽湖吳氏翌寅曾與校勘，并於他處曾見刊者主名，又鄧氏國粹學報後附捐贈書目，亦載此書等語。余聞而欣喜，加意訪求，迄無知者，惟欣夫決非讕言。嗣抄得屠敬山君一序，知擬刻者爲揭陽縣知縣莊君心嘉，爲珍藝先生族孫，臯文弟翰風先生之孫壻。家藏臯文手稿甚夥，余所得臯文手寫本虞氏易兩種及茗柯文二編，與劉翰怡所得，均出自莊氏。此人似尚存，未聞有刻書之舉。大約當時曾擬編刊，敬山序而未刻，猶之子居序而未刻也。惟原稿未經整理，不能付刊。鄭叔問所列，鄧秋枚所捐，是否莊氏就彦惟手稿傳寫修改以備付刊之本？東方文化會所藏是否即鄧氏捐入國粹報館之本？以理度之，庶幾近是。但出自臆測，未敢遽以爲定也。莊君或有晤詢機會。欣夫近在咫尺，喜研國故，還當從容討論之。敬山序附抄於後。己卯夏至，景葵漫記。

綏翁於塗改鈎乙處，另附勘誤表。恐黏貼有脱落，全書無一誤字，異常矜慎。惟有重寫之字二本以「、」塗去之，石印校樣描潤時，誤將「、」修去。故印本有重字二，此非綏翁之責，而余之責也。次日又記。

頃知莊君心嘉已卒於民國廿一年，其家亦云有擬刊之書，迄未着手，不知何故。問以何書，則不能舉其名矣。

近有綏翁門人曹君撰綏翁行狀，頗翔實，已乞得另存。己卯小雪，又記。

集韻

乙亥冬日購得曹本集韻，思傳録一校本，以糾正其失。先借得王綬珊所藏李柯溪臨段校本，李因目疾，倩顧楳軒代録，親自校對一過。但缺一二兩卷，嗣又借得陳澄中新購周香嚴臨段校本，較李臨本爲佳。因依照周臨用朱墨筆分別照録一過。曹本有缺葉，以顧澗蘋修補本補足之，段校之真面盡見。澄中得本，除周臨段校外，又有邵亭父子傳録各家校本，異常繁密，不克照録，跋而還之。茲將原跋另紙録附，以見彼本之佳。是歲仲冬十一日始校正，臘月初三竣功。景葵。

乙亥仲冬假得九峯舊廬王氏所藏李柯溪臨段校本集韻，缺平聲卷一、卷二。比晤余友陳君澄中，知新得周香嚴臨段校本，許我借臨，乃勝王氏藏本遠甚。驟觀之，朱墨雜遝，大有山陰道上之概。反復潛玩，並擇要迻録一過，始有線索可尋，試約略言之。

周香嚴臨段懋堂校本，先是段借周藏毛斧季影宋抄本，校於曹本之上，越數年，周以影宋本歸聽雨樓查氏，遂借段校本臨於顧修曹本之上，即此本也。凡段校均朱筆，其用墨筆者，乃段校採取嚴鷗盟、鈕匪石諸家之說。何以知之？因九峯舊廬之李臨本，凡周校作墨筆者，彼本均有之，往往與此本莫氏所録嚴鈕諸説重複，是其證也。惟入聲十九鐸，「膞」字太玄用考工記旊人一條，李臨本無之，當是漏寫。莫子偲收得此本，復借得黄子壽臨各家校本。黄本除臨各家外，又以己意增校。黄氏所臨各家：一陳元禄藏袁綬階校本；二鈕匪石校本，袁綬階先臨段校，鈕借袁本臨校，又以己意增校；三旌德吕氏藏瓠息主人凌氏校本，凌本内有吕侍郎及其子晝堂孝廉錦文增校，又有夾簽許印林校，子偲借得黄本，即臨於此本之上，未盡一卷，命其子繩孫補録畢功。復借得晉江陳泰吉侍御慶鏞臨各家校本，陳本除臨各家外，又以己意增校。

陳氏所臨各家：一汪小米臨嚴鷗盟校宋本，小米以己意增校，皆至卷五而止；二吴崧甫少宗伯校本，亦從毛氏影宋本迻校，卷中有署仁壽者，是否崧甫之名？待考。繩孫續録於此本之上，録畢，又以己意增校。卷中有引甘泉師者疑是江鄭堂。有稱奂案者，當是陳碩甫。有署鄭字、珍字者，當是鄭子尹。有題馬校錢校者，未詳。大抵皆從他家校本及著述内札録。繩孫又親見影宋本，書中夾籤亦繩孫所書，蓋皆引而未定之説，其致力之勤，爲後來所不及。自乾隆甲寅以迄咸豐庚申，綿歷七十載，羣儒精力萃於一編，莫氏籤題詡爲國内無二，良有以也。此本浮湛滬肆亦已有年，故友宗耿吾曾爲余言，訪而未得，澄中於風塵中物色得之，可稱巨眼，殆懋堂所謂傳之其人者。跋而還之，以志一瓻之雅。臘月初三日，杭縣葉景葵識。

王欣夫云：「仁壽姓唐，甘泉鄉人弟子，與張文虎同校書於金陵局，與莫邵亭同時。吴崧甫名鍾駿，馬校是馬釗所校。」丙子仲夏書

甘泉師即甘泉鄉人，故又作錢校。丁丑春又記。

羣經音辨

此校本詳紀宋本行款補版，乃刓補各字，是親見宋大字本者，與臧在東校本不同。在東係據影鈔宋本也。

耐仲不知何人，俟考。書賈撤去周幔亭跋，冀僞充臧校，可恨！

寶康字孝劼，爲盛祭酒之女夫。祭酒藏有宋汀州本羣經音辨，孝劼似未得見，或者祭酒得書在戊戌之後。壬申仲夏，揆初識。

毛氏影宋本現已印行，如卷一八部亇，誤作个；牛部牢，約也，注誤衍「削約」二字，毛抄與張刻皆然，非親見大字宋刊本者不能校正其誤，此本甚可珍貴。甲戌季冬，復閲記之。

周榘字子平，四川布政使。周瑛九世孫，父榮光，遷江寧。榘好學博覽，有巧思，能以拳木造天地球，能以尺絹畫山河萬里，其婢僕家人亦能知華嚴字母，時以振奇人目之。所居清涼山，今猶有其讀書處。著有闕里小志、幔亭詩鈔、清涼散一卷，（一名清涼小志。）右見國學圖書館第四年刊江蘇書徵初稿。

傳經表補正

此汪伯唐先生之胞弟，原名舜俞，字仲虞，後改今名。伯唐原名堯俞，後改大燮。仲虞游幕廣州，每秋試乃回鄉。此癸巳年同應順天試時所贈。未幾，即死於廣州。其餘所刻諸書，有汲古六十家詞最爲鉅帙。仲虞健談，記誦極博，與伯唐先生之沈默迴不同。

兄弟友愛甚篤，喜論時事，每遇抗争，不相下，仲尤激昂慷慨。其時同游者夏穗卿、汪穰卿、錢念劬，均已宿草十餘年，思之如在目前耳。庚辰冬初，檢書記此。景葵。

後漢書疏證

浙局刻本共分三十卷，與原稿核對，計缺而未刻者：本紀、列傳原卷五。馬廖以下三十七葉、列傳原卷六。鄭興以上十二葉，刻本卷六三十葉以後未完，計缺張衡傳以前九葉半。原稿卷十、卷十一全未刻。原卷十二獨行傳以前缺十四葉；末卷西羌傳以下缺四十三葉。局刻分列傳爲十二卷，不依原目，以意爲之。郡國志分爲十八卷，悉依原目。原稿初次編目，郡國志自卷十二起至卷三十止，共分十九卷。惟將十二、十三卷合爲第十三卷，又收廿六、廿七卷合爲第廿六卷。惟廿七卷所刻爲前漢藝文志，甚不可解。細加紬繹，知係初校時以廿七卷武威郡篇葉太少，故并入廿六卷金城郡，合爲廿六卷。如是則缺廿七卷，而前後卷均已排定付刊，乃羼入藝文志僞爲廿七卷，以湊足三十卷之數，致成笑柄。蓋是書刻於光緒廿六年，其時書局人員屢易，已無復初元矜慎之風矣。

八卷止刻郡國志一種，計缺律曆、禮儀、祭祀、天文、五行、百官、輿服。詳讀原稿，知郡國志最初屬草，迨全書告成，乃重定目次，故郡國志有初目，有重定之目，浙局所據乃其初稿,嘉業堂所藏則爲定稿也。

局刻校對訛誤尚少,第五倫傳缺「猶解酲當以酒也」一條;王龔傳缺「蘧伯玉恥獨爲君子」一條;蔡邕傳缺「還守本邦」一條;東夷傳缺「馬加牛加狗加」一條,似係校者所删。又刻本卷七「鏦特肩」下多「脰完羝羯介鮮」一條,卷十三「著獨力之衣」下少「溪蠻叢笑」四行,則係初稿與定稿之異同也。三十七年八月粗校一過,記其所見。

三國志

丙寅秋,見曹君直先生手校金陵局本三國志,定價十六元,聞君友王欣夫欲得之,即以相讓。庚辰春出舊藏此本,倩館友迻録一部。君直原校係以明鈔單注本及大字宋本兩種互勘,極爲精善。録竟,即藏之館中,以垂永久。首二卷原有朱筆句讀,係前人所加。此書爲先君所購,在吾家至少已五十年矣!葉景葵敬記。

晉書斠注

第一次印本譌字最多,此第二次印本,業已校正刓改。應再與原稿校對一過,以成定本。原稿係翦裁黏貼,歲久有散亂之虞也。辛巳四月,揆初記。

王儼齋明史稿真蹟第十四册

侯仁之結論云：「鴻緒不盡采萬傳，但殘稿中必有本諸萬稿者。」今觀此卷，楊廷和、楊一清、徐階三傳，前列新稿，後列舊稿，而於徐階傳舊稿加注「此卷未妥，萬季老亦云非定本，至其舊本則陶紫司所爲，全然不同」等語，侯氏之説允矣。細繹改定各稿，每事必查其所據，大都以實録爲宗，而亦用不輕信者。如陸完傳之末與寧王反謀，以弇州史料爲可信，是也。私家著述，如紀事本末、國榷、泳化類編、獻徵録、列卿紀無不甄采，而抉擇甚嚴。如許宗魯之劉璣傳，謂其語多囁嚅，黄珂之楊廷和墓志，謂有姻親關係，是也。羅列事實，擇善而從。如楊廷和傳改本，述受遺詔、主濮議事；楊一清傳改本，述修邊牆、結張永事，論斷極爲公允。且後段全用舊稿，一經點竄，栩栩如生。不采無據之詞，不執已成之見，匪特鑒定字蹟，確爲横雲原本，且信此老實一代史才，不僅以潤色文字見長如我夷初云云也。甲申三月，承松江圖書館以第十四册見示，敬書所見於後，兼以志謝。杭縣葉景葵。

明通鑑

此書體例以實録爲本，凡采及稗史者，必詳説原委，如載正統二年張后御殿譴責王振事,是其例;凡野史之謬誤必辨正之,如論馬愉、曹鼐正統五年入閣及鬭建文從亡諸謬説,是其例;凡實録之不可從者,亦辨正之,如載太監李永昌諫阻遷都謂係成化初修史時,其嗣子泰預纂修,有溢美之詞,又郭登守城出見英宗非事實,謂係史官粉飾之詞,是其例;又實録之前後歧出者,修正之,如景泰實録不載盧忠告變事,采天順實録及諸書補訂,是其例。全書徵引宏富,翦裁有法,其論斷亦通達政體,燭見治亂之原,君子小人消長之故。在有明之季,熟讀一代實録及各種野史,能以公平嚴正之筆,表而出之者,舍季野莫屬。太炎之説是也。其價值自在莊史殘稿之上,惜祇存十一册,亦人間瓌寶矣!辛巳二月讀竟,葉景葵識。

鮑氏戰國策注

曩得鬱華閣舊藏本,已將卷末篆文牌子剜去。此本尚完,故並存之。丙寅夏日購於杭州抱經堂。全書評點,均明人手筆,精審不苟。景葵記。

南遷録

南遷録八卷,當從四庫全書提要作一卷。丙申孟冬,假昆明蕭紹庭所得鈔本,手録一過。紹庭得之任城，原册有莊谷小印，知爲孔氏故物。第四卷缺三葉，八卷後亦未完。譌字錯簡，隨手改正，不知蓋闕，以俟他日校補。景葵識。

此余廿二歲在濟南歷城縣甥館中，借昆明蕭紹庭丈應椿所藏抄本迻録，藉以練習楷法。抄畢手自襯紙，先室朱夫人爲余裝釘，當日閨房静好之樂，如在目前。置之書篋，於今四十有四年，綫裝依然未損，而先室已長眠地下。睹物思人，萬端棖觸！原本僞造，無裨史實。蕭抄本妄分八卷，亦不足重。楷書稚劣可哂，誠以先室所裝治之本，不忍捐棄。適見金耿庵手校清初抄本，補校一過，並抄補闕文，復置諸羣書之列，以期保存勿失。每年檢點一過，聊以慰余哀悼云爾！戊寅十月初三燈下揆初記。

北夢瑣言

繆藝風三校本，根據商本、廣記本、劉吴兩鈔本，前後二十餘年，用力勤劬，校筆整飭。向藏亡友宗耿吾家，近忽流入滬肆。借來過録一通，殊愧原校之工細。戊寅秋末，景葵記。

劫灰録

此鈔本爲雙照樓吴氏故物，分上下二卷，祇有何騰蛟、堵蔭錫、瞿式耜、陳子壯、張家玉五人傳，較舊本劫灰録少七人。且舊本劫灰録每卷原題殉國諸臣事考，此改「殉國」爲「亡國」。又有「我朝大兵」字樣，或係從葉氏所謂今本劫灰録傳抄而未全者。惟又有張李二寇傳，均題曰節略，是否節抄見聞隨筆，未敢臆斷。又有日本乞師、僞太子王子明事、開讀傳信、朱文學、五人傳、祭五人文等篇，以四庫提要證之，皆爲見聞隨筆所無，而開讀傳信以下四篇，遇有太祖高皇帝及二祖十宗朝廷詔旨等字均空格或提行，實係傳録明人寫本。然則此書當爲國朝人雜鈔而成，與珠江舊史原著名同而實異也。丁卯臘月既望，景葵記。

南疆逸史

此書從金陵故家散出，闕卷廿至廿五，又闕五十五、五十六兩卷，壬申仲冬，向國學圖書館假所藏吾鄉八千卷樓鈔本，照鈔補足。節子得此足本，見於越縵堂日記。在閩時所得異書，每與丁氏昆仲書札往還，互相通假。此本當與丁氏藏本同出一源也。景葵識。

歷代統系

歷代統系五卷，紫幢道人著。首卷自盤古至無懷氏，卷上伏羲至後漢末，卷中三國、蜀漢至唐末，卷下北朝遼至明萬曆四十四年，因是年太祖建國於遼東，改元天命，正統已歸於大清也。末卷又輯録萬曆以後至明亡諸王爲止，意取鑒戒。全書皆道人手稿，惟末册第一葉，及最後九葉，乃鈔胥所録，經道人點定。八旗文經文昭傳未著録，序末所署聽秋齋及印章，紅樹山房之名，亦爲傳所不載。原署麟趾，後改子晉，似麟趾爲少年之别號，後廢不用。誠罕見之祕笈矣。辛巳五月展讀竟，葉景葵識。

吴江陸幹夫先生墓表

光緒癸巳，余應順天試報罷歸，嚴君命從陸幹甫先生受業，爲時不過三月，改削制藝四篇，謁見兩次。次年即赴濟南，又應南闈。及回豫省，則均至外縣隨任，無緣再摳謁，僅聞先生亦得外任。及余服官，則音問更稀矣。前歲在舊都與章霜根縱談及先生，余稱爲師，霜根甚奇之，乃以前事相告。霜根即檢文稿中所存舊作陸大令墓表見示，謂「此固余數十年老友，實吾鄉篤行君子也」。臨别又以墓表石本見贈。謂余：「此文頗得意，君既有此一段因緣，自有珍藏價值。」霜根爲此表時，距其去世不滿一年。復讀此文，知先生爲根柢深醇之循吏，愧余淺嘗，未免孤負。詩文集刻本亦未見，過當訪求之。辛巳二月門人葉景葵敬識。

新化鄒徵君傳

光緒癸卯,余至湖北,與公初識面,嗣奉調至湖南,與公往來書札,商榷學務,指導極爲勤懇,惜來札均已遺失。公入都後,僅得晤談一次,以後即人天永隔矣!公有二子:長安圖字靖伯,今年亦病故;次安樂字鄭叔,現在交通部任路局副局長。其遺著聞均散佚,不知其門下士尚有抄存者否?已卯初冬,揆初記。

趙君閎行略

趙惠甫先生之子君閎大令,相識於端匋齋幕府中,晚年偏盲,羣籍喪失。張氏父子諧聲譜稿,承其讓與,并訂傳布之約。幸不辱命,印行後,爲音韻學專家所寶重。天放樓餘籍,去年經京賈囊括而去。所存日記,亦已不全。頗擬傳鈔一副,不知能見允否也。庚辰十一月,景葵記。

稷山段氏二妙合譜

作者讀海豐吴氏新刊二妙集,遂有此作。寫定後,贈石蓮主人,藏庋二十餘年。今冬流入廠肆，適聞益庵之訃，急收得之。前序二篇，係益庵手書。乙亥十二月冬至日，揆初記。

明唐荆川先生年譜

此書託陳萊青兄向唐君企林(肯)乞得。採摭宏富，體裁詳贍，爲近來佳構。四方乞借之書，爲生平未見未聞者極夥。足徵人間秘籍，因各方私爲已有而無端埋没者，豈可勝道！即如近購歐陽南野先生文集，亦爲唐君所未見。唐君所見文選係節本，非全書也。明人集部未經發見者必多，將來尚有補遺機會，爲唐君勖之。辛巳正初。

閩中書畫録

武進費氏歸牧庵舊藏海鹽黄椒升先生遺書，鈔本三種：一閩中書畫録十六卷，二閩雜記二卷，三閩中録異二卷。板心有擘荔軒字樣，蓋著者清稿本也。書爲閩縣李君墨巢所得，墨巢以全部藏書損贈合衆圖書館，此本附焉。適慈谿李君止谿篤好書畫，尤願表章先哲遺著，因選閩中書畫録，損資印行，列爲館輯叢書第十種。按海鹽志文苑載椒升著金石考及海上竹枝詞，未及此三種。志又言椒升幼精鑒賞，饒於貲，廣購金石文字，以致中落，以布政司都事需次閩垣，爲上游器重，署上杭典史，引疾歸。從事丹鉛，好古之士咸就質，至九十一而終。今觀書畫録以吾杭李氏晞曾八閩書畫記爲藍本增輯，凡五易稿，由二百餘家增至八百餘家，所采之書，多至三百二十餘種，其致力可謂勤矣！惟原書至嘉慶初葉止，今又一百餘年，墨巢拳拳鄉邦文獻，倘能徵集聞見，續爲補輯，俾八閩藝苑，後起得踵美前録，必更有如止谿之好事流傳者，拭目俟之。癸未四月，葉景葵。

經濟特科同徵録

是年余入京殿試，寓叔岳夏厚庵先生敦復家。先生相待極厚，視同猶子，諄諄囑付，謂特科非正途，萬不可應試；余遵其教，故舉而未試。先生之意，蓋欲余木天翔步，不以請歸本班爲然。余以老親在汴，官累甚重，急欲分任仔肩，萬難再作清秘之夢，先生亦諒之。故余之不就特科試，即所以慰先生也。先生承蔭分刑部主事，晉御史，生平以慈善爲懷，辦災賑最出力，爲吾杭老輩中之講求志節者。家況清貧，處之怡然，喜讀宋儒書，蓋承家教也。庚辰十月，景葵記。

復堂日記

故友蔣抑卮舊藏初印六卷本，桐廬袁忠節公評點。忠節與復堂深交，凡所揭櫫者，擷其精要，無或遺漏；正其疵纇，不稍假借，洵不媿直諒多聞之選。壬午仲春過録一通。此後印八卷本，亦抑卮故物，隨大部分捐送合衆圖書館者，其自行選留以貽子孫者，定名爲凡將草堂藏書。易簀前尚未選竣，餘本其意旨，繼續成之。此忠節手蹟，則抑卮生前自行選留者也。八卷本已有采用忠節評本改正處。後學葉景葵記。

栩緣日記

此記雖係殘帙，所足貴者：鑒别書畫碑版，精審無倫，固與吾家緣督先生如驂之靳；而於畫學知行並進，爲緣督所不及。余識先生已在蘇路協理時，嗣後蘇浙路同時收歸國有，先生留任清算，而余亦被浙路股東舉爲清算處主任。所業既同，乃有商榷請益之機會。先生沖淡和平，論事極恕，誠大耊之徵也。壬午正月讀竟，葉景葵識。

寶迂閣日記

少石方伯由光緒庚辰進士，成庶吉士，散館後，改湖北穀城縣知縣，歷任漢陽、蘄水等劇邑，升授荆宜施道，調補漢黄德道，擢江西臬司，轉廣東藩司。共和肇建，致仕而歸，僑寓杭州。此日記廿一册，自光緒壬辰正月在漢陽縣任内起，至宣統辛亥九月在廣東藩司任内止，前後二十年，無一日之間斷。爲牧令時：聽訟，捕盜，勘災必書；爲關道時：征榷，交涉必書；爲臬司時：注重於提審命盜案，遴員收詞，擬批，課其優劣；爲藩司時：每日接見僚屬，每次牌示補署州縣，皆爲詳録，而國家大興革，亦附書焉。蓋方伯起家牧令，以閭閻疾苦爲懷，察吏安民，必詳必慎，宜爲張文襄所器重，三次特薦，有「爲政廉平」之譽。官俸所餘，喜聚法書名畫，寶迂閣珍秘，今已散佚人間。日記中於收藏來歷，評定價值，記之甚詳，堪與書畫録並重。所附詩稿，隨筆抒寫，清雋流轉，自與樊山實甫倡和往來，風格益遒，時有瑰麗弇皇鉅製。所作詩鐘，典雅工切，爲同社所推重。方伯長先君一歲，皆由牧令擢至監司，服官皆三十餘年，豫鄂鄰省，聞聲相思而已。方伯出山早於先君十年，還山亦早十年。民國壬戌，先君辭官歸，筱石制軍早居滬瀆，方伯友于之愛，時往來杭滬之間。先君投分甚深，談讌幾無虚日。歲在戊辰，方伯以微疾捐館，先君聞訃，愀然不樂，謂「少石先我而去，我將不久人世」。未及半年，遽爾棄養。苔岑之契，生死之交，非尋常契洽也！陸世兄頌堯好蓄先哲日記，以重價購得此書，假讀一過，忻感交集。方伯嗣子皆能世其家聲，保其先澤，所佚書畫及日記巨册，係杭亂時爲市儈所攫，非同易米。頌堯以後進寶愛名迹，當仁不讓，志趣可嘉。倘能商諸陳氏，合力付印，傳布人間，使後學多得觀摩，而陳氏亦無手澤淪亡之憾，斯爲兩美。企予望之。編者按：此日記還歸陸氏後，不久即遭回禄，未及傳鈔，爲憾！

忘山廬日記

孫寶瑄字仲璵，錢唐孫子授侍郎詒經之次子，慕韓總理寶琦之胞弟，李筱荃制軍瀚章之女夫。以廕生得分部主事。生於同治甲戌，與余同歲。甲午平壤喪師，上書主和，謂晚明恥與本朝言和，以致亡國。爲主戰派所訶。奉母出都，寓滬八年。回都簽分工部行走，長沙張文達公賞之，派編書局。文達長郵傳，調充庶務司主稿，後與陳雨蒼尚書不合，拂衣去。又入大理院，民國初，簡甯波海關監督，歿於任，年四十有九。君幼而好學，敬兄，家事皆慕韓料理。多楹書，供其瀏覽。同時師友，皆績學劭聞之士，故所得宏富。癸巳以前好讀宋儒書，研義理之學。以後泛覽史鑑，於歷代興亡得失，及曲章制度之沿革遷變，究其大凡。又喜誦漢魏六朝之文賦。居滬後，獲交章太炎、貴翰香、嚴幾道、譚壯飛、梁任公、夏穗卿、蔣觀雲、汪穰卿、歐陽石芝、邵二我諸君，偏涉諸子百家，旁及釋道家言。又習日文，凡新譯東邦書，無不讀。尤注重政治哲學，於清代大儒服膺梨洲與習齋，故留心時事，嫉朝政之不綱，主張民權，進爲君主立憲。佩太炎之文學，而反對其逐滿論，但未嘗不主革命。嘗讀明史，謂「如王振、汪直、劉瑾、嚴嵩、魏忠賢之跋扈，當時擁强兵如孫承宗者，倘興晉陽之甲，入清君側，即并闇君黜之，亦無愧於名教。病在膠執程朱之說，拘守名分太過」云云。可知其思想進步之一斑矣。君於癸巳年始爲日記，每年一册，未曾間斷。今僅存癸巳、甲午合一册，戊戌一册，辛丑、壬寅、癸卯各一册，丙午、丁未、戊申各一册，共八册。計戊申以前尚缺七册，己酉以至歿世，當尚有十□册，均於杭州兵燹中失去。君極佩李文忠甲午之戰主和，而反對與俄訂密約。庚子以後，深知文忠之聯俄有救國之苦心。又佩項城之雄才，謂其贊助立憲，有功於國家。惟現在日記中，斷於項城罷斥之年，不知辛壬以後其論如何。君之論學、論政、論人、論事，皆平心静氣，不執成見，不尚空談。如蘇、浙各省拒款築路一事，此唱彼和，狃於路亡國亡之説，君獨引各國已事爲鑒，謂借款築路，並非失策，可謂朝陽鳴鳳。日記中於友朋酬酢，家庭瑣屑，以及詼諧狎邪諸事，無不據實直書，絶無隱飾。蓋君固以「毋自欺」爲宗旨者也。君之姊爲余叔岳夏厚菴先生敦復之繼室，故余以姻叔稱之。每入都必往來談讌，至爲莫逆。辛亥以後，會面甚稀。今得於斷縑零璧中，温其緒論，斯誠光緒以來讀書明理之君子矣。辛巳十一月盡。

華陽國志

己卯仲夏，借鄧正闇所藏顧澗蘋校空居閣影宋本，與廖刻本對讀。凡刻本所無之校語，均詳録之。昔人皆認顧校馮本爲廖刻之祖本，吴佩伯頗以鈔刻互有同異爲疑。霜根章氏詳玩廖序，謂廖刻以孫淵如藏季滄葦影宋抄爲底本，洵屬讀書得間。馮本顧跋云「爲孫觀察校刊於江寧」，蓋謂代淵如校刊季氏影宋抄本也。廖氏係出貲人，潤蕡係一手包辦，明乎此，則顧跋與廖序，若符節之合矣。廖刻既以季抄爲底本，故校語與顧校馮本互有異同詳略，亦有校紅樣時加入之校語，不及一一過入馮本。卷十下第四頁前三行校云：「漢有南郡太守爲昆，癸酉十月得此條於校樣時。刻本與校本同。但第二行校補陽南二字則未寫入馮本，是其證。後，刻本既已印行，季抄亦物歸原主，乃以陸續心得，詳注於馮本，則皆刻本所無。惜季本不可得見，未知與廖刻及校定馮本異同詳略如何耳。潤蕡以季氏本與空居閣本、錢叔寶本同出一源，皆係影抄宋嘉泰刻本，其可依據，迥出俗本之上。故即以三抄本爲主，而不注重於明代以來之刻本。卷十末，巴郡士女條注云：「近人見舊本較張佳允以來所刻多第十三之上中兩卷，謂爲完書，其實不然。」誠以漢晉以前之古籍，傳寫寖訛，校刊者每以意改，不盡可憑。即季馮錢三抄本，雖出影寫，亦多譌奪。潤蕡校讀此書之法，先於懷疑處，以小圈記之，再擇三本之善而從之，其不合者，再取史記以下各史，及水經注、廣韻、風俗通、通鑑、晉載記諸書校正之。有誤必思，昔以爲是今以爲非者必改。如先以李温爲然温，既知李温與然温確是二人，皆爲桂陽太守。卷一。如釋梓潼太守張演委城走巴西一節，證明通鑑之是，載記之非。卷八。真可謂力果心精，弗得弗措，故必合校本與刻本並觀之，而潤蕡讀書之精詣始見。至校本有而刻本無者，或爲刻時遺漏，如卷十一王國中尉王國侍郎之類；或爲澗薲闕疑，以防意改之失，如卷十一杜珍校改作昣，刻本仍作珍之類，其矜慎可師，其小疵亦可諒。季本久已亡佚，廖刻是其嫡嗣，實堪珍視。近江安傅氏跋明劉大昌刻本，以廖刻滿紙譌奪爲口實，并以澗薲未見嘉靖以前刻本爲疑。余恐後人泥於傅氏之言，而輕視此佳刻本，故明辨之如右。端午後十五日，葉景葵敬識。

又

正闇續見義門原本，知此本爲及門傳録，乃并惠校亦不敢定其真僞。余初見即以爲何係傳臨，惠係真蹟，故甚重此書。庚辰正月，收得松厓左傳補注手稿，乃知此何校即惠氏所臨，爲之狂喜。兩本今同一庫，可以永遠作證。松厓傳臨此書，未及詳校，故校語極簡，僅加一跋，否則可爲千里先河矣。余友王君欣夫、潘君博山均早有惠臨何校之説，兩君曾在淑照堂丁氏遺書散出時親見左傳補注稿本，故非余之創獲也。

南唐書箋注

張菊生先生示我涵芬樓燼餘書録底稿，史部載周雪客南唐書箋注十八卷，拜經樓抄本，朱耐園、吴兔牀合校，周耕厓借閲，黏附校籤數百條，徵引繁富，剪裁精當。正思借鈔，禾中書估寄來陳仲魚鈔校本三册，原四册，缺第二册，計缺第四至第八，凡五卷，乃借涵芬樓本抄補完全。仲魚録耐園、兔牀校用藍筆，録耕厓校用朱筆，今概以墨筆補之。朱校注朱字，吴校注吴字，周校注周字，惟卷中亦夾有耕厓校籤，有與涵芬樓本重複者，亦有不同者；間有涵芬所無者，似仲魚録後，又經耕厓審定。今依原本一一整比補寫完畢，惜嘉業堂草草刊行，未見此本也。庚辰三月三日寫完，景葵記。

水經廣注

此書韓緑卿初以爲即王艮齋水經廣注稿，後又更正。究不知作者名氏。觀後跋所云艮齋擬作廣注未成等語，與艮齋臨義門校本跋語符合，是必艮齋同時學者所爲，其宗旨與艮齋相近也。己卯十月重裝，景葵記。

邦畿水利集説

曩從湖南書估購得邦畿水利集説四卷，題仁和杭世駿輯，失去前序之半，附九十九淀考一卷，前有沈聯芳序。著者熟悉北直水道利病，語語翔實，非身親民事歷有年所者不能道。殊不類堇浦之生平，疑非堇浦所爲，苦無佐證。偶檢傳書堂書目載有邦畿水利集説原稿二册，沈聯芳撰，現歸東方圖書館，因假得之。校讀一過，乃知題堇浦者，書估作僞以欺人也。今補抄沈欽裴序一篇，汪喜孫跋一則，又補完沈聯芳自敍。原稿有龔定盦校語及圈點，以朱筆照録之，並將全書詳加校勘，補正譌奪，亦用朱筆，不復識别。

經營直隸水利，莫盛於康、雍兩朝，至乾隆御宇以後，雖迭有興革，但河道變遷，隄埝塌廢，官吏虚應故事，迄末年而大壞。沈君服官直隸十餘年，目驗口詢，會合衆説，所陳緩急方策，皆心得之談，實爲嘉慶以後言直隸水利者第一深切著明之作。碩甫先生付刊未果，幸原稿尚存，彌足珍已。

校讀未竟，適逢暴日啓釁，以飛機轟炸閘北，商務印書館工廠被焚，又有東方圖書館已成灰燼之謡，爲之擲筆三歎！辛未臘月廿二日，葉景葵識。

頃悉東方圖書館確於本日上午十一時爲匪徒縱火全部焚燬，損失之大，殆甚於絳雲一炬！此本原稿，因借校而倖存，即日鄭重繳還，留作紀念。廿五日又記。

中吴紀聞

朱筆錢叔寶校，墨筆其子功甫以菉竹堂抄本校。惟卷一第五頁朱筆數字，係近人所加。封面四字，亦功甫書。己卯十一月得於上海。景葵。

蒙古諸部述略

此鄧羣碧曾祖嶰筠制軍所著，卷中校改皆羣碧主人手筆，已隨殘籍庋置於書肆之隅，亟收歸保存之。庚辰二月廿二日記。

徐霞客遊記

滇游日記三月十九，「而獨不得所謂古梅之石，還寺」句下，楊本删去兩行四十一字：「所定夫來索金加添，余不許。有寺内僧欲行，余索其定錢，仍措不即還，令顧僕往追，抵暮返，曰彼已願行矣」。二十「晨起，候夫不至，余乃以重物寄覺宗，令顧僕與寺僧先行」，楊本改爲「晨起覓寺僧爲負，及飯，令顧僕同僧先行」。

又二十日「綴於箐底也」下，楊本删去五十九字：「是日榆道自漾濞下省，趙州、大理、蒙化諸迎者，踥蹀雨中。其地去四十里橋尚五里，計時纔下午，恐橋邊旅肆爲諸迎者所踞，遂問舍而託焉，亦以避雨也。」改爲「其地去四十里橋已近，以避雨，遂問舍而托焉」。

以上兩條，原稿序事曲折有致，一經改削，全失真相。余謂楊鈔有删削痕者如此。廿六燈下書。

此本滇游記不分篇次,且注有第幾册字樣,爲原稿初鈔之真相。其餘鈔本皆出其後。前見知不足齋殘鈔本,目次相符,但滇游記分篇次,則亦在此本之後。

此本經前人細校,又加句讀,殊便瀏覽。粗校數卷,楊名時本有删削痕跡,何以反詆史本,不可解也。庚辰正月二十日,景葵記。

又

乙亥九月,游黄山歸,檢閲是書游黄山前後記,略以意校改,訛字未盡。景葵。

此本出於楊冢宰抄本。乙亥初覩知不足齋鈔本,首卷游天台日記有鮑渌飲校筆,係依楊本對校者,照録一過,是正數字,并證明此本確依楊本傳鈔。惜鮑校並非全豹。鮑校又引丁本與楊本及知不足齋本異文頗多,蓋知不足齋所據本,亦與楊本爲近。余意以證明楊本爲主,故不録丁本。知不足齋本,楊序後有康熙癸未奚又溥序,滆濱七十三老人史夏隆序。

知不足齋本爲唐顛安故物,卷首有吴兔牀手寫目録,又經顛安訂正者。另紙録附:

鮑氏知不足齋鈔本徐霞客游記殘本目録:與嘉慶十三年葉廷甲補輯本對校。

第一册：天台記、後記、雁蕩記、後記、白岳、黄山、後記、武夷、廬山、九鯉湖、嵩山、太華、太和、五臺、恒山、閩、後記。

刻本分爲上下，游嵩以後爲卷一下。

天台、雁宕兩後記，刻本在卷一末，接閩後記之後。五臺、恒山兩記刻本在卷末雁宕後記之後，爲卷一下册終。

第二册：刻分上下。西南遊日記一刻本作浙遊日記。十月十七日五十餘里至常洋橋，刻本分爲江右遊日記。

西南遊日記二刻本作楚遊日記全。

第三册：西南遊日記二刻本作粤西遊日記一、二，亦分上下。

第四册：西南遊日記六、七、八、刻本作粤西遊日記三、四。

第五册：滇遊日記八、九。

佚粤西以下黔遊日記一、二，又佚滇遊日記一至七凡九卷。此後又佚滇遊日記十、十一、十二、十三四卷。

讀史方輿紀要稿要

距今十六七年前，杭州抱經堂主要朱遂翔告余：「在紹興收得方輿紀要稿本，因蟲蛀不易收拾，顧以廉價出讓。」余囑取來，則故紙一巨包，業已碎爛，檢出首册，見舊跋與陶心雲年丈跋，均定爲顧氏原稿，以七十二元得之。燈下排日整理，剔除蠹魚蛀蟲，不下數百，排列次序，殘缺尚少，乃覓杭州修書人何長生細心修補，費時一年，費款二百元，於是完整如新矣。迭次繙讀，並與刻本對校，知刻本與此底本，雖有字句不同，而大體無異；所不解者，全書簽校删增，朱墨雜遝，非出一手，是知顧氏及門所爲，有無顧氏親筆，抑爲乾嘉以後人所加，無從臆斷。就正好學之士，皆未能决。乙亥春至北京，親攜十餘册，請錢賓四穆鑒定，錢云：「須照校一過，方易研究。」乃與約南北分校，校後互易，以期迅捷。歸滬後即自校北直數卷，渴欲覓致顧氏墨蹟，以便對證。忽得錢書云：「就已校出之優點言，决爲顧氏原稿。」次年，蒙浙大教授張其昀以顧氏尺牘照片寄錢，錢以贈余，謂張君專研地理，服膺顧氏，生平搜采顧氏歷史，最爲熱心。余適游浙江省立圖書館，聞張君演講地理，親往聽之。講畢，承館長陳叔諒介紹相見。余叩以顧氏尺牘之來歷，張云：「顧氏家於膠州黄隱士庭，余因訪求顧氏遺事，親至膠州，在黄家得雜書一束，内夾顧氏尺牘，其來歷可信。」余即以張君之言爲圭臬，歸而細檢全書，發見顧氏字蹟與尺牘相似者，不下數百處。兹舉最顯明者以爲例：

南直三二上今仍曰鳳陽府。

北直二四八下漁陽廢縣移入此。

北直二六三上豐潤移遵化後。

山東三一下元嘉三年移置兗州。

山東五十下元帝封梁敬王子順爲侯邑處也。

貴州二十四下萬曆三十九年置廣順州云云。

以上所列六條，最後者筆法模胡，似爲顧氏老病中所點定也。

或曰：「張氏所得尺牘，署名曰禹，並未著姓，即得之黃氏，安知無同時同名之人與黃氏通筆札，照片字體太小，雖筆意相似，未可據爲確證。」此言亦甚合理。兹請舍去尺牘之孤證，而就全書中所得各證論定之，其疑問有二：

第一問：全書之寫定及重修，係若干人分任。兹舉其字體之最易分别者五人：

甲、諸書：臨雁塔聖教序，筆致流麗。全書一百十餘册中，獨繕五十七册，總目亦一手編定，是爲謄寫底本之重要助手，眉注間或有之。

乙、蔡書：字不甚工，似臨蔡端明帖者，姑以蔡書别之。全書計寫四十餘册，其重要亞於諸書，絶無眉注。

丙、歐書：字臨歐陽率更，極精整。全書中寫山東六、七兩册，是爲鑒定時代之重要資料。墨筆簽校甚多，又以朱筆改正底本，專司考訂郡邑建置沿革，水道源流分合，取材於各史地理志及水經注諸書，茲舉其例如左：

川瀆一六上淮南子曰「弱水出窮石山」一條，六下孔安國曰「黑水自北而南」一條，均墨筆加簽。

南直三四四「臨淮廢縣、徐城廢縣」小注，朱筆删改十餘行。

山東五十八上「金爲恩州治」云云，墨筆眉注。

丁、歐褚書：字體在歐褚之間，不如甲與丙之工。墨筆簽校甚多，間亦改正底本，或經歐書重加修正，專司分地名及山川名之考訂，取材於新舊方志及諸地理書。茲舉其例如左：

北直六廿一上「時又於洺州置北中郎將」一條，墨筆删改。

南直七廿七下「按晉志郗鑒爲徐兖二州刺史」二條，墨筆添注。

河南一三五上「唐志貞觀十一年穀水」一條，墨筆加簽。

戊、趙書：字臨趙吴興，簽注最繁。專司清初府、州、縣建置之或仍或改，取材於新志，亦間有考訂。茲舉其例如左：

廣西七廿五上「宋志爲九德郡」各條，墨筆眉注。

廣東二卌七下「增置開平縣查何縣地析置」墨筆加簽。

福建一廿三上「其相近者曰金鰲峯」一條，墨筆删改。

第二問：以上五人是否與顧氏同時？甲、乙專司謄寫底本，丙亦爲謄寫底本之一人，其同時可知。茲再將丙、丁、戊三人相互之關係及丙、丁、戊與顧氏之關係，歷舉各證，以明其爲同時重修之人。其説如左：

廣西六廿下「上林長官司」一條，歐書與趙書有同時商訂語。

江西二八上「劍水汝水」各條，同上。

江西六十六上歐書「虔化舊城」一條，趙書照鈔。

又卌四下歐書「豫章水」一條，同上。

南直一十八上歐褚書「靖江縣」一條，歐書删改。此例甚多，僅舉其一。

貴州二「都匀府」趙書眉注，歐書删改。黎平府同。

右爲丙、丁、戊相互之關係。

山東一廿八下歐書「蓋博陽即博也」，顧氏改曰「蓋博之陽也」。

山東六歐書全册，顧氏眉注「縣舊爲南北土城，洪武四年修葺」一條。

山東六十六下歐褚書「漢志昌國有德會水」一段，顧氏校改朱墨筆二次。

山東八五十下「三萬衛」條下，趙書加簽云「今開原縣」，顧氏注曰「今改置開原縣，屬奉天省」。

湖廣八十九下顧氏注「今俱仍舊」，趙書改爲「今仍置施州衛」。

右爲丙、丁、戊與顧氏之關係。

或曰：「子謂諸人與顧氏同時，似矣！但子所云顧氏書，倘非真顧氏書，則其説立破。」余應之曰：「然！」請説明全書之體例，以證明其確爲顧氏書：

顧氏寫定底本，在康熙五年丙午以後，丙午所刊歷代州域形勢，其總名爲二十一史方輿紀要，卷數爲七十二，其集注多從近志，其分類爲兩京紀要、分省紀要、九州郡邑合考，所擬與後來底本不同。底本體例，悉遵明一統志以省府、州、縣、衛、所爲綱，而古跡、山川、沿革、險要均附於其下。其時三藩未定，政尚寬大，人有故君之思，奴、虜、夷、寇諸名詞，觸處皆是，毫無禁避。迨入一統志局以後，得見徵集之各省新志，乃集衆手重修之，一以今制爲準，故南直、北直、藩封、衛、所以及禁避諸字樣，顧氏隨筆修改，其新見之材料，則增注於下，考據之疏誤者修正之，文字之支蔓者翦裁之，凡今代之建置附書之，每州每縣後所記「今爲某州某縣，或今屬某府」以及「或爲磚城，或爲土城，城周若干里，有若干門」，均非檢查新志不可。如廣西一七頁上趙書「泗城府、西隆州」各條，均注云「要查新志」。足證此人爲檢查新志之助手，非預修一統志之顧氏，烏能有此憑藉。山東七膠州下顧氏注曰：「今仍曰膠州。」又於「膠西廢縣今州治」下注曰：「門三，北面無門。」顧氏家住膠城，故言之較詳，亦一佳證。

況此書體大思精，采摭宏富，重修之役，分任衆手，能以一人鑒定之，而又綱舉目張，秩然不紊，此可就全書一貫之精神而決其爲生前手定者也。舊跋云「斷手癸酉」，而顧氏卒於前一年壬申，北直一葉上方注有辛未六月四日字樣，是爲壬申前一年。故福建四册、廣東六册、山西前三册，均無顧氏一字，舊跋之説可信。歐書責任最重，簽注最繁，而陝西十四册，不過寥寥數字，及門修訂之役，亦因山頹木壞，匆匆竟事，未可知也。各卷大題下間有黏簽，上書宛溪顧氏原本及補注二字，此後人見原稿添注甚多，意欲輯爲補注，因繁重而中輟，故但以底本付刊，而重修本則沈埋三百年，幾飽蟫魚之腹。余乃掇拾於朽蠹之中，何其幸歟！乙亥春與錢君賓四別後，以全書遠寄，恐有遺失，賓四校課又忙，商令其弟起八家於蕩口故里者代爲迻校，約定一省寫畢，再換一省，丁丑滬戰猝發，蕩口亦有風鶴之驚，山東八册存起八家，荏苒年餘，賴良朋之力，始得歸來。今春以全書捐贈合衆圖書館，深念賓四遠在西南，張君音書斷絶，積年探討，無從細論，乃發憤發篋重讀。泛覽既終，姑以個人紬繹之所得，筆於册首。以蠡測海，誠知無當，第自問皆從一字一句實地比較而得，其取證皆在本書，不敢穿鑿附會。後之讀者，續有發明，以匡余不及，是所殷盼也！辛巳四月初八日葉景葵記。此書原缺浙江一册，山東四一册，陶氏以舊抄本補配，浙江册首有李鹿山藏印。山東六缺第五葉，陶氏補抄，版心皆作職思堂，係抄書時仿刊。

康熙丙午刊州域形勢説，板心亦作職思堂，與底本同。錢君賓四收得一本。

丙午凡例云：助稽采者：「李滁庵（譚）、趙月琴（駿烈）、鄧丹丘（大臨）、范鼎九（賀）、秦湘侯（沅）、華商原（長發）。」不知重修時有此六人中相助否？自丙午至癸酉二十餘年，及門必衆，惜此本未有題名。無錫金匱縣志卷二十一儒林傳云：「有馬濶者，世奇從孫，從祖禹游。亦嘗入志局。祖禹纂方輿書，濶與參考焉。」未知卷中有馬君手筆否？

流傳鈔本甚多，皆從底本出。記得某書曾載：康熙初年，競至無錫傳鈔，數金可得一部。大抵鈔而未校，訛奪甚多。曾見孔氏嶽雪樓舊藏鈔本，頗精工，惜未收得。

卷中夾簽，除參與重修諸君外，有同時人校訂者，如浙江三四下「買臣妻自溺」一簽，當爲顧君諍友。又有刊書時所加校簽，係就各鈔本比較異同者，則無關宏旨，讀者宜細心別白之。以上就所憶拉雜記之，以供同志之參考。揆初。

方輿紀要州域形勢説

此從康熙丙午職思堂刊本抄出，省去熊、秦、吳三序及凡例，是時定名曰二十一史方輿紀要總説，祇五卷，至元而止。即甘泉鄉人所見之本。錫山錢賓四穆購得刻本，丙子年在京曾見之。余寄是本至京，請賓四校對，復書言並無異同云。辛巳四月補記。景葵。

方輿考證

此稿本爲外舅朱養田先生藏書，以五百金得於濟寧孫萊山尚書家，珍爲鴻寶。外舅逝世，潘君向其後人婪索而得之。敍文謂係蕭氏之物，蓋讕言也。蕭與朱爲親家，或係謫傳，亦未可知。潘能壽之梨棗，良足嘉許。惜校勘疏略，觸目皆訛字耳。甲戌春日購於析津。景葵記。

新纂杭州府志殘稿

陸懋勳字勉儕，仁和人，光緒己丑本省鄉試舉人，戊戌進士，授職編修，截取知府，分發江蘇，署常州府知府，充牙釐局提調，捐升道員，入江蘇巡撫程德全幕。民國後回浙江，入巡按使屈映光幕爲秘書，旋聘修杭州府志。後任齊耀珊病其繁，改聘吾師吳子修先生慶坻，就陸氏之稿芟薙之，始付印。陸氏原稿共三十三册，藏於家。勉儕歿後，嗣子不知書，存書七十箱，每箱二十元，售與抱經堂書肆。府志稿爲楊氏豐華堂所收。杭州淪陷，楊氏書被竊，抱經堂主持志稿五册來，余急收之。一册爲序例圖説，惜有説無圖，四册爲藝文志。據云，其餘尚零星見於杭市，惟首尾不聯貫，因藝文志完全，故運赴滬市求售。不知尚可續得否？

光緒志藝文十卷，爲子修先生所輯。宣統初刊於長沙。吴祁甫年丈承志又就刊本校增數百條，其書亦歸敝齋。數年前得於抱經堂，取校陸本，知陸即以吴校爲底本。是吴校本，亦自七十箱中散出者，後來印本不盡依吴校，大約即就陸本删汰而成。或子修先生未見吴校歟？勉儕有兄名佐勳字歆和，辛卯副榜。弟兄勤讀，每月應各書院課藝，每列前茅，所得膏火以奉母，嘉獎以購書，積其餘力，以黄梠木製書箱，每年不過添製一二隻。寒士聚書如此艱難，身後悉爲童騃所棄，故可傷也！己卯除夕，景葵記。

光緒杭州府志稿

光緒杭州府志稿，存藝文志七册，前志原委一册，錢唐丁氏原本，黄巖王棻輯，仁和羅榘、錢唐張預、吴慶坻，先後校定本。

光緒季年以此底本校刊於長沙時，子修師尚任湖南學政，其子絅齋士鑑任校勘之役。

入民國，陸勉儕懋勳纂修府志，又就底本增删，忝用吴祁甫年丈承志校本。子修師續任總纂，又據陸本審定付刊，即光緒杭州府志本也。吴校本、陸修本，先後收得。今又得此原本，可以知歷次修改之原委。庚辰五月記。

丁氏原修共一百十八册，今得八十至八十六共七册，又卷尾一册。

南朝會要

此錢衎石先生南朝會要初稿四册，尚未分卷，且佚去北朝會要，但首尾完具。全書皆先生精楷手録，其非自録者，爲其長子婦李介祉仲女、遠苓侍人姚靚分鈔，亦經先生校定。見三國會要序例。封面用故紙，葉背爲先生所書大楷，遒麗自然，知其臨池之功深矣。己卯冬日蘇賈攜來，云得自朱彊村家。冬至後一日，景葵記。

歷代官制考略

振綺堂書目二，心字廚，讀史三略二册，八卷，崑山葉澐蕃久撰。郡國考略三卷，統系考略三卷，官制考略二卷，此僅存官制二卷，八千卷樓目亦佚去郡國、統系二種，俟訪得補鈔。己卯臘盡蘇估攜來。揆記。

大明寶鈔

明史食貨志洪武七年設寶鈔提舉司,八年詔中書省造大明寶鈔,以桑穰爲料,高一尺,廣六寸,質青色,額題「大明通行寶鈔」,兩旁篆文:「大明寶鈔,天下通行。」其下云:「中書省,奏准印大明寶鈔,與銅錢通行使用,僞造者,斬;告捕者,賞銀二十五兩,仍給犯人財産。」今觀此本,已改中書省爲户部。史稱洪武十三年廢中書省,以造鈔屬户部,鑄錢屬工部。永樂即位,夏原吉請更鈔板篆文爲永樂,帝命仍其舊。自後終明世皆用洪武年號,則此本刊板何代何年,未可臆定。文内告捕賞格,已改二百五十兩,約增七倍,足證僞造之多,故重賞以制止之。伯銘世兄經濟專家,此爲尊翁元達先生所賜,良以貨幣變遷爲經濟史之重要資料也。承以見示,輒書所見,俾作參考之助。立春節。

大元海運記

此書舊藏上元宗氏,未題何家抄本,余審定爲恬養齋羅氏鈔。後跋内并有鏡泉先生手校數字。余前得鏡翁手鈔釣磯詩集,及其自定恬養齋文稿,故比較而知之。己卯春二月記。

變法平議

讀鹽法一條，似爲張嗇翁手筆，文亦甚似。所陳綱領，皆有心得。訪之親炙南通者，當可知吾言之當否。甲申二月撰初讀過。

述漢冶萍產生之歷史跋

民國元年漢冶萍股東會舉景葵與李維格並爲經理，又舉景葵與袁伯葵思亮、楊翼之廷棟並爲代表，同到北京謁見項城，請借公款恢復停工之化鐵煉鋼爐。後借到元年八厘公債二百萬元，向正金銀行作押，遂得開爐。此當時在京所印行也。庚辰九月記。

草此文時，盛杏翁避居日本，以文中推崇李氏太過，意不爲然。次年回上海，乃與楊杏城、王子展、李伯行諸公籌畫重整旗鼓。於三年春重開股東會，攻擊李氏，余與李同時辭職，盛、王、李均入爲董事。盛本大股東，其餘股東方面奔走拉攏者陶蘭泉。蘭泉引爲臂助者傅筱庵。傅與盛發生關係，始於此時。盛在宣統季年，其私產墊入漢冶萍者，不下四五百萬兩，余文中一字未及，不能辭疏忽之責也。庚辰九月自記。

元年之股東會以反對日債爲號召，當選之董事長爲趙竹君，趙亦不甚以李氏爲然。

李氏以礦石生鐵銷路只有日本，日本本購印度生鐵，今我以大部分之生鐵售與日本，得其資爲鍊鋼之用，以後鋼軌不必仰給於西洋；故以舉日債爲兩利。王子展、李伯行與盛氏私交甚篤，謂：「漢廠斷無利可獲，盛氏以上等房地產押借款項，填漢冶萍無底之壑，老翁獨不爲子孫計乎？」盛氏聞其言而韙之。余上書盛氏，謂宜以千秋事業爲重，不但墊款不宜急抽，仍須積極進行，使公司周轉靈活，未來之利勝於房産，其言如枘鑿之不相入。三年之股東會，趙氏落選，所舉皆盛氏之黨。李氏辭職而爲挂名之顧問，老病侵尋，賫志以歿，深可惜也！揆初又記。

附漢冶萍史本文

前清光緒初，奕訢柄國，創自修蘆漢鐵路之議。時張之洞爲兩廣總督，謂修鐵路必先造鋼軌，造鋼軌必先辦煉鋼廠。乃先後電駐英公使劉瑞芬、薛福成定購煉鋼廠機爐。公使茫然；委之使館洋員馬參贊，亦茫然；委之英國機器廠名梯賽特者令其承辦。梯廠答之曰：「欲辦鋼廠，必先將所有之鐵、石、煤焦寄廠化驗，然後知煤鐵之質地若何，可以煉何種之鋼，即可以配何樣之爐。差之毫釐，謬以千里，未可冒昧從事。」薛福成據以復張，張大言曰：「以中國之大，何所不有，豈必先覓煤鐵而後購機爐？但照英國所用者購辦一分可耳。」薛福成以告梯廠，廠主唯唯而已。蓋其時張雖有創辦鋼廠之偉畫，而煤在何處，鐵在何處，固未遑計及也。張在兩廣總督任内創議設廠煉鋼，意欲位置於粵東。迨機爐已定，而調任兩湖總督，繼兩廣之任者爲李瀚章，不以辦廠之議爲然，而所購機爐瞬將運華，乃議移廠於湖北。會盛宣懷以事謁張，談及現議煉鋼尚無鐵礦，盛乃貢獻大冶鐵礦於張，而移廠湖北之議遂定。大冶鐵礦者，於光緒元年發明於盛僱之英礦師某，盛以廉價得之，並不知其可寶，故舉而贈之不惜也。

張既得冶礦，乃擇建廠之地。有議設爐於大冶者，張嫌其照料不便。久之，乃得地於龜山之麓，襟江帶河，形勢雖便，而地址狹小，一帶水田，不得不以鉅資經營之。又各處尋覓煤礦，四出鑽掘，如大冶之王三石、道志洑、康中等處，最後乃得馬鞍山煤礦，所費又不貲。既得煤矣，不知煉焦。又懸賞徵求煉焦之法，掘地爲坎，終日營營而不知馬鞍山等處之煤，灰礦並重，萬不合煉焦之用。不得已，購德國焦炭數千噸與馬煤所煉土焦攙合。鉅舶載來，實若琳琅，自始至終，實未曾煉得合用生鐵一噸，而鋼軌更茫無畔岸矣！

當張請款設廠時，謂得銀二百萬即可周轉不竭。户部允之，乃款盡而鐵未出。部吏責言日至，撥款爲難，左支右吾，百計羅掘。自光緒十六年至二十二年止，共耗母財五百六十餘萬兩，其中馬鞍山及各處煤礦耗數十萬，廠基填土耗百餘萬，廠中共用洋員四十餘人，華員數倍之，無煤可用，無鐵可煉，終日酣嬉，所糜費者，又不知凡幾！官力斷斷不支，於是有招商承辦之議。

盛方以某案事交張查辦，張爲之洗刷，而以承辦鐵廠屬之。盛諾集股一百萬兩，冒昧從事。初以外國焦價太昂，改用開平焦，然每噸尚須銀十四兩，成本太巨，知非得廉焦不能辦，又四出搜覓煤礦。據礦師報告，萍鄉之煤，足合煉焦之用，驗之而信。遂又集股一百萬兩，開掘萍礦。既得煤矣，居然煉成鋼軌，而各處鐵路洋員化驗，謂漢廠鋼軌萬不能用，蓋因含燐太多，易脆裂也。

費千回百折之力，而所製之鋼不能合用。其時盛所招商股二百萬，業已罄盡，負債倍於股本。焦急無策，乃禮聘李維格到廠籌畫補救之法。李謂非出洋考求，不得實際。盛允之，遂攜大冶礦石，萍鄉焦炭，及鐵廠所製鋼軌零件，偕洋員彭脱同赴美歐。由英倫鋼鐵會介紹會員中鋼鐵化學名家將冶礦萍煤化驗，謂二者均係無上佳品，可以煉成極好之鋼，而漢廠所煉之軌，前含燐太多，實爲劣品。惟所帶零件，又係極佳之鋼。再四考求，始知張之洞原定機爐係用酸法，不能去燐，而冶礦含燐太多，適與相反。惟所有零件，則係鹻法所煉，可以去燐，故又成佳品。蓋梯廠初定機爐時，以不得中國煤鐵之質性，故照英國所用酸法配置大爐，另以鹻法製一小爐媵之，其意不過爲敷衍主顧而已，而我則糜去十餘年之光陰，耗盡千餘萬之成本，方若夜行得燭。回首思之，真笑談也。

李維格回華，建議非購置新機，改造新爐，不能挽救。盛諾之，而憂無款。乃與日本訂預支礦石價金三百萬元之約，即以此款爲改良舊廠之用。著手甫竟，而全球馳名之馬丁鋼出現，西報騰布，詫爲黄禍。預定之券，紛至沓來，其時預支礦石三百萬元，早已用罄，後以重息借債，年年積累，又不能支，乃定改爲完全商辦公司，赴部注册，加招新股，於是「漢」「冶」「萍」三字合併爲一名詞，正如千里來龍，結爲一穴，始願固不及此。

綜計官辦時代用去五百六十餘萬兩，除廠地機爐可作成本二百餘萬兩外，其餘皆係浮費之款，於公司毫無利益，而每噸一兩之抽捐，則永遠無已時。盛承辦以迄於今，前後凡十餘年，總計銀行莊號利息，及股東所得官息已不下一千三百餘萬兩，故公司前後股款債項三千三百餘萬兩，其用於實際者，不過十一分之七。假使張之洞創辦之時，先遣人出洋詳細考察，或者成功可以較速，糜費可以較省。然當時風氣錮蔽，昏庸在朝，苟無張之洞鹵莽爲之，恐冶鐵萍煤，至今尚藴諸巖壑，亦未可知。甚矣！功罪之難言也！

去年漢廠停工,頗有人倡議,謂李君維格辦廠不善,可取而代之者。余與李君交久,歷見其困心衡慮,知大功不可以鹵莽成,言之匪艱,行之維艱,故述爲此篇,登諸上海時事新報,浮議始息。頃因代表來京,京師士大夫頗知注意此事,而十餘年歷史,語焉不詳,聞者蓋尠,復檢舊稿,貢諸社會,幸留意焉!公司股款債項總額三千三百餘萬兩,内除歷年債息官利一千三百餘萬兩,其實在列作成本者,不過二千萬兩。第四號新化鐵爐未成以前,每年已出生鐵十三四萬噸,而更有萍冶兩礦可供數百年採掘。日本製鐵所前後共費日幣六千餘萬元,皆係政府之款,毫無利息。其每年所鍊生鐵,亦不過十七八萬噸,而並無鐵礦可供原料。以彼例此,未可妄自菲薄。至鋼質之良,全球驚歎;銷路之廣,供不敵求。廠中所送西洋學生如吴健、盧成章諸君皆學成藝精,各勤職務,後望正無涯涘。過去若干年所以辦無成效者,其所經歷,不啻學堂授課之光陰,其所費用,譬諸學生習藝之本錢,此亦一定之階級,東西各國無能免者。德國政府奬勵鋼料出口,每噸津貼十六馬克,故全國人民争開利源,不畏艱險。我國今日已漸知注重實業,雖中央財政目前支絀,自無餘力及此,但願嗣後上有提倡之意,下無欺飾之情,桑榆之收,正未爲晚。鍥而不舍,匪僅李君一人之責也!元年十月二十日,景葵又記。

趙尚書御史任内奏議

歷年搜集趙尚書奏稿，均係幕府起草。此册從皇清奏議録出，均在御史任内之諫草。精心結撰，不假手于他人。尚書授貴陽遺缺知府，召見，奏稱：「臣蒙恩外放，是否因性喜直言，煩黷聖聽？」慈禧笑慰之曰：「汝歷來忠直，所言皆當。汝未出京以前，許再專摺言事兩次。」故卷末二疏，尤爲懇切。第二疏專陳邊防，頗動上聽。後來任新疆布政使，特簡盛京將軍，未始不因於此。庚辰，尚書繼室楊夫人逝世，遺篋中獲得此本，讀畢敬記。葉景葵。

滇緬界務新約諍議

甬上隨槎客稿。此光緒丁酉、戊戌間翦存之稿，不知出於何處，亦無姓名可查。因其持論條鬯而深切事實，故存之。壬午秋，揆初記。

浙江圖書館善本書目甲編

丁丑五月陳叔諒寄贈，擬以馮訥詩紀殘本，及梅南書屋本東垣十書零種四種寄贈，俾得補其殘缺，亦功德事也。揆初記。

浙館經費支絀，佳本無多，較之江南圖書館誠小巫矣。

鐵琴銅劍樓藏書目録

乙亥季冬，見抄本恬裕齋書目，經勞季言校正，又有周星詒、傅節子評注，即以硃筆度勞校於此本之眉。周傳所注，第言收藏版本，以忽忽不克過録。勞校則一字不遺，其最精要各條，皆管申季、王芾卿、葉緣督諸君所未曾見到者。丹鉛主人讀書之精到，非後來所及也。景葵記。

以抄本現歸王君綬珊，丁丑暮春，又從王欣夫假得一本，係常熟丁秉衡（國鈞）過録丁氏善本書室藍格抄本，欣夫又從丁本傳録者，與此本互有詳略。今以墨筆録於書眉，下著「丁本」二字以別之。丁君有所見，亦綴於勞校之後，今亦録及，冠以「丁秉衡曰」四字，以防羼雜。丁君跋云：「勞氏手校本存江南圖書館閱覽室，未經提入善本書中。」又云：「書眉校語極精要，審知季言先生手筆，因悉迻録之。惜瞿氏刻此目時，未見季言校語，不及改正耳。」又云：「季言卒於同治乙卯，其得抄本瞿目，大約在咸豐之初，今以照刊本，則字句皆同，誤處仍誤。」瞿目刊於光緒三年，曾延葉鞠裳諸君重加審訂，然後付梓，乃竟未易一字，真不可解也。

葵按綬珊所得抄本，與刻本不同處甚多，皆管、王、葉諸君所改正。今丁跋云「以照刊本，字句皆同」，似丁氏抄本，其内容與綬珊得本不同，故勞氏重收之。要之兩本校語，互有詳略，合之雙美，不可偏廢也。丁丑三月初五日記，明日有故都之遊。

周星詒本，季言糾正處，刻本半已改易。丁氏本據秉衡跋云「字句皆同，誤處仍誤」，似丁氏本與刻本爲近，是周本在前，丁本在後之證。

新輯勞氏碎金，搜羅甚博，但如鐵崖賦藁，則敝藏一本，與所載不同，碎金未收恬裕目，正以所見足以補遺自詡。乃未幾，即有重蓄本發現。學問之道，正無窮盡，不得以咫尺之見聞，妄自尊大也。初六又記，已束裝待發。

瑞安黄氏蔘綏閣藏書目録

此瑞安黄漱蘭先生及其喆嗣仲弢先後藏書。丙公物故，逐漸星散。辛未秋以其殘餘數箱求售，余選購數種，以小圈爲記。余所未選者流入書肆，目中所稱宋刊如陸士龍集、白虎通等，皆非上駟，其餘未見者多，聞寄存杭州時，已爲他人斥賣多種。景葵識。

羣碧樓善本書目寒瘦山房鬻存善本書目

孝先故後，其家議售書，以維生計。先託某君持硃印寒瘦目經孝先以所得價詳記目内者，帶至上海，屬余估價。久而不至，余馳書往詢，又另託某君持一草簿來，詳細考校，知精本未列簿内者甚多，無憑估計。蓋所託之某君，將簿内精本抽去兩頁，故不符也。時京蘇書估麕集，聞已有零本流入蘇肆，余急馳書告其家曰：「來目不足憑，兹就寒瘦目，除去王綬珊所購，約略估計尚值二萬元，其餘普通書，似亦可值一萬元，倘購主允八折，即可脱手。」幸孝先如君因應得宜，竟實得三萬二千元。購者蘇州集寶齋、北京景文閣、東來閣、文殿閣諸家，其中費聞亦達七八千元。前所記某君某君，皆在分潤之列。若輩出價既鉅，則轉售之價必越常軌，開全唐詩底本擬批價一萬元以上，孝先九泉有知，必拈髯一笑，自詡鑑賞不虚也。所奇者，寒瘦目全部兩批售出，皆以余爲導引人。余所借校本華陽國志兩部，龔校韓詩外傳，及明抄洪武聖政記一册，共四種，幸未交還，決爲保存於合衆圖書館，將請孝先知己之知書價者二三人，公同估價，償還其家，以了經手，亦不負死友之誼也。己卯除夕，揆初記。某君所持之紅印寒瘦目，索之不得，亦狠矣哉！

聞不入寒瘦目之精本，有王雅宜手抄陶集，王西莊校晉書，吴雲甫注顧亭林詩集，大約後來所得，不知尚有其他祕笈否？蓋已一掃而空矣！羣碧目内之書，皆售於中央研究院，售價五萬元，實得四萬五千元，以五千爲經手某君壽，蓋非某君之力，則研究院斷不購此古籍也。吾友丁在君文江曾任中央研究院幹事，慨然謂余曰：「研究院應興之事甚多，應革之事亦甚多，即如鄧孝先之書，研究院購之何用，乃費去五萬元。若以此五萬元研究地質，豈非有益於國計民生？」余笑謂之曰：「如君言，則琉璃廠肆皆閉門，從此無肯刻中國書者矣。」相與一笑而別。己卯除夕補記。

己卯六月十七日，聞孝先逝世，以詩挽之：「促膝談心甫兩旬，五月廿二日攜第三子枉過暢話。如何一蹶已歸真！喪餘骨肉仍罹劫，長子死於蜀，家人諱不以聞。鬻後圖書不療貧。寧學翳桑成餓莩，「寧學翳桑之餓，不願分閔貢之肝」，去夏來書中語。獨留勁草慰先民。卅年風義如昆季，三復遺牋涕滿巾！」景葵。

海鹽張氏涉園藏書目録

二十八年五月，張菊生先生與陳陶遺先生發起籌備私立合衆圖書館於上海市，景葵亦附驥焉。三十年八月，開發起人會，選舉董事，租屋舊法租界辣斐德路六百十四號，成立籌備處。菊生先生即以歷年收藏舊嘉興一府前哲遺著四百七十六部，一千八百二十二册，贈與本館，並以海鹽先哲遺徵三百五十五部，一千一百十五册，又先世著述及刊印評校藏弆之書一百四部，八百五十六册，及石墨圖卷各一事，先作寄存，冀日後宗祠書樓恢復或海鹽有地方圖書館之設，領回移貯。既經倭亂，鑒於祠屋半毀，修復無力，本地圖書館之建設更屬無望，遂改爲永遠捐助本館。即屬潘君景鄭，從事目録之編纂。三十年八月，自建館屋落成，遷居後閉門整理，愧無進展。三十五年一月，始克在本市教育局立案，五月開第五次董事會臨時會議，菊生先生當選董事長。迨書目告成，適逢先生八秩誕辰，爰集資以謀印行，爲本館刊行書目之嚆矢。本館編印目録之計畫：凡各家專藏，别編分目，復合館中自購、受贈之目，彙爲總目。先生所藏，以表章鄉賢先世之精神，勤求博訪，鍥而不舍者數十載，始克臻此，其難能可貴爲何如！是目也，可以嘉興藝文志視之，藉爲先生永久紀念，並祝先生眉壽康吉，長爲本館之導師，俾於國家社會文化前途，克盡相當之貢獻，此不僅同人之私頌也。中華民國三十五年，歲次丙戌，農曆九月二十八日，葉景葵敬記。

兩漢金石記

此龔孝拱校本，精審之至。前見凡總目加墨點者，均以原石拓本或名家鉤刻本校讀，所校劉熊碑翁跋，詆訶不少假借。此書雖亦訾翁之不學，而於其論書之精語，則傾倒備至。孝拱善讀書，蓋非信口雌黄者。辛巳二月喬估自蘇州寄來。揆初。

岱頂秦篆殘刻題跋

梁茝鄰岱頂秦篆詩，「去疾斯」誤作「去疾思」，旁有校字，及温碑翁跋密宓字旁評語，皆龔孝拱所書。因未題名，特著於此。同日得見積餘所藏定盦父子批校段氏説文注，定盦讀周三次，前後六年，批釋極矜慎。孝拱自題「外曾曾小子」，其批駁之處，詞氣淩厲，不少假借，間有恭楷，大都信筆疾書，其行草極爲恢奇，而有金石氣。洵道咸間一能手也。

此册得於抱經堂，殘破不堪，定價極廉。裝成記之。己卯二月杪，葉景葵書。

頃得顧起潛自故都來書云：「廠估在常熟鄉間收得孝拱編定手鈔定盦文稿十四卷，殘存八卷，頗多集外之文。」此亦異書，惜無緣一讀，附記於此。同日又書。孝拱名橙，改名公襄，段注校本，自題外曾孫祢，又作袮。

史通

此張鼎思刻本，爲雙照樓吴氏故物。兹假得老友鄧正闇兄羣碧樓舊藏名校本兩種，一一過録。

一、陸儼山本，顧澗蘋手校。初校於無爲州寓廬，未記年月，用墨筆，重校於嘉慶甲子，用朱筆。今皆以朱筆過録之。

一、郭孔延本，過録馮已蒼評、何義門校，皆用朱筆。又有不知姓名者用黄筆復校。今皆以緑筆過録之。

過録既竣，始知黄筆係義門從姪何堂校本，經後人過録者。惜已匆匆還瓻，不及識别，容俟異日再借勘一過。癸酉十月十九日，景葵記。

孫潛夫手校張鼎思本後有顧跋云「今年予攜之行篋，尋覽數過，每歎其佳。五硯主人見而愛之，因照臨一通，而以其真歸焉。時在秦淮寓中，嘉慶甲子八月三日」等語。按此跋所云照臨一通，當即照臨於陸儼山本，惟陸本之跋寫於無爲州寓中。孫校本之跋寫於秦淮寓中，同是嘉慶甲子八月以前之事，容再考定。廿三日又記。

葵按羣碧所藏兩本各跋，詳見寒瘦山房目録中，兹擇要寫其三跋，餘不備録。羣碧跋語中約有三誤：一謂顧校始于乾隆辛丑。考是年澗蘋方十六歲，由京回蘇，顧校所題辛丑，乃過録孫潛夫識語。澗蘋自識，僅言時寓無爲州，未記年月。近人所輯顧千里年譜，亦不載僑寓無爲事，應再考定。以字體測之，其時距嘉慶甲子似不甚遠。一謂義門所稱張氏即張鼎思，非也。義門所據乃張之象本，張之象刻於萬曆五年，張鼎思刻於萬曆三十年，並非一本。一謂吴下所得馮評何校本每册有硯谿小印，審爲惠氏傳臨，尤屬附會。南京國學圖書館有吾鄉丁氏舊藏盧抱經手校史通訓故補注殘本，曾以華亭朱氏影抄宋本及何義門校本復校後録兩跋：一即義門己丑重陽跋，一爲何堂（義門從姪）跋，照録於下：

> 曾從從叔小山，假得清華李氏所藏華亭朱氏影宋抄本，與此張氏刻（抱經注：張之象三字）互勘，無大相乖舛，知序中所云「曾見梁溪秦氏家藏宋本」不虛也。視後來郭氏刻本，去之遠矣！顧曲筆篇中一則，誤入鑒識篇中，反得郭本正其違錯何耶！癸亥秋日爲果堂沈彤校勘一過，漫記册尾。何堂。

據此，知羣碧所得本，乃前人過録義門校後，又過録何堂校（何堂係校張之象本，故定爲後人過録。）而失其兩跋。何堂向小山假得華亭朱氏影抄宋本，與抱經所據同出一源，故十九與羣書拾補相合，積疑頓釋，爲之一快。惜偶能宿草已深，不得起九原而告之耳！癸酉十月，卷盦葉景葵識。

又

此校本爲何氏弟子所傳臨，且爲義門所親見。正誾、偶能先後考定，惜原本未署姓名。卷首有「吴門蔣維鈞家藏」印，卷尾有「家在九峯三泖間」印，潘君博山疑爲蔣子遵杲所臨。但博山藏有子遵手校明初本後山詩注，字體較爲古樸，與此不類。子遵之弟檏字子範，亦義門弟子，無從覓其遺翰，容再考求。研溪是否惠硯溪，亦未可定也。庚辰二月景葵書。

馮評何校，均極細密，傳臨者又整理一過，合顧千里校本並觀之，向來所蓄之疑義，皆豁然矣。三月杪又記。

廿一史彈詞注

漢陽張氏稿本，殘存南北朝一卷，隋唐一卷，後五代一卷。

此書爲朱竹垞藏本，著於康熙中葉。楊升庵廿一史彈詞，漢陽張三異命其子仲璜作注，刊於康熙四十九年。仲璜自序謂「繙閲羣書，根究事跡，歷寒暑而注幾成，嗣是歸里暇日，猶數易稿」云云。此本當係未定之初稿，與刻本不同。刻本詳注方輿新舊沿革，而此本無之。所采史傳事跡，詳略各殊。升庵原文亦間有更改之處。升庵原文，或係刻本更改，未見升庵原本，不敢臆定。卷中旁注眉批，或係仲璜真跡，故雖殘本，亦收存之。

鹽鐵論

己巳七月，借陳公子孟兄涂刻原本校讀一過。其異文皆注於眉端，有顯然譌誤者，翻刻本頗有改正。景葵記。

弘治涂禎原本，每半葉九行，行十七字。此本九行十八字，似係嘉靖後翻刻涂本。弘治本都序，在十卷之末，題爲鹽鐵論後序。又有涂禎序七行，此本失之。補録於後。前所校弘治涂禎本，頃查與張敦仁重刻本行款不合，疑非原刻。余友宗子戴謂係兩京遺編本，容再考。己巳臘盡記。

揚子法言

沈寶硯臨何義門本，顧澗蘋臨沈寶硯本，袁綬階臨顧澗蘋本，綬階又向黄蕘圃借沈寶硯臨本復勘并補校音義，即此本也。

嘉慶二十四年，顧澗薲代秦敦甫撰重刻治平監本揚子法言敍云：「揚子法言十三卷，自侯芭、宋衷之注既亡，而存者莫先於晉李軌、宏範注，宋景祐、嘉祐、治平，三降詔更監學館閣兩制校定板行，最爲精詳。有音義一卷，不題撰人名氏，其中多引天復本。天復者，唐昭宗紀元而王建在蜀稱之，然則謂蜀本也。撰人當出五代、宋初間矣。司馬温公言宋庠家所有，逮陳振孫書録解題所載，皆即其本，當時固盛行也。外此有唐柳宗元、宋宋咸、吴秘注、建寧人李注，爲四注本。書録解題云，與此不同。厥後書坊復有新纂門目五臣音注本，則又增入温公集注，而卷依宋咸爲十，諸家元文，悉經删節，全失其舊。明之世德堂據以重刻，通行迄今，於是世人罕知諸家或十三卷或十卷各有單行之本，而李注乃若存若亡焉。戊寅首春，購得宋槧，稍有修板，終不失治平之真，適元和顧君行篋中有臨何義門所校，出以對勘，大致符合，深以爲善，勸予刊行。爰以明年影摹開雕，凡遇修板，仍而不改，并所譌誤舉摘如千條綴諸末，以俟論定者。」

按上文所謂顧君臨何義門校本，即傳録沈寶硯臨何校本也。顧君自云「大致符合」，必有不盡相符之處，今以此本與秦刻治平監本對校，録其異文如左：

卷一　一葉前二行　題校「李軌注」，秦刻本「軌」作「軌」，下仿此。

三葉後一行　注校「治王名」，秦刻本作「治之名」。

又後七行　注校「輟猶言不爲耳」，秦刻本無。

五葉後八行　注「方術之士」，秦刻本作「方術之家」。

六葉前五行　注校「喜於問財鑄」，秦刻本無「鑄」字。

九葉前五行　注「士人據道義爲根本」，秦刻本「據」作「操」。

十葉後二行　注校「正考慕之」，秦刻本作「正考甫慕之」。

十葉後二行　注「奚斯魯」至「作魯頌」十五字，秦刻本在正文下句「嘗晞正考甫矣」之下。

又後八行　正文「或曰書與經同」，秦刻本另提行。

十一葉後四、五行　正文「或曰耕不穫」，秦刻本另提行。

又後七行　正文「是穫饗也」，秦刻本「也」作「已」。

十二葉前四行　注校「去惡就善」，秦刻本「就」作「遷」。

十三葉前七行　正文「以其所以葬」，秦刻本作「以其所葬」。

十四葉後八行　正文校「無止仲尼」，秦刻本「止」作「心」。

十五葉前一行　正文校「無止顏淵」，秦刻本「止」作「心」。

卷二

一葉前六行　正文校「終後誕章」，秦刻本「終」作「然」。

又後二行　注校「貴此」至「更路」九字，秦刻本「更」作「夷」。

又後四行　正文校「譔諸子」，秦刻本「諸」作「吾」。

二葉前五行　注「有淩雲之志」，秦刻本「淩」作「陵」。

四葉後二行　注「學業正」，秦刻本作「學業常正」。

五葉後二行　正文「或曰君子尚辭乎」，秦刻本「曰」作「問」。

又後七行　正文「事辭稱則經」，秦刻本作「事事辭稱則經」。

六葉後六行　正文「升東嶽」，秦刻本「嶽」作「岳」。

八葉前一行　注「言勝於不知而妄名」，秦刻本「知」作「學」。

十六葉前七行　注「不窺園」，秦刻本「窺」作「闚」。

二十葉後二行　注校「君子貴絶德」，秦刻本「絶」作「純」。

廿一葉後二行　正文「絃鄭衛之聲」，秦刻本「絃」作「弦」。

廿四葉前二行　正文「不耻」，秦刻本「耻」作「恥」。

卷三

二葉前三行　正文「或問道」，秦刻本另提行。

五葉前四行　注「訓饕餮」，秦刻本無「餮」字。

十二葉前六行　正文「霑項」，秦刻本「霑」作「沾」。

十三葉前一行　注「反聞」，秦刻本作「反間」。

又十四葉前一行　注校「癸記年人也」，秦刻本作「祭祀先人也」。

又前六行　注校「刀鍾」，秦刻本「鍾」作「鈍」。

又同行　注校「鋌削」，秦刻本「鋌」作「挺」。

十六葉前一行　注校「凝時」，秦刻本「時」作「跱」。

又前五行　正文「雖隣不覿」，秦刻本「隣」作「鄰」。

卷四

三葉前一行　注「探幽索微」，秦刻本「微」作「至」。

六葉前五行　注校「漢興來集之」，秦刻本「來」作「求」。

又同行　注校「又亡一箇」，秦刻本「箇」作「簡」。

七葉前三行　注「莫有不在其内」，秦刻本「在」作「存」。

十二葉後一行　正文「或問經之艱易」，秦刻本另提行。

卷五

二葉前五行　注「則聽芻蕘之言」，秦刻本「聽」作「聞」。

七葉前七行　注校「則法」，秦刻本在下句「姑息敗德」之下。

九葉前七行　注校「越於」，秦刻本在次行「慎其身也」之下。

又後七行　注校「正宜」，秦刻本作「沈冥」。

十葉前一行　注校「終於成都」，秦刻本無「終」字。

又前二行　正文校「不亦珍乎」，秦刻本「珍」作「寶」。

十一葉前一行　注校「克勝」，秦刻本作「克勝也」。

十五葉前三行　注「尚書論政事」，秦刻本作「尚書論政事也」。

十八葉前六行　正文「君子弗聽也」，秦刻本「弗」作「不」。

又後三行　注「自謂侍君子也」，秦刻本作「自謂侍於君子也」。

十九葉前二行　正文「如之何賢於己也」，秦刻本下有注文「窒塞」二字。

又後六行　正文「使起之兵」，秦刻本作「起之固兵」。

廿一葉後三行　正文「灝灝之海」，秦刻本另提行。

又同行　注「渡也言渡」，秦刻本「渡」均作「度」。

卷六

一葉前一行　注校「夫言者所以道理也，五百□□，非通經之言」，秦刻本「道」作「通」，「五百□□」作「五百歲一聖」，「通經」作「經通」。

四葉前三行　正文校「開迹」，秦刻本作「開跡」。

十葉後七行　注「清玲」，秦刻本作「清泠」。

十二葉前七行　注「不肆正道」，秦刻本「正」作「王」。

又前八行後二行　正文校「未朢既朢」，秦刻本「朢」均作「望」。

十七葉後四行　正文校「四國是匡」，秦刻本作「四國是王」。

十八葉前一行　正文「齊桓公」，秦刻本作「夫齊桓」。

廿一葉後三行　正文「謹」，秦刻本作「議」。

又後四行　注「綱目正」，秦刻本「綱」作「網」。

廿二葉前一行　注「綱目正」，秦刻本「綱」作「網」。

廿三葉前八行　注「比屋可誅」，秦刻本作「可比屋而誅」。

卷七

一葉前六行　注校「世貶之失中」，秦刻本「世」作「褒」。

二葉後一行　注「撫書而歎」，秦刻本「撫」作「捨」。

又後二行　注「此章寄微言」，秦刻本「此」作「上」。

三葉前二行　正文「請問蓋天」，秦刻本「天」字誤作注文。

四葉前七行　注校「夫差」至「不取」二十字删，秦刻本有。

又後一行　注「吴其亡矣」，秦刻本「矣」下有「乎」字。

七葉後一行　注「非一朝一夕」，秦刻本「夕」下有「矣」字。

九葉後六行　正文「校睽」，秦刻本作「睽」。

十三葉前三行　注校「故不胙曰」，秦刻本「曰」作「耳」。

十五葉後二行　注「輒取於」，秦刻本「取」作「殺」。

又後三行　正文「或者」，秦刻本「或」作「其」。

十七葉前五行　注「猶未聞」，秦刻本無「猶」字。

又後五行　注校「不能下」，秦刻本作「不能下之」。

十八葉前七行　注校「是一事終也」，秦刻本「終」作「忠」。

廿二葉前五行　注「未至之賢」，秦刻本「未」作「一」。

又後六行　注「而云無兄」，秦刻本「云」作「乃」。

又同行　注校「梁士夫懼」，秦刻本作「梁王大懼」。

又後七行　注校「稱病去窔」，秦刻本「窔」作「官」。

廿三葉前二行　正文「邴大夫」，秦刻本作「丙大夫」。

又前三行　注「金將軍日磾」，秦刻本「軍」下「日」上有「名」字。

廿四葉前一行　注「喪送之禮」，秦刻本「喪」作「葬」。

卷八

二葉後八行　注「皆以多力舉重」，秦刻本「皆」上有「此等」二字。

三葉前五行　正文「請問孟軻之勇」，秦刻本無「問」字。

五葉後七行　正文「或問蒙恬」，秦刻本另提行。

又後八行　正文「塹」，秦刻本作「壍」。

六葉後七行　注「所封國也」，秦刻本作「所國地也」。

七葉後五行　注校「離由乎人」，秦刻本「乎」作「平」。

八葉後七行　正文「或問儀秦」，秦刻本另提行。

九葉前七行　正文「曰然則子貢不爲與」，秦刻本無「曰」字。

九葉後五行　正文「或曰儀秦」，秦刻本另提行。

又同行　正文「跡不蹈已」下，秦刻本有注儀不跡秦。

又後八行　正文「亦才矣」下，秦刻本有注任佞。

十葉後四行　正文「袁固」，秦刻本作「轅固」。

十一葉前二行　正文「或問蕭曹」，秦刻本另提行。

十二葉後八行　正文「或問循吏」，秦刻本另提行。

十三葉前五行　注「籍儒」，秦刻本「儒」作「孺」。

又後二行　注校「立文帝也」，秦刻本無「也」字。

十七葉前六行　正文校「談道」，秦刻本作「詼達」。

十八葉前四行　注「素飡」，秦刻本作「素飧也」。

卷九

一葉前七行　正文校「檢柙」，秦刻本作「檢押」。

又後三行　正文「或問君子」，秦刻本另提行。

二葉後五行　注校「脱合於教」，秦刻本「脱」作「侻」。

八葉前一行　注校「好生惡死」，秦刻本作「好死惡生」。

十一葉前一行　正文「馬德爾」，秦刻本「德」作「得」。

卷十

四葉後五六行　正文「嘉謨」、「謨合」，秦刻本「謨」均作「謀」。

五葉前一行　正文「勗」，秦刻本作「冒」。

又後二行　正文「嵦」，秦刻本作「螘」。

十二葉後七行　注「日一日」至「載歲也」十三字，秦刻本在正文「曰功」下。

又後八行　注校「以成其咸」，秦刻本「咸」作「歲」。

十三葉後一行　注「而惡可知也」，秦刻本無「也」字。

以上皆兩本異文，秦刻本出於顧君手定，而此本輾轉傳録，或不免有漏校及筆誤之處，其顯然爲原槧之誤者，如「癸記年人也」、「談道」、「惡比」之類，秦刻本皆不誤，但如「終後誕章」「終」不作「然」，「事辭稱則經」不重「事」字，「不亦珍乎」「珍」不作「寶」，「謹其教化」「謹」

不作「議」，「請問蓋天」「天」字不誤入注文，凡此皆秦氏所校治平監本之誤，此本皆不誤。又如「無止仲尼」、「無止顔淵」「止」不作「心」，則與天復本合。義門昆仲所見之宋槧，爲絳雲樓故物，或遠勝於秦氏所據之本，未可知也。己巳臘月廿五小祥日燈下，景葵校訖謹識。

秦刻祖本後歸海源閣，有顧澗蘋跋語引卷十一「非夷尚容依隱玩世」，校語謂與温公所見李本不同，斷定絳雲樓所藏亦爲治平監板已修本，見楹書隅録卷三。

黄藏沈臨何校本現在涵芬樓，缺前五卷，壬午中秋對讀。綬階臨顧本用朱筆，借黄本復勘用墨筆。

顔氏家訓

十年前在京師琉璃廠得乾隆乙酉初印殘本六卷。嗣後所遇皆壬子重校本，無從補全。癸酉初夏，在滬肆得第七卷以下殘本一册，亦壬子本也。尚缺敍目，因倩武君井樊曾傳補抄重裝，俾成完帙。乙亥仲夏，曝書檢點後記之。景葵。

匡謬正俗

蕭山朱翼庵藏書鈔本匡謬正俗，「匡」作「刊」，「殷」字缺末筆，蓋從宋本出。有何義門評點，係義門之姪何堂所臨。鄧孝先有義門校郭孔延本史通，與此如出一手。知彼本亦何堂傳寫矣。

盧本如卷五「逡遁」，鈔本作「逡巡」。便面條「形不圜者」，鈔本作「上衺平而下圜者」。阡字條「先令墳墓」，鈔本作「令先人墳墓」，皆鈔勝於刻。其餘亦多是正。朱氏擬出讓，索價過昂，因照録一過，一夕而畢。乙亥臘月初四日，揆初記。

夢溪筆談

癸酉端午，借得弘治乙卯華容官署徐寶刊本，校讀一過。弘治本雖出於舊本，然譌字甚多。去年見宋刊本，即彭文勤故物。以價昂不能得，惜未克對校。弘治本亦有可訂正毛本之處。但毛本校勘頗精，所據必係善本。揆初識。

松江韓氏藏書，著名之元刻夢溪筆談已歸吾友陳君澄中，曾經披覽。從前所見彭文勤故物，亦元刻也。己卯春又記。

習學記言序目

癸酉殘冬，於滬市見舊鈔本習學記言序目五十卷，玄字尚未避諱，審爲清初鈔本，持示黄君溯初羣。溯初新刻敬鄉樓叢書，此書爲第一輯第一種，曾合瑞安黄氏刊本、文瀾閣四庫本、繡谷亭殘鈔本、無名氏殘鈔本、蕭山單氏藏黄梨洲校殘鈔本悉心校訂。溯初告余曰：「此鈔本錯字固多，而獨是之處亦不少，如第二葉十一行『山之爲泉也』，他本『泉』皆作『水』，十三行『置磐立桓』，他本『置』皆作『直』，鄙見『泉』字『置』字皆勝於『水』字『直』字，可照校正，數葉之内，已有數處可取，足見此書大有長處，可購也。」余韙溯初之言，以廉價得之，庋置篋中已六年矣。今冬檢理羣籍，重行審定，如卷三「既濟未濟」條「此人欲也天地」六字，敬鄉本校云「此處疑有誤」，此本作「此人也，非天也」。卷七「太宰以九賦斂財賄」條末句，敬鄉本校云「黄本、閣本、繡本均無『貉道之』三字，據學案補」，此本有「貉道之」三字。益信溯初之説不誣。又檢敬鄉本所引單本，與此本對勘，則處處符合。如卷五「泰誓牧誓武成」條，敬鄉本校云「九年以下十字，黄本、閣本脱，據單本補」，檢閲此本，十字不脱。又同卷「洛誥多士無逸」條「多門禁之，多塗誘之」，敬鄉本校云「單本作開之多門，禁之多塗」，此本與單本同。其他不勝枚舉。是此本與黄梨洲校本同出一源，信而有徵。單氏所藏黄校鈔本，殘存八卷，此本五十卷，首尾完具。所惜者鈔而未校，不免有譌字舛句脱行錯簡，而如上文所舉佳勝之處，則披沙揀金，往往得寶，余固匆匆繙閲，未曾逐條細勘也。前曾收得孫琴西先生校鈔本，亦首尾完具，爲瑞安黄氏本所從出，倘能再合各本詳細訂正，俾吾遠祖水心公之卓識宏議，不致因傳寫譌奪而湮没弗彰，則此本誠足重視矣。己卯十月十九日，葉景葵敬識。

卷二十五「馬援」條「援傳稱遺梁松驛□□代監軍」，敬鄉本校云「驛」下「代」上，閣本、黄本皆缺三字，據後漢書校補「責問因」三字，此本作「援傳稱道遺字之誤梁松乘驛責問援，因代監軍」。

卷二十七「漢魏之際」條「夫慮敬鄉本校云：疑脱一字。近遠而事有是非」，此本作「夫慮無近遠，而事有是非」。次日又校得兩條，補記之。

癸巳存稿遺篇

假潘博山所收羣碧樓藏本鈔録。此爲石洲刻存稿時删去之篇，應從胡甘伯題辭，正其名曰癸巳存稿遺篇。原題癸巳賸稿誤也。庚辰七月初，景葵記。

思益堂日札

此册去年得之京友，初見筆跡極相熟，但欲確定爲誰何之手筆，則苦思不得。庚辰初正，選購羣碧樓書，得楊秋室手校抄本鮚埼亭集，内有沈子封先生簽校，乃恍然悟此册亦先生手抄。蓋楊校本在六年前，余曾詳細過録也。先生沖和篤實，博極羣書，爲光緒朝一樸學。生平不以著述標榜，其聲聞亦爲乃兄乙盦先生所掩。再閲數十年，恐無知之者矣。此從自庵原稿節抄，彌見前輩慎思明辨之精神，對之起敬！正月二十日，後學葉景葵題。

沖虚至德真經

黄蕘翁舊藏沖虚至德真經影宋抄本，至乾隆末年，又遇書賈鄭輔義購得北宋槧本。鄭賈先攜至袁綬階處，綬階以告顧抱沖，抱沖指名相索，卒爲蕘翁所得。蕘翁乃屬抱沖從弟澗蘋代校是書，綬階又以世德堂本屬澗蘋校之，時越八年，綬階又借蕘翁校本覆勘一過，即此本也。所謂蕘翁校本者，未知爲澗蘋代校之本歟？抑蕘翁自校之本歟？士禮居藏書題跋記載有蕘翁校宋本跋，時在丙子五月，後於綬階借校時又十二年。但北宋本跋云：「取書閲之，急挑鐙校一卷，覺世德堂本訛舛不少。」則甲子以前，或另有自校之本。蕘翁得北宋本在乾隆末年乙卯季冬，作北宋本跋在嘉慶元年丙辰元旦，其屬澗蘋代校，當亦在丙辰。綬階屬澗蘋校訖在丙辰十二月，是爲同歲所校。顧、袁兩跋俱簡略，兹録思適齋集、士禮居題跋各一則，以資佐證，足知顧校之可寶矣。己巳殘臘雪後，葉景葵録。

南華真經

顧抱沖藏宋本莊子，曾經明初人校讀。抱沖過録於世德堂本。此爲袁綬階借臨之本，舊藏海寧陳氏向山閣。丁卯冬季，余於湘鄉王氏購得之。

原校分三十三篇，爲二百五十五章，悉依陳碧虚南華真經章句音義，即陳氏自敍所謂「隨指命題，號爲章句」者也。所引諸家異文，有稱張本者，即張君房校郭象注中太一宫本也；有稱文本者，即文如海正義本也；有稱成本者，即成玄英疏本也；有稱李本者，即李氏書庫本也；有稱江南本者，即江南古藏本也；有稱劉本者，即散人劉得一本也。以上皆爲碧虚所見之本，詳見南華真經章句餘事，惟又有稱元嘉本者，有稱别本者，有稱一作者，有稱本或作者，均爲碧虚所未詳，不知何據？原校徵引賅博，抉擇謹嚴，句讀精審，非尋常批抹者可比。

卷首抱沖題云宋本每行十五字，注三十字，不附陸氏音義，僅言每行幾字，而未言每葉幾行，或爲每半葉八行，與世德堂本同。故抱沖略而不言歟？惜無佐證，未敢臆斷。

抱朴子

壬申至今不到七周，而宗氏之書盡散。沈校魯藩本抱朴子已入余書庫。自戰事以後，公私書藏，流轉散佚，慘不忍言。余於是有發起私家圖書館之宏願，誓當爲死友保存之。原書既得，此傳録本不足重，惟朱藍別異，頗醒眉目，亦不忍棄也。己卯夏日，揆初題。

桐鄉沈曉滄先生以慎懋官盧舜治道藏各本校魯藩本，舊藏郁泰峯家，友人宗耿吾得之，借校一過。

郁藏魯藩本，舊有朱校，稱志祖案，似爲吾鄉孫頤谷先生手筆。所引諸説，有汪云、黄云、梁玉繩云、及繼培案，係集各本校注而成。今以藍筆別異之。壬申仲冬校畢記。景葵。

舊校字跡，非頤谷老人書，須廣搜昔賢書札，方能審定。己卯夏記。

管子校本

石臞喬梓字體，不易分別。兹逐條細讀，凡加「謹案」或「引之案」者，皆文簡所書。凡石臞采用其子之説，則加「引之曰」，其餘徵引羣書，校勘宋本各本，及采録孫洪二家之説，皆石臞親筆，或亦有文簡代書及加校者，不敢臆定也。惟黏簽字體不同，當係倩人從札記録出者。宋氏謂即擇要商淵如之原本，雜志所溢，爲後來所增，未知信否。黏簽修改之處，則皆石臞筆也。前附臧氏一札，采入雜志者，一二條。當時就正諸儒，不止孫洪二氏。此本爲石臞精力所萃，洵足重矣！丁亥莫春，景葵重讀一過。

墨子

此書眉端楷皆俞蔭甫、王伯申兩家校語，句讀亦依俞本。疑係前人臨俞校本。其王校則爲俞本所采録，亦間有乙去俞校而以己意斷之者，未詳何人。墨子素稱難讀，因此本有句讀可資參考，故購存之。丙子中秋，揆初記。

吕氏春秋

老友宗耿吾舊藏元至正嘉禾學宫本，卷首有牧翁藏印，並岳西道人題識。缺字係後人避禁挖去。原缺第十八卷之十九、二十兩葉，係鈔補。又續缺第三、第四、第五、第十九、第二十共五卷。庚午五月借瓻對一過，並影鈔第七卷及第九卷之第十葉、第十卷之第四第十兩葉、第十六卷之第四葉，以補此本之缺。景葵。

又

此與許宗魯本同時收得，爲吾鄉吴印臣先生雙照樓故物。儀顧堂續跋九子彙條下，引孫繼皋宗伯集有吏部侍郎謚文恪儆庵周公行狀：「公名子義，字以方，儆庵其自號也。嘉靖乙丑進士，隆慶六年升國子司業，攝祭酒事。萬曆六年升北祭酒」云云。余頃見常熟宗氏藏元至正本有華岳西題識云：「萬曆甲戌仲秋望後儆庵周子義、岳西華復初同觀南雍修補此書，曾借數本校之，莫善於此」等語。與此本卷首自儆庵識語，若合符節。然則自儆庵即周文恪已無疑義。甲戌爲萬曆二年，正文恪攝行南雍祭酒時也。庚午五月之杪，葉景葵記。

又

此萬曆重刊嘉靖許宗魯本，闕卷十至卷十四，以弘治李瀚本補完。卷中墨筆校語，爲先考受業師慈谿馮夢香太夫子一梅手筆，曾中光緒丙子科舉人，與先考同榜，後任浙江官書局分校，遂終老焉。生平枕經葄史，著述無傳。重其手澤，故購而藏之。壬申仲冬，景葵敬識。

淮南釋音

此稿自首葉至五十二葉，惜已佚失。著者名璟，未著姓，惟眉批及所加簽校，係寶應劉叔俛先生恭冕墨蹟，則著者爲同光間績學士也。後附校語一葉，因劉氏遺書有淮南子補校，故署曰附校。其人蓋服膺端臨之學者。庚辰三月立夏日記。葉景葵讀過。

愧郯録

此吾友宗耿吾藏本，其子惟恭，字禮白，以宋本及淡生堂抄本校補。耿吾易簀時，遺命出售精本，辦一藏書樓，將普通本儲入，以爲紀念。禮白頗知板本，且喜收金石書及古泉書，但亦有他好，不數年間，將精本悉數售去。所得之款，補苴罅漏，不暇仰遵遺命。頃遭寇亂，常熟故居被焚，存書亦悉付丙丁矣！耿吾之尊人湘文丈，素愛收書，余見宗氏書，凡有湘文丈題跋，及耿吾手蹟者，悉留之。此本既爲咫園故物，又爲禮白校補，亦收存之。子弟不喜書，易將藏書散失，乃有喜書之子弟，亦復不能保有，其亡也忽焉；於是歎私家藏守之不易，而創立公共圖書館之不可不努力也。己卯端節前一日，葉景葵識，時年六十有六。

何恭簡公筆記

案何恭簡公孟春餘冬序録自序後，又記云：「此書春三十歲前已有作，始名子元案垢，二帙凡十卷。中歲欲作山天志，取易所謂『多志前言往行』之義。無何病嬾弗力而止。蓋於畜德終不能無媿也。間因私見弄筆，月益增單牘片削，付案垢而成此。老年多病，自顧學無進益，每翻舊稿，心竊感之。令頑兒編付家塾，其間有春十六七時所論著者，并近日人間求請文字，間亦一二存焉。言本無序，因令稍爲之序」等語。又自序有云：「乙酉冬間，稡有成帙，乃命兒子仲方取舊稿編輯，歲亦適戊子冬間」等語。詳閱此鈔本六册，既未分卷，又未分類，當作於案垢之後，序録之前。即所謂單牘片削，既不能名以子元案垢，又不能名以餘冬敍録，因爲定名曰何恭簡公筆記。六册係三手合鈔而成，如第一册自始至末爲一類，第二三册同。第四册第十葉後半至二十六葉前半爲第二類，第五册首五葉，末十七葉爲第三類，第六册亦有廿余葉。以葵臆測，第三類係恭簡手書，一則文義有删潤，二則選存有標識，蓋本係命鈔胥或子弟繕録之本，因有删改之處，故手書補入。其前後皆有裁割黏補，痕跡顯然。此説雖無佐證，要爲當日謄清稿本，則香生之説不誣也。余有餘冬序録萬曆復刊本六十五卷，當子細核對一過，確知此書已採入録者共計若干，有無可以證明余説之處，再行研究。己卯六月初二日燈下書。景葵。

弢園隨筆

余與繩公素昧平生。光緒甲辰冬，余隨盛京將軍趙次珊尚書出關，尚書陛辭時，面奏：「史念祖久經戰陣，廢棄可惜，請朝廷棄瑕録用。」奉旨，賞給副都統銜，發往奉天交趙爾巽差遣委用。公爲貴州布政使時，尚書方任石阡府；公器重之，保升貴陽府，旋擢皖臬；尚書於公有知己之感。乙巳春，公將到奉，尚書詢余曰：「繩帥將來，我擬以全省營務畀之。」時營務處督辦爲張金坡錫鑾，是關外宿將，資望甚深。奉省巡防營，兵匪糅雜，駕馭爲難。余答尚書曰：「張錫鑾爲各將所推崇，不宜輕調。」尚書曰：「然則繩帥如何位置？」余曰：「五部府尹既裁，五大處之俸餉處亦歸併，宜合設財政總局，將全省財政薈萃整理，任一督辦以統率之，繩帥資格頗合。」尚書曰：「汝能爲之下乎？」余曰：「能。」於是任公爲督辦，余爲會辦。余以敬事尚書之禮事公，共事三年，水乳無間，公亦折節下交。及尚書調京，東海尚書繼任，有齮齕前任之短者，釀成財政局參案，公名列第一，奉旨革職，永不敍用；余居第二，亦革職。

余賃宅與財政局極近，局在將軍署東偏。每晨九時步行至局，拆閲到文；十時，公必到局，晤商公事，對坐約一時許；至十一時，余赴文案處辦事；十二時回局，與公共案而食。每食，公必薄飲數杯，談笑風生，備述生平艱危貧窘故事，及戰陣經歷，目炯炯有神。對於僚屬，賞譽者極施禮貌，有不如意者則神態甚嚴肅。最鄙視左文襄，謂其妄自尊大，忌刻褊急。一生遭際，皆受文襄抑沮，以辦俞、孔擅殺案爲得罪之由。除隨筆所載復稟外，面折廷爭，不止一次。公嘗語文襄曰：「中堂歷中外，物無遁情，此案曲折，早已洞鑒。」文襄欣然曰：「此諸葛之所以爲亮也。」公又力言俞孔無死罪，院飭所指各節，斷非情實，某任司法，不敢面從。文襄已不懌，公微哂曰：「此葛亮之所以爲諸也。」文襄於是恨之刺骨。

公不自護其短。初調任直隸臬司，年甫二十一，某御史劾其目不識丁，奉旨開缺，交直隸總督隨營差遣。時曾文正任直督，傳見後，即復奏云：「史某係世家子弟，文理優長，久歷戎行，其才可用。惟年少尚須歷練，以監司大員，而與以隨營差遣，於朝廷體制亦不相宜。擬請加恩賞給臬司原銜，交臣差委。」奉旨，允行。故公極感文正之栽植。自謂弱冠以前，日與士卒爲伍，雖非目不識丁，但文理實在欠通，經此挫折，發憤讀書，如某御史者，當引爲生平知己。任廣西巡撫時，爲兩廣總督岑西林奏劾去職。公謂余在廣西，沈溺鴉片，晝臥不起，入夜方見僚屬，西林所參不虛。開缺旨下，即將鴉片屏絶，並未服戒烟藥，終身不近烟榻。當初斷鴉片時，妻妾環請，以癮久忽斷，於身體有虧，籲勿堅執，公峻拒之。嘗謂世俗之不肯戒烟者，輒諉過於體弱多病，皆無決心無骨氣者也。

尚書於公極敬禮，局與署有内門可通，公赴署謁尚書，不必經正門。尚書誠實簡易，屬吏往往欺以其方，尤於款項易爲朦混，公不少假借，見屬吏時，意態岸異，談鋒尤健，有心口不相應者，指摘之，無虛發。屬吏皆樂就尚書而畏憚公，積之既久，遂有蜚語騰於京津之交。其時項城正受鐵良之厄，交出三四兩鎮，直隸財政告匱，無術彌縫，思以陪都爲尾閭；其長子克定又從而媒孽之，於是謗書盈篋。公嘗謂「一生磨蝎坐宫，謗滿天下」，非虛言也。

弢園隨筆一卷，公自撰自書，祕不示人。告余此前半世實録，非死後不可付刊。所敍戰績，皆甘苦有得之言。從古未有披堅執鋭之夫，能下筆萬言，自寫其疆場生涯者。倘非余親見原稿，必疑爲幕府捉刀，或後人鋪張之作矣。

公性好勝，極詼諧，文思亦極敏鋭。正月間，署外有以燈虎爲市者，每攜幕客同往，非將各題全數猜中不止。會大風極寒，未畢猜，即返寓。途遇友人，勸其少休，公奮然曰：「汝不勸則已，既勸我必再往。」又入場，全猜中乃返。局員如任振庭毓麟、潘履園鴻賓、陶在東鏞、周養庵肇祥、陳萊卿廷絜，皆年少露頭角，公獎借之甚力。午飯時，每邀與共食劇談。某日食頃，忽曰：「我得一謎。」出西廂一句「金蓮蹴損牡丹芽」，射今人名一。衆猜皆不中，公曰：「潘履園。」衆大笑。其敏如此。

公不事生産，無積蓄。揚州有住宅一所，即弢園，罷官後所經營。宣統二年，余登其堂，留連兩夕。庭中老樹三四株，清水一池，奇石數笏而已。去奉時，尚書賮以三萬金，家居數年，費用垂盡。其公子皆以「濟」字排行，余所見長者三人，皆紈袴習氣，或童騃不學，幼子尚有繈緥者，公委心任之，家累奇重，不暇再謀教育矣。公歿未數年，住宅器物均斥賣殆盡。西湖堅匏別墅之花梨木罘罳，即弢園故物也。其孫皆以「美」字排行，有名美後者，改名公博，畢業於上海同濟大學醫科，余助以經費，幸得成立。畢業時，余以公遺命贈余之思古齋石刻蘭亭敘、王圓照畫册及雲南刻本俞俞齋文集，鄭重付之，今亦三年，不通音問矣。己卯十一月冬至後三日，景葵書。

公卒後，余挽以聯云：「陸離長鋏付醇醪，可憐百戰餘生，塊壘未消人已瘁；風浪同舟成墜夢，孤負一年後約，平山無恙我重來。」公家居無聊，溺於醇酒，余往訪時，精神已頹，腹有積痞爲患，仍幼年奔豚之舊症。原約次年春間重到草堂，而公已先逝也。

與繩公同時之張令頗將軍，亦恢奇人也。在奉資望極老。增祺爲盛京將軍，令頗奉令收編張作霖軍隊，故張即隸其麾下，時令頗已任巡防統領矣。趙尚書來，委以營務處督辦。適某營統領出缺，例由督辦呈請遴員補授，并面陳尚書云：「張作霖名列第一，請遴補。」尚書頷而忘之，另在營官册中，遴出一人，填注發表後，令頗大愠，託病辭職。經余轉圜，并婉陳於尚書，允再出統領缺，必以張作霖補授，始將辭呈撤回。終尚書之任，令頗自謂感恩而非知己也。辛亥共和詔下，尚書辭東三省總督，薦令頗自代，已得項城允許，忽爲籌防會通電反對，蓋張作霖嗾使之。項城改派段芝貴。未幾，又爲張所逐。今頗入關後，雖任以直督，嗣又賦閒。性慷慨不事生產，貧困無聊，有子亦不肖。今頗有老妾，其子藉詞累重，私遣去，今頗無如何也。郭松齡戰敗之年，今頗殁於析津，身後蕭條，幾無以殮。今頗亦能詩，喜飲啖，尤善騎，好蓄名馬，綽號快馬張。余挽以聯云：「憶當年突騎防秋，試搴大宛名駒，祇肯歸降老兖國；看今日積骸成莽，太息前朝玄菟，無人生殉故將軍。」因憶繩公事，類記之。次日，揆初又書。

聞塵偶記

余弱冠前在杭，得見道希先生，見其軀幹魁碩，以後未得再見。其胞弟法龢、名廷楷，行九。碩甫行八。頌平名廷直，行十。則相交素諗。頌平在奉天佐理財政局事，余甚倚任之。後入川省，不得已。民國後閒居天津，以醫自給，貧瘁而死。無以殮，余爲經紀其喪。其子永闓，恂恂有文采，前在上海市政府爲工程局祕書，今已轉至西南服務。永闓曾言其父藏有道希筆記，余欲借閱，因戰事而止，不知即此册原本否？

道希博聞強記，在光緒朝爲新進之朝陽鳴鳳，其文稿必多，今均散佚。記中云「有枝語，有日記」，又見思簡樓擬刊秘本書目，有道希所著芳蓀室談録七卷，聞塵偶記後編一卷，續二卷。此次均無所見，僅搜得此一册，既未列入擬刊目中，或已刊行，亦未可知，但爲絶版之希見書矣！鈔者頗多譌字，意改之，不能盡。辛巳四月十八日，景葵記。

卷内慈安被毒，有附注云「素松聞頌平叔祖述道希叔祖所言」，故知爲素松手鈔。道希博覽，記性極佳。余幼時聞其能背誦三通，大約言之過甚。殿試時對策有「閶闔而」三字，誤落「闔」字，乃以「而」字改作「面」。已擬以前三名進呈，磨勘官以「閶面」爲疑，翁常熟曰：「『閶面』甚典雅，而以對『簷牙』。」磨勘者語塞，乃以第二人及第，時人呼爲「閶面」榜眼。是時權貴頗以植黨爲事，争挾名士以自重，常熟尤爲風氣之先。此記述甲午以後之朝局，並未以舉主之故偏袒常熟，其斯爲直諒多聞之君子歟！道希之子公達，在申報館操筆政多年，現已逝世。不知其後嗣如何？家中尚有遺著否？頌平與其姪不甚密切，余曾問之，不得要領而罷。是日燈下又記。

齊民要術

前借羣碧樓明鈔本校嘉靖本，即用此本對讀，發見描潤時臆改之失，詳細注於此本。又以殘宋本校正一過。今羣碧樓全書已爲估客運之來滬，約明日往觀，此原本當亦在内，聞索價奇昂，恐難償扛鼎之願。即此原本，經對校後，早知其可貴，故雖經印行，亦覺棄之可惜。他如顧校史通及臨何校史通，亦經詳細過録，深知其佳處。叢刊所附校勘記，係從吳佩伯臨本迻録，未見原書，閲之殊有迷離之歎。假使孝先在時，情商讓渡，必蒙首肯，而區區之愚，向不顧奪人所愛。又慮孝先之書已售出二次，所存精騎無多，倘一顧空羣，則下駟決無人存問，故逡巡不敢前，悔何及矣！庚辰正月十四日燈下，景葵記。

此數十字若使估客見之，明日必寶山空返。

又

丁丑春在故都，見一全本，前有嘉靖年序。乃恍然此前六卷，即嘉靖刻，非元刻。今夏檢理書笥，知張菊生丈去冬在炮火之下，爲我整理時，已代更正。精鑒可佩，整暇尤可佩也！茲將原條黏附册首，以作紀念。戊寅七月十三日，景葵記。

倉卒中未將序文録存，甚悔！此本不常見也。

癸酉歲首，收得嘉靖刊殘本一至六卷，源出於宋，後四卷以秘册彙函本配補。因假鄧正闇兄羣碧樓所藏明鈔本，細校一過，正訛補闕，愉快之至！涵芬樓影印羣碧本，頗有描改失真處，細勘原本便知之。正闇手跋録左。景葵。

又以上虞羅氏影印日本高山寺藏北宋明道刊本殘册卷五卷八，詳校一過。癸酉正月廿日校訖，景葵記。

農政全書

平露堂原刻，印刷在後，已有闕板，以道光本補足之。張中丞所刻水利全書，訪求未得。其撫吳疏草，前年曾見一部，爲九峯舊廬主人所得，去年借讀一過。此次杭城浩劫，不知尚存否，念之不置！戊寅夏初，景葵謹識。

芻牧要訣跋

此册亦於光緒己亥、庚子間草太康物産表時，諮詢老農所得，並非泛泛抄録者。其所言，皆父老口耳相傳，或驗或不驗，必歷試而後定，不可以其簡略而忽之也。辛巳正月，景葵記。

太康物産表跋

光緒己亥春，侍嚴君涖兹邑，方大祲，老弱殣於路，沴厲繁起，乃振乃治，麥登而畢。暇則驗民俗之流變，地力之蕃耗，就田夫而雜諏之，踰年次爲表，都二百七十餘種。吾觀五洲萬國，有常產之物，有特產之物。特產者，必其地之氣候土壤與此物宜，又有人測驗而培沃之，乃能獨致於最宜，而爲他產所不能競。此惟文明之國有然。無化之國，雖有地產最宜之物，往往寖消寖薄以至於無，於是斯民奉生之需，不得不取最儉嗇者，投之而易長，磽之而不死，減穫之而無靳，苟且之意多，則勤勉之力少，不幸告歉，坐斃而已。國力之大小，由於民智之污隆，詎不信哉？以徵之豫，如鄭之米，鄧之菸，永城之棗，武安之蘋婆，名藉藉遍他省，今叩其產額，歲有減無有贏。以徵之太康，太康昔者利紅花，紅花之外，棉之利上上。今者紅花之利蹶，棉則村村植，但聞深秋農相語曰：「今年收成薄。」諮之老者，曰：「十餘年前，每畝可二百斤。」「今何若？」曰：「豐則百斤。」於是終歲所冀，不於棉，於麥若雜糧。麥穫，糶之，易雜糧以食，不穫則飢。麥穫則爭售，市儈劫之，不得價。故豐亦窶，歉亦窶。吾嘗推究其故，由於道路之不通。道路不通，則地產之銷路難，難則通功易事之事狹，狹則農之所以償勞力而計贏利者寡。農之贏利寡，則一家之自食者約，自食約，則致力於地產者惰，惰則地產之所以報勞力者微。以徵之太康，渦水自西北來，至東南出境，經淮寧鹿邑入皖界，合於淮。百餘年前，此邦爲帆楫鱗萃之所，今則節節淤墊。舊志所紀支河與溝澮，率湮沒無可徵者。戊戌夏，霪雨，渦水大漲，農人以巨舟至皖之亳州運糧，往來利便。其時歲歉而民不大飢。以此例之，若測豫省諸水道，屬於京漢幹路者：如漳、如衛、如沁、如洛、如汝、如潁、如淮，悉濬而通之，則轉運之利，不數年而瘠貧化爲膏沃。且北地農民之困，又有一大因焉，雨量不足也。燕、豫、齊、晉諸壤，凡田之或瀕河，或多井者，其佃必勤，其入必豐，其糧價必騰，其境内鉅細貿易必殷阜，其都人士文化必易增進。更以此例之，盡黄河兩岸數千里之地，咸振之以水利，最五洲農品，除熱帶諸特産，移而植之靡不宜，其進出殆不可思議。故事有聚訟數百年而歷久彌愜者，北方水利是已。余列是表而廣論之，亦以見北數省之農事。其情狀大率一致爾。辛丑正月，仁和葉景葵。

又

光緒戊戌，會試報罷，其時談新政者蜂起，余受其陶鎔，乃至通藝學堂報名入學，有志於求新。雖爲時未久，因康梁之獄停閉，然在校時聽嚴幾道先生演講物競天擇之理，又讀所著天演論，恍然有覺。思諸弟輩僻處河南，非導以新學不可，乃延北洋大學卒業生莊君敬于至開封，教授英文、算學。是年冬令，同車而行。又購新學諸書，及新民叢報等，載之而南。次年又得農學報及嚴譯原富讀之，實獲我心。適先君檄赴陳州太康縣任，莊師與諸弟偕行，館課之暇，同至郊外漫遊，與老農閒話，所得輯成太康物産表，諮訪最力者，

爲余二弟仲裕景萊。其同受莊師之教者，尚有三弟叔衡景莘、姑表弟嚴鷗客江、嚴龍隱瀧皆於此表有助力。仲裕後入震旦學院，力創復旦公學，賫志早歿。叔衡、鷗客皆在英國伯明罕卒業。龍隱在北洋大學工科畢業，民國任司法部技正，志節甚堅，惜亦早逝。皆戊戌年以後莊師之教所造成也。余草序文時，已在庚子以後，所得皆原富之緒餘而已。辛巳正初，檢書篋得此稿，重加裝訂，不另鈔録，以存當年真相。所用之紙及封面，皆當時河南省各縣産物，以視今日重慶、貴陽來書所用之紙，脆薄無光彩者，已不勝今昔之感！即在民國以後，河南省各屬土紙已稀，皆貪洋紙之廉，舍此就彼，持此一端而論，所謂地大物博者，不數十年可變一無所有，可不懼哉！可不懼哉！辛巳正月初五日燈下，景葵識。

此表雖寥寥數頁，然諮詢不厭其煩，往往步行至農家，參伍考求，斟酌而定。渴則席地，以制錢購地上所種萵苣狂啖以解之。諸弟皆有朝氣，余亦克盡領袖之責。回首四十年前，此樂胡可再得耶！

畫竹齋評竹

此册爲蔣性甫侍御故物，以浙人著述，寄贈張菊生先生。菊翁既以嘉興先哲著述捐送合衆圖書館，又以海鹽一縣及張氏先代刊傳評校庋藏之書寄存館中，訂定生前如本縣及張氏宗祠無設館藏書之舉，即以全部贈館。又以此册與吴笏庵先生清鵬詩稿殘本，爲杭人著述，屬景葵鑑定後贈館。笏庵詩審爲手稿，惜僅存兩卷，但皆兩浙輶軒録未載之篇，不知咸豐朝有刻本否？此册爲幼魯先生手稿，且係寫定之本。向來但知幼魯能詩，不知其善畫。寥寥四十則，想見高逸之致。樊榭玉几墨蹟易見，西林與幼魯則流傳頗罕，當以原稿影印，公之於世。海内藏書家，能各就鄉先哲之遺著，加意收集，而又能出其私藏歸諸公衆，則事得統系，可以積小成大，化零爲整，於全國文獻，實有裨補。願後來者，皆以菊翁爲師也。辛巳閏六月，葉景葵敬題。

法象考

法象考二卷，乾隆時人，失名，稿本。序、凡例五則，卷一目次：七政恒星高下，極度，日月，日道，日躔贏縮，日出入永短，月道，月離遲疾，氣朔閏，交食，晷景，五星，五星遲疾留逆，四餘；卷二目次：經傳列星，諸天恒星，南極隱界星，雲漢，黄赤宿度黄赤宫界，中星，分野，諸異星，雲氣。所引諸書，以經史爲正，國語、大戴記附經後，宋中興天文志、明史稿附史後，經注史文，及先儒之説，或有未愜，必爲辨正，以案字别之。通體一手所書，又以朱筆校點，蓋寫定之稿，惜未署名。戊寅臘月讀畢記。景葵。

傚徠山房所藏五朝墨蹟

趙爾萃,字小魯,別字傚徠山民,鐵嶺人。光緒己丑進士,以即用,分發山東,補夏津縣知縣,頗有惠政。後以道員分直隸候補,棄官卜居泰安。好鑑别書畫,宦橐不給,借債以求之。輾轉息耗,終爲債家所乾没。此册爲意興最佳時所影印,大半爲其珍品。李北海古詩卷,則趙制軍爾豐所藏;王文成客座私祝,則趙尚書爾巽原配李夫人奩中物也。胞兄弟共四人,長爾震,工部郎中;次尚書;次制軍;傚徠山民最幼。景葵承山民奬掖備至,有知己之感,以師禮事之。此册爲當時所惠賜,其家已無存者,底本亦紛紛易主矣!庚辰十月,景葵記。

倪文貞書畫

文貞公生於萬曆癸巳閏十一月十六日,四十初度,乃崇禎五年壬申,非癸酉也。本傳稱其疏救黄忠端,願以己官讓之,不報,因四乞歸省,以忠端傳證之,尚是辛未以前事。迨壬申正月,忠端瀕行,又疏劾温體仁、周延儒,上怒,削忠端籍爲民。於是公之宦情益澹。忠端歸後,公貽書云:「自兄去,弟彌涼颯,山中七日,世上千年,益知城市山林有仙凡之別。智必取遲，勇必取早，弟將有乞歸之疏。」即詩意也。惟莊烈嚮用仍殷，屢乞未許，及爲體仁中傷，予告歸里，公已四十四歲。侍母七年，至崇禎十五年壬午，公五十歲。是年與張天如書云：「弟臃腫日衰，只八十一歲老親縈迴胸中，無復抵掌掀髯之氣。」又與吳磊齋書云：「投林以來，小人有母，舍側横一小橋比於虎溪，每送客嘗過此。」公之壹志娱親，敝屣榮利，百世之下，猶令人起敬！是秋九月廷臣交薦，起爲兵部右侍郎。本傳及墓誌均云：「公以母老辭不就。」本傳又云：「明年入都陛見。」墓誌又云：「有旨敦促，公乃徑趨淮上，冒險出濟北，旬日達京師。」本集載恭承召對疏係癸未二月十九日具題。據此知起程日期在癸未正二月之交，壬子冬間正聞命力辭之際。此畫作於仲冬，當有眷戀白雲，不忍絶裾之意。並録十年前舊詩以明志，故題曰四十初度有作。越峴先生跋云「書畫爲前後十年所成」，似非確論矣。越峴跋作於同治丙寅。又六十年丙寅正月，此卷爲景葵收得，謹書所見以質後來。丁卯二月，鄉後學葉景葵敬跋。

吳漁山蘭竹

漁山畫宗元季，長於運筆，其題大癡富春山卷云：「筆法游戲如草篆。」又題陸壑密林圖云：「畫法如草篆奇籀。」自題畫云：「元人擇幽僻地，構層樓爲畫所，朝起看雲烟變幻，欣然作畫，大都如草書法，惟寫胸中逸趣耳。」讀此可知漁山畫學之精義。若夫人物樓臺，雄深富麗之作，則於北宋一派亦所究心。如題北苑龍宿郊民圖、巨然賺蘭亭圖藉見一斑。中年皈教後，所見西畫既夥，遂於陰陽向背更有會心。如謂其舍舊謀新，盡棄所學而從之，似非碻論。觀其評西畫云：「我之畫不取形似，不落窩臼，謂之神逸。彼全以陰陽向背形似窩臼上用工夫，即款識用筆亦不相同。」又與陸上游論畫詩云：「誰言南宋前，未若元季後，淡淡荒荒間，絢爛前代手。……我初濫從事，敗合常八九。晚年惟好道，閣筆真如帚。」則謂其後來畫派全變宗風者，更難徵信。新會陳氏編次年譜，述及畫用西法之説，頗致疑辭，蓋其慎也。余見漁山真跡凡三：其一鳳阿山房圖爲擬古之作；其二松壑鳴泉擬山樵筆法，皆穰梨館物；其三即此卷，規仿元人，純以筆勝。榕臯先生方諸篆籀，可謂一語破的。漁山畫竹，載墨井題跋者五，畫蘭未見著録，故三松堂矜爲鴻祕，傳之曾孫儉廬，逢丁丑日寇之難，爲盜所取，而遺其櫝。櫝上有儉廬之父西圃先生題字，誠世守之珍也。此卷流轉滬市，久無識者。余友仲芳長兄以風塵巨眼，廉價得之，列於甲庫。同時又搜得榕臯先生丙申山水，既與儉廬僑寓談心，訂交莫逆，慨然持贈。余比諸兒觥歸趙，曾著短引，書於畫幅，謂仲芳賢於顏衡齋遠矣。儉廬感手澤之來歸，又以此卷幾投劫火，幸得知音，遂以原櫝贈之，俾司龜玉之守。他日仲芳載寶旋吴，與儉廬並几讀畫，涉及此卷，見鯫生之臆説連騈，其亦嗤爲繆妄否耶？乙酉除夕前三日。

潘榕皋先生墨筆山水

榕皋先生四十後，以塵務紛擾，不復更寫山水。其見於三松堂書畫記者，凡三幀：一作於乾隆乙未；一作於丙申，即此幀也；一作於丁酉，題三十六歲作。考年譜，「六」爲「八」之誤。丙申爲前一年，正三十七歲。是年乞假回籍，游杭州，泛富春，泝新安江而上，登黄山麓，對雨點筆，少陵詩云「元氣淋漓障猶溼」，足以當之。先生畫學導源一峯，丁酉幀仿大癡長卷之一角，此幀縱筆抒寫，神與古會，昔賢謂王茂京見大癡富春山圖而畫益精進，先生亦然，故一展覽而疑爲麓臺筆也。前歲先生之曾孫儉廬長兄告余曰：「日寇陷蘇城，吾家文物損失至鉅，三松公丙申山水幀，向藏先三兄叔重處，惜已化爲烏有。」今歲諸兄仲芳出示此幀，告余曰：「亂後以廉值得之，聞儉廬將返里，余敬佩其人，願以贈行。」儉廬感手澤之來歸，而愧瓊瑤之難報。余謂兕觥歸趙，約以玉杯爲償，且必待覃溪之文、甌北諸子之詩而始首肯。若仲芳者，賢於顏衡齋萬萬，儉廬何可有世俗之見存，遂再拜而受之。余慚無翁趙文采，而喜仲芳與儉廬之克敦古誼，爲述其因緣而書之於幅，不免有附驥名彰之私念爾！中華民國三十四年十二月，歲次乙酉冬至後三日。

陸廉夫先生編年畫册

余友陸子佑申老於商業，樂善不倦。最喜收羅書畫名蹟，於知命之歲，印行近賢傑作十八幀；又於周甲之歲，續印三十八幀。兵燹以後，感各方文物損失太鉅，更鋭意珍藏。不幸忽遭回禄，將歷年所購圖籍及書畫之一部分，付諸灰燼。迨戰事告終，君年已七十矣，賡續前志，取所藏陸廉夫先生各種畫品，印行一册，以作紀念。丹青之壽，與金石不同，今以新法傳之，俾得延長慧命，且使君家得意之作，散爲千百化身，既供學子之臨摹，又便藏家之什襲，壽人壽世，兼而有之，較之朋酒稱觥，其襟懷奚啻霄壤。爰爲揭櫫其美，以質同好。海内賢達，庶幾聞風興起歟！丙戌二月。

涉園圖詠

余既與菊翁創辦合衆圖書館，菊翁即以生平所聚嘉興一府文獻捐贈於館，又以海鹽一縣文獻及先世著述刻本、稿本各種手澤寄存館中，並與館約：如菊翁生前親見海鹽成立圖書館，即收回寄存，否則永遠捐贈，是圖其一也。菊翁搜羅文獻，黽勉四十餘年，既爲涵芬樓收藏全國圖書，樹立東方一館之基礎，不幸燬於兵禍，而掇拾之燼餘，尚足抗衡瞿陸。又以其暇出節縮之所得，收藏禾郡及鹽邑文獻，凡張氏先世藏書，陸續收回，即是圖亦中經介紹，商搉多方，始克物歸原主。展讀龍山粉繪與吾家已畦老人後記，知螺浮給諫早建直聲，急流歸隱，部署泉石，管領烟霞，當時朋好之喁于，琴書之陶寫，洵所謂修於而家，型於而鄉，堪爲林下之模範。故其子若孫，謹守楹書，發揚世德。嗣後涉園藏書與小山潛采相伯仲，遞衍至於菊翁，於民勞板蕩之餘，整比叢殘，蔚成大國。今更以一府一縣一家之世寶公之於衆，是給諫之精神傳之菊翁，菊翁之精神傳之公衆，則雖謂合衆圖書館之胚胎由給諫孕育而成，誰曰不宜！倘世之君子，人人效法菊翁之所爲，聯家而爲鄉，聯鄉而爲縣、爲府、爲省、爲國，有三代小康之治，以迄古今中外政論家之所研求，由之則昌，背之則亂，豈僅圖書一端而已哉！三復摩抄，爲館幸，兼爲圖幸，不禁有無涯之企望爾！

壬午立冬，葉景葵識。

秀野草堂第一圖

余讀海鹽張氏涉園圖詠而跋其後，顧君起潛以先世俠君先生秀野草堂第一圖見示，屬爲題記。起潛蓋將踵海鹽之美，舉以是圖永庋合衆圖書館者也。江浙兩大藏書家之遺型，同時歸吾館鎮庫，曷勝忻幸。涉園圖詠係出臨摹，是圖則爲草堂落成時第一粉本，尤稱難得。以後典守是圖者,即一脈相承之俊彦,斯非藝林佳話歟!檢閲閭丘年譜,卜築初成,年甫廿四,是歲即刻石湖詩,嗣復補注温詩,箋注韓詩,選定元詩,皆在此堂,而一生精力所萃,尤在元詩十集。蓋先生以揚風扢雅、拾遺訂墜爲職志,自弱冠以迄易簀,始終不倦。合衆圖書館之宗旨,亦主蒐羅放佚,導揚隱滯,謀將未刊著述及罕見之本,次第流通,以餉後學,與先生處境雖異,而抱願則同。惟先生生鼎盛之朝,得與開國遺獻績學方聞之士,朝夕編摩,又奉詔與修四朝詩,獲窺中祕,故廣搜博采,裒益滋多。今則相去三百餘年,幾經喪亂,文獻無徵,不免有事倍功半之歎,是先生爲其易而今日爲其難。先生襟懷澹泊,考功遺産僅田七百畝,性又好客,中年已形拮据,故元詩癸集無力付刊,擬編唐詩述、宋詩删、金詩補、今詩定四種,亦有志未逮。今則合羣力以成一館,氣求聲應,來軫方遒,獨爲不成,可謀諸衆腋,晷刻無暇,可遺諸後賢,是先生爲其難而今日爲其易。所期吾館同人,暨後之來者,勿存欲速之見,勿起畏難之心,時時展覽是圖,由觀感而生奮勉,使前哲窮年鉛槧之精神永垂天壤,吾於起潛更有厚望焉。壬午九月,後學葉景葵敬題。

黄小松薛公祠圖

此小松爲覃溪所作薛公祠圖也,載於秋盦遺稿題跋類,揭叔誤題潭西精舍。精舍在歷城西門外五龍潭之西，五龍潭在唐爲翼國公故宅，元爲龍祥觀，自于欽齊乘誤以五龍潭爲水經注之浄池，誤以城内歷水陂爲古之大明湖，又誤以水經注之池上亭爲北渚亭，於是方輿混淆，迄無糾其謬者。桂未谷作潭西精舍記，引曾子固、蘇子由詩、晁無咎記爲證，謂北渚亭在北城上，與五龍潭無涉，而于欽之誤始明。覃溪取杜詩第二句銘硯，蓋借成都之滄浪爲濟南之滄浪，小松誤爲濟南亦有百花潭，未谷以子由北渚亭詩證之，知西湖之百花係百花洲，非百花潭，而小松之誤始明。攜叔惑於齊乘之説，以百花潭與五龍潭相混，又見桂跋作於潭西精舍，遂以此圖爲潭西精舍圖，欣木以覃溪謁祠詩證之，而攜叔之誤始明。謁祠末聯云：「小石帆圖卷，同裝更勿疑。」與小松所云聯爲一卷，若合符節。覃溪私淑漁洋，初至濟南，即以小石帆題其廳事之楣，即重葺池上舫齋，以小石帆亭名之，顏其詩曰小石帆亭集，復刊小石帆亭著録，其時小松在濟甯，先於庚戌扈蹕時一見，旋於壬子春按試時再見，又於癸丑春三見，此圖作於癸丑春前後，所作當不止一圖。四年三至詩云：「春陰牽客醒，三度霅酒汁。漸來客漸滿，錢吴藹袍襲。君並寫爲幀，我輩煦相溼。」又題岱雲會合圖云：「我有敬軒研，藻擷南豐馨。斐然秋庵子，爲寫湖渚渟。以兹墨緣合，寫此負笈庭。」是其明證。頗疑覃溪欲倩小松將視學山東之游跡分繪爲圖，故四年三至詩有「以君秋影庵，該我石帆集」之句，因與薛文清相去四百年，前後督學，奉爲矩矱，適有浣花艸堂硯爲之媒介，特作薛公祠圖，與研銘同裝一卷，藉志嘉話。留題使院詩云：「墨緣祇有河津研，袖得蓬萊緑一泓。」其躊躇滿志可知矣！然則薛公祠圖係小石帆分圖之一，故曰小石帆圖卷，非兩歧也。仲芳先生屬爲題記，敬抒管見，附庸欣木之後，求教正焉。

南池雅集圖

小農先生受宣宗特達之知，於道光元年，由河北道擢署河東河道總督；四年，高家堰潰決，調補江南河道總督；嗣爲兩江總督琦善所陒，六年降三品頂戴，調署河東；七年，復實授；觀其兩河奏疏自序，有「同官之意見未融，動多閡礙，亦有事關經費，未獲施行」等語，誠慨乎其言之！此圖作於道光八年，已在日中則昃、寵眷將衰之際，公暇清游，蕭然意遠。梁茝林浪跡叢談云：「章鉅官南河時，聞小農河帥，盛稱金衙莊之美，謂我可保得三次安瀾，定當乞身歸去，營此菟裘。」蓋先生於盛年得意時，早抱泉石烟霞之想矣。兩河物力豐厚，賓館之盛，舊交雲集，讀先生所撰靈芬館詩續集序，可見一斑。原圖必有羣賢題詠，惜已付闕如。此卷舊爲章君佩乙所藏，余之表弟嚴鷗客，先生之玄孫也。循覽再三，慨乎有梧棬之思。余爲作緣，受而藏之，於今十餘年，兵戈滿地，幸無失墜。屬爲誌其顛末，以貽後人，如與汪氏所藏東軒吟社圖，并稱世守之珍矣。庚辰清明，同甲後學葉景葵。

養知書屋圖

養知書屋文集分體不編年，敍次頗嫌凌亂。大約編次者以文章爲重，凡重要章奏書牘不求詳備，即如自敍一篇爲綜述生平之作，亦未編入，或因其觸犯時忌，故概從删汰歟？去粤一段事實，惟卷十致曾沅浦書有云：「賢者優容，不肖詭隨，非是則羣以爲怪愕，而天亦常假手不肖以傾去之，使不得發攄。」又云「鄙人之於粤，所謂莫之與而傷之者至也。」寥寥數語，可與此册互相印證。子靖先生注意鄉邦文獻，又服膺玉池翁之爲人，搜羅圖翰，付諸詠歌，足補文集之闕。翁嘗言夷務之壞，原於朝士之無識。又以粤省爲夷患發軔之地，自問於馭夷之道，研求有得，意欲批卻導窽，爲國家挽回劫運。一旦爲妄者擠去，忠憤之極，發爲牢騷，實與尋常戀棧不平者有别。嗣後海外歸來，其抑鬱心情，與此相似。迨至晚年，沈酣載籍，絶意仕進，當宁雖有起用之意，輒一再辭卻。終和且平，固由學養進德之猛，亦有見於時勢之不可爲，甘作神州袖手人矣。展誦摩娑，爲之三歎！民國二十五年歲次丙子閏三月，杭縣葉景葵敬識。

栩緣老人墨蹟

此卷爲王公栩緣隨意臨池之作，時在宣統辛亥三月，江西提學使任内，以贈女夫顧君浩臣。共分五段：第一，録歸玄恭越游詩九首，原題畫竹卷，後爲漢陽葉氏舊藏，蓋讀畫時録存者。第二，臨唐碑三種：一王居士塼塔銘，二皇甫誕碑，三孔子廟堂碑。公之書學，導源率更，上規永興，以王孝寬兼歐虞褚三家之長，爲唐志第一，習之頗久。曾得塼塔銘舊拓三種：一「靈芝製」一凷本，二「説罄」整本，三「説罄」殘本，皆川沙沈氏祕笈。所謂取法乎上，故前後跋語鄭重言之也。第三，釋吴中方言，一釋孛婁，二釋毻，三釋疰，四釋疳，以字書韻書參互鉤稽，絶無穿鑿，得其真諦，與棲霞郝氏證俗文殆相伯仲。第四，臨唐碑三種，均未詳。第五，題張茶農石公山畫卷七絶六首之三，當因紙幅已窮，故中輟也。公弱冠即擅書名，辛亥以前，隨手散佚。鼎革後，卜隱槎南，屏絶外緣，不履城市。丁丑之難，百物蕩然，故傳世書畫絶少。公任蘇路協理時，余屢親光霽。以後踪跡闊疏，丁丑相逢滬上，頗思求得書翰，公亦欲作以贈余，因循未果。歲月如流，人天永隔，不勝愴然！丙戌春，公外孫翼東示以此卷，文詩書三絶，萃於丈幅之中，想見其俯仰琴書，夷猶澹定。玄恭弔蕺山詩「五朝大節都無憾，千載斯文信有歸」，不啻爲公詠焉。展誦再三，殊深高山景行之慕。後學葉景葵敬跋。

楊龢甫先生手蹟四種

此和甫先生之子壽彤通所贈。余丁未來滬，即識壽彤，時爲岑雲階制軍掌書記，家居威海衛路，余居馬霍路，相距極近，幾無日不相見。家多書籍，時向借閱。壽彤博覽多聞，詞采斐然，作楷書尤秀麗。娶於張氏，爲堅伯制軍之妹壻，早賦悼亡，納一妾，不甚理家事。又因閑居久，鬱鬱無所發攄，志節頗高抗，不肯苟同，竟中年夭折，其年未得五十也。死後家中落，遺書盡散，失一朝夕談心之友。復檢此冊，爲之愴然！辛巳三月，景葵記。

脈經

此書爲吴興姚氏邃雅堂故物，並鈐有姚晏名印。晏字聖常，號嬰齋，爲文僖公喆嗣，彦侍方伯世父。卷內硃校，當是聖常先生手筆。余家舊藏文僖公尺牘一通，與此對勘，筆蹟如出一手，蓋聖常先生臨習父書，得其神妙也。姚校所據爲元刻本，今取涵芬樓影印天歷建安廣勤書堂本，覆校一過，姚校無不吻合。間有漏校之處，謹以藍筆補校。

校畢，又以金山錢氏守山閣本覆校。錢校稱此本爲袁本，稱醫統正脈本爲吴本，所稱原本，當亦爲明刻本，似未見元刻本。但錢氏別據素問、靈樞、傷寒論、金匱要略、甲乙經、千金方各善本，凡所補正之處，極爲精密。今一一以藍筆過録，上加「錢云」二字以別之。元刻本亦有譌缺處。

錢氏原跋列舉書中異文，勝於今本靈樞素問、傷寒論、金匱要略者數條，爲此書增重不少。錫之先生熟精醫理，又能細心校讎，洵爲叔和功臣。亦附抄原跋於後。

鐵琴銅劍樓書目載有影抄廣勤書堂本脈經，有嘉定何大任重刻後序。何大任刻本，即擘經室影抄進呈者也。茲據皕宋樓藏書志補抄何氏後序附焉。丁卯臘月廿五日，景葵校畢記。

己巳七月，借得袁表原刻本，即守山閣所據之本。知此本爲沈際飛翻刻袁本，行款字句改動極少，因覆校一過。景葵記。七月廿九日。

頃見守山閣單刻本内經靈樞素問，附金山顧尚之觀光校勘記二卷，錫之先生跋云：「顧君博極羣書，兼通醫理。其所更正，助我爲多。」南匯張文虎撰顧尚之別傳亦云「錢通判熙祚輯守山閣叢書及指海以屬君，君以治病不能專力，舉文虎自代，仍常佐校讎，多所商定」等語。據此知錢不知醫，而顧知醫，則錢校脈經爲尚之先生手訂無疑也。己巳十一月初九燈下又記。

邵亭知見傳本書目列天啓丙寅沈氏際□本，即此本也。但此本沈序無年月。己巳十一月十一日燈下。景葵識。

舌鑑辨正

此書爲秀水陶拙存先生保廉手録本，刊於蘭州，時勤肅公正任陝甘總督也。卷中鈎乙處，亦拙存親筆。宣統元年，拙存聞余頗研究醫書，以此書相贈，并云：「篋中祇此一册，早擬重刊，因循未果。」今拙存已作古人，檢書復閱，記此顛末。己卯六月，葉景葵記。

拙存云：「所存均已分散，祇餘此本。」謂數十年經驗，以舌審病，立竿見影，此爲醫家不可不讀之書，故鄭重見貽。

傷寒論文字考

此紹興醫家裘吉生藏書，正續皆有提要，是深於醫學者。己卯冬流入滬肆，聞杭賈言，兵亂後爲人竊售，蓋有多種。揆初記。

傷寒百證歌

庚辰仲冬，曹君直同年遺書散出，蘇州存古齋送閱批校醫籍四種，一銅人腧穴鍼灸圖經，一易簡方，一經效産寶，一即此書。君直精於醫理，校讀甚精密。尤以銅人圖及傷寒百證歌爲枕中祕，舟車必攜，蓋於古人之言，三折肱矣。此真一生精神所寄，遂全購之。中醫古籍因失傳人，故無進步。惟唐宋以前醫家名著，即在今日亦可懸之日月而不刊，惜知者鮮矣。君直醫術已到深造地位，純由讀書得來，非涉獵粗淺者也。景葵讀畢記。

一切經音義

此爲李越縵傳録臧拜經校本，後有跋語云：「此從東里盧抱經師所□浙本細校，藏本實善於浙本，然藏本之誤者，浙本往往不誤，得據以正之。辛亥十一月。」下闕。下鈐「越縵堂主」一印，「慈銘私印」一印，書估欲僞充越縵自校本，故剜去所下一字，及跋後題名。殊不知越縵傳校本固足珍貴也。拜經堂文集卷二，録華嚴經音義序云：「此定當與一切經音義並傳。惜此本出鈔胥手，未及學士勘對，故脱誤甚衆。」觀此可知一切經音義盧學士必有勘對之本。辛亥爲乾隆五十六年，正抱經主講龍城書院，拜經親炙問業之時，跋語稱盧抱經師校語，或稱盧紹弓學士，核其年代稱謂均與拜經文集吻合。故越縵傳録原本，爲拜經校本無疑也。莊氏刻於乾隆五十一年，臧校係莊氏原刻本，故校語中有糾正莊刻數條。癸酉正月得於杭州經訓堂，閏五月初三日記。景葵。

又復審印文字體，均非越縵真跡。蓋書估僞刻印章補鈐者。不知何人校本。俟考。九月初一日，又記。

甲戌又得一傳校本，上所闕係「抄」字，末作「辛亥十一月初九日庸堂記」。

甲戌得本爲莊刻原本，傳校甚精，但亦有遺漏，而此本未漏者，故兩本應並存。乙亥九月復檢記之。

地學問答

此杭州白話報地學問答原本，景葵在汴省爲期開通民智起見，曾經重行删改印行。此爲當時草稿，存晦居士者，景葵自號也。原本題獨頭山人，姓孫，名江東，於光緒十五六年間在余家任西席，教授三弟叔衡專習舉業。性甚頑舊。光緒十八年，余家赴汴，即分手。甲午以後，受時事之激刺，漸漸求新；至庚子後，乃赴日本求學，曾爲浙江潮主筆，主張排滿革命。回國後，爲杭州白話報主筆，曾草罪辯文。與駐防旗人貴林衝突，爲當局所注意，不能容身，又逃至日本。宣統時赴吉林，在民政廳服務，辛亥後始得回杭。余招至滬，任海州海豐麵粉公司經理。之任辦理數年，因與當地紳士因應爲難，辭職閑居。素性耿介，辦事尤認真，嫉惡最嚴，故落落寡合。家况極寒，處之泰然。忽患膽石重症，痛苦不堪，乃至紅十字會醫院請西醫割治，七日後痛發，又患高熱度，不支而死。自始病至臨終，皆身親其事，痛志士之不永年，經紀其喪，遺一妻一子一女，子旋夭折，女已適人，奉母以居，此民國七八年間事也。江東死，余挽之以詩，極沈痛，兹録末二首如左：「病中千百語，語語抵兼金。神到彌留定，交隨患難深。形骸欣解脱，骨肉費沈吟。此去依清淨，臨危愛梵音。」「蓋棺方論定，依舊是孤寒。命蹇文章賤，時危事業難。薙鬢仍老瘦，罪辮已叢殘。縱忍須臾淚，爲君摧肺肝。」辛巳仲春，揆初補録。

貴君文行循謹，第以年少氣盛，又身係旂籍，斷斷口辨，與革新派始終枘鑿。辛亥之變，竟遭殘殺。當時一唱百和，營救無人。事後公論，多有痛惜之者，亦吾鄉士大夫之慙德也。

光緒辛丑在開封，曾用杭州白話報所印地學問答重印數百本分送，以期開發民智，此爲當時删改原本。辛巳春，葵記。

礦政雜鈔

光緒庚子以後，鉅額賠款支出，朝野皆以貧瘠爲憂，一時提倡礦務，頗爲風行；而外人之垂涎内地寶藏者，亦不遺餘力。當時展閱報紙，及談論所及，皆筆之於册；其他要政，亦分類作記。在今日已明日黄花，復加瀏覽，儼如春夢。但其中資料，有今日無從覓致而尚有價值者，棄之可可惜，特存此礦政一門，以爲紀念。悠悠四十年，所成就者幾何！當由政府與社會分尸其咎也。辛巳殘臘，揆初記。

姓氏辯誤

介侯著姓氏五書三百餘卷，道光庚戌先刊尋源、辯誤二種。兹檢棗華書屋原刊本，與此稿核對，字句不同處頗多。此稿寫定以後，又經隨時修正耳。癸酉正月，景葵識。

所列各氏，有刻本有而此稿無者，疑黏附之紙，或多脱落。亦有此稿有而刻本無者，此爲初稿無疑。

岑嘉州詩集

丙子春，以正德七卷本對校，並補寫缺葉，録其異同於後：

五言古詩，陪羣公龍岡寺泛舟，正德本入五言長律。

又下列五古五首：澧頭送蔣侯、送永壽王贊府逕歸縣、宋東溪王屋懷李隱者、聞崔十二侍御灌口夜宿報恩寺、尋鞏縣南李處士别居，正德本入五律。

七言古詩，題李氏曹廳，正德本入五七言長短句。

五律，正德本有而此本無者六首：送鄭侍御謫閩中、晚發五谿、巴南舟中夜書事、巴南舟中思陸渾別業、楊固店、初授官題高冠艸堂。

五言長律，佐郡思舊遊，正德本入五古。

七律，正德本有而此本無者一首，奉和春日幸望春宮應制。

五絶，同羣公題張處士菜園，正德本無。

七絶，酒泉太守席上醉後作，正德本爲七言古詩。同題之首四句，此本誤析爲二。

劉賓客集

此本經龔氏硃校，校語内有「不烈案」云云，當係傳録蕘翁鈔校本。今復以董氏影印崇蘭館藏宋本，用藍筆詳校一過，知鈔本譌缺處頗多。然宋本亦有譌缺。將異同之字，悉著眉端，未敢臆爲去取，以待考定。丁卯正月廿二日，揆初校畢記。

戊辰端午前一日，自匪窟歸，編者按：先生時遭綁票。杜門養疴，翻閱沈欽韓先生手校嘉靖徐焴本文粹，并參閲許榆園校刊本，因檢所選劉賓客各篇，有異文較長於抄本，或義可兩存者，分别注於眉端，足以證明抄本之佳處不少，並知宋本之誤處亦不少云。是月廿九日，揆初記。

葵按：此抄本「刑」不作「形」，「墮」朱校作「隨」，「升」朱校作「叔」，足爲龔校出於蕘翁之證。惟「千百人」未校正，或係龔氏漏校歟？己巳六月記。

賈長江集

馮武字竇伯，號簡緣，爲馮己蒼舒季弟彦淵知十之子，爲毛潛在館甥，讀書汲古閣歷十餘年，祕册異本，多所窺覽。著有書法正傳一卷，遥擲藁十卷，見海虞詩話。戊辰十月記。

抱經堂文集卷十三題賈長江詩集後：「長江詩雖不合雅奏，然尚有古意。讀之可以矯熟媚綺靡之習。明海虞馮鈍吟有評本，長洲何義門得之稱善，其字句蓋遠出俗本之上。如云：『十年磨一劍，霜刃未曾試。今日把似君，誰爲不平事。』今本作『誰有不平事』，鈍吟云：『誰爲不平，便須殺却，方見俠烈之概。若作誰有不平，與人報仇，直賣身奴耳。』一字之異，高下懸殊，舊本之可貴，類如是。余得其本因臨寫之，令後生知讀書之法，必如此研校，而後古人用意之精可得也。」按鈍吟爲竇伯之叔，此本正作「誰爲」。己巳夏日又記。

丁卯仲冬，得此鈔本，以江南圖書館明翻宋本對校。有顯係譌脱，爲翁馮所未校正者，即據明本改補；其義可兩存，未敢臆定者，以明本異文書於眉，以鈔本原文旁注，俟續得善本，再行考定。其餘彼此異同之處，如「突出擎我到」，明本作「突出驚我倒」；「曉行皇帝京」，明本作「曉行皇帝經」；「世顏忽嵯峨」，明本作「世言忽嵯峨」；「思嚮吾巖阿」，明本作「思響吾巖阿」；「中有蕪苔井」，明本作「中有無苔井」；「夕陽眺原隰」，明本作「夕陽跳原隰」；「自嗟隣十上」，明本作「自嗟憐十上」；「城靜高崖燒」，明本作「城靜高崖艸」；「殷勤載八行」，明本作「殷勤載入行」；「題山寺井」，明本作「題山寺屏」；「將軍遨入幕」，明本作「將軍遥入幕」；「回日葉應紅」，明本作「回去葉應紅」；「久住巴興寺」，明本作「久住巴與寺」；「騷人正則祠」，明本作「騷人正側祠」；「豈是北宗人」，明本作「豈是比宗人」；「有逕連嵩頂」，明本作「有逕連高頂」；「吳山鍾入越」，明本作「吳山鍾如越」；「老免把犂鉏」，明本作「老色把犂鉏」；「四氣相陶鑄」，明本作「四時相陶鑄」；「已栽毫末柏」，明本作「已栽天末柏」；「雲藏巢鶴樹」，明本作「雲藏巢樹鶴」；「入城宵夢後」，明本作「入城霄夢後」；「舟泊襄江闊」，明本作「身泊襄江闊」；「送韋瓊校書」，明本誤爲「寄昆陵徹公之第二首題曰，其二」；「露寒鳩宿竹」，明本作「露寒鳩宿雨」；「星辰位正憶皇都」，明本作「星辰正別憶皇都」；「鄉味朔山林果別」，明本作「鄉味朔山林果位」；「旌旆來往幾多日」，明本作「旌旆來住幾多日」；「愛被秋天夜雨淙」，明本作「愛此秋天夜雨淙」；「照來照去已三年」，明本作「照來照去已三千」；「遣我開扉對晚空」，明本作「遣我閑扉對晚空」；「鶴曾棲處挂獼猴」，明本作「鶴從棲處挂獼猴」；「宿齋何處正鳴砧」，明本作「宿齋何處止鳴砧」；「曲江南岸寺中僧」，明本作「油江南岸寺中僧」，皆以鈔本爲長。簡緣先生定爲善本，洵不誣也。揆初誌。

臘月既望，又以文苑英華對校，即將異文詳録，並注明卷數，庶與前校易於區別。所據文苑英華，爲隆慶元年閩刻也。

英華所載浪仙詩尚有五篇，爲本集所無。第一，黄鵠下太液池，一百八十五卷。第二，送道者，二百二十九卷。第三，却赴南巴留别蘇臺知己，二百八十八卷。第四，題鄭常侍廳前竹，三百二十五卷。第五，蓮峯歌。三百四十二卷。第一篇英華注云「集無」，第三篇英華辯爲劉長卿詩，均不應入集。惟第二、第四、第五篇是否英華羼入他人之作，抑爲本集遺漏，未敢臆定。臘月十八日又記。

全唐詩賈浪仙小傳：「有長江集十卷，小集三卷。今編詩四卷」云。昨夕對校一過，詳録其異文，凡與英華及明本同者從略。全唐詩與明本同者居多。長江集三百七十九篇，全唐詩删去一篇，卷三天津橋南山中各題一句。餘皆依次采録，惟卷六送姚杭州、送僧二篇，前後互易，其餘次第悉合。卷末又載浪仙詩二十四篇，爲長江集所無。英華所載第一、二、四、五，共四篇，均列廿四篇之内。惟第三英華辨爲劉長卿詩者，全唐詩亦不列。未審采自何本，或取材於小集歟？戊辰正月十七日校畢又記。

故友保山吴佩伯慈培以湖南省庵校趙玄度家藏宋本，校録於汲古閣本之上，茲假得復校一過，上加宋本二字以别之。佩伯又得某君臨何義門校本，署名三徑杲。覆校於汲古本，茲亦擇要録出，加「何云」或「何本」二字以别之。兩次覆校後，益見馮校之善。凡前據明本校改之處，有未當者，已逐字糾正。庚午立春，葵識。三徑杲原跋，附抄於卷尾。

丁卯詩集

此影抄弘治本，購於來青閣，蓋坊賈所爲。因假張菊生丈舊藏初印本，校正譌字。弘治本校勘不精，本多譌字，當再覓善本校正。聞鐵琴銅劍樓有元刻本，係最近整理後發見。景葵識。壬申正月。

笠澤叢書

卷中硃校暨墨筆注釋皆越縵先生手蹟。先生以此本寫手多譌謬，故校至乙卷復友生論文書未終篇即閣筆。余重鄉賢之遺蹟，得而藏之。暇檢黄蕘翁校明抄本甫里先生集，嘉靖徐焴本唐文粹，隆慶閩刻本文苑英華。逐篇補校，藉以正王岐之誤。惟筆墨荒率，且不免前後參差，以視先生之校例謹嚴，下筆精整，殊有愧焉。戊辰正月杪，景葵識。

己巳長夏，借得許珊林先生手寫精刻本，凡與此本字句異同之處，逐篇詳校一過，始知許刻本爲此書第一精善之本。但亦有譌字缺字，足見刻書之難。景葵記。

校許刻本用黄色筆。校刻弁言及據校各本，亦抄録於卷首。

家煥彬先生郎園讀書志卷七，笠澤叢書各本題跋，考訂版本最詳，兹撮要紀於左方。

己巳八月初八燈下，景葵節抄。

頃借得覆元至元刻本，後無陸鍾輝跋。「今清朝右文」，「清朝」字另提行，審爲顧刻本，但無「中吴顧楗」篆印，亦無碧雲堂書面，與此姚覆陸本對校，録其所見異同於左。

春寒賦，「留連繡帳」，顧作「輔帳」。

送小雞山樵人序，「自界至麓」，「界」顧作「冢」，「爲書畫疆界」，「書」顧作「言」。

幽居賦「頌厥土之三壤」，顧作「煩原土之五□」。「羽獵相逢，可謂無鹽搪突」，顧缺「羽」字，「無鹽」顧作「燕菁」。「失其居而久旅」，「久」字顧缺。「聊回視而返聽」，「回」字顧缺。「輟金錢而營佳樹」，「營」字顧缺。「毁譽者浮華之轍」，「轍」顧作「撤」。

陸悳原跋，「今清朝右文」，顧本「清朝」另行。

小名録敍，顧本無。

姚覆陸本有彦侍景鈔印記，字句不知有校改否？「毁譽者浮華之□」，許刻附考云，陸本字空而姚覆陸本作「轍」。是否陸本原缺，而姚氏補之，非得陸氏原刻對校，未敢臆斷矣。己巳九月初一日，景葵。

羅昭諫江東集

此李雲卿手校本。同時見其手抄興平縣馬嵬志，自跋云：「隨伯氏宦浙中，與泉唐吴笏庵、海寧陳受笙時相過從，每向汪氏振綺堂借書録副。」後題嘉慶十一年。又鈐一印曰「家在桂林古里」，似爲廣西人。張本當即康熙張瓚本。吕本未詳。壬申冬仲購於來青閣。景葵記。

蘇學士文集

舊得白華書屋本，有朱筆傳録何校，頗有譌字。又有墨筆校語三條，未署名，非何校。戊寅春暮，假得老友潘季孺所藏黄蕘夫傳録顧千里臨何校本，又以宋刊麗澤集校詩，因對校一過，概用藍筆，以别於舊有之朱墨筆。凡譌奪處，悉與改正。季孺之曾祖三松先生，與蕘夫莫逆，朝夕過從，所藏黄校黄跋善本，不下百餘種。百年以來，陸續散失，僅存此本。倭兵入蘇州，季孺居室爲炸彈所中，是書已淪入瓦礫灰燼之中。季孺避難來滬，凡先世遺留珍物，概未攜出。炮火甫定，賴有健僕不避艱危，出入兵間，將燼餘運出一篋，均已殘破。惟是書首尾完好，俾余有展讀之機會，不勝欣幸！三月廿四日，景葵記。

此本朱筆傳録，與黄本同者，概不重寫。黄本亦用白華書屋本，已有修板，印在此本之後。

後山詩注

辛未仲冬，以此本校雍正雲間趙氏刻本，詩四百六十五篇，遇此本譌字，及與趙本互異之字，亦分别注於書眉，以備參考。景葵記。

陳後山集

此書經乙盦先生詳校，所據有明本，有何校，有蔣校，所惜者無跋文敘述來歷。卷十六光禄曾公神道碑，蔣校補脱文兩段：一，六百餘字；一，一百二十九字；未曾詳録。中間有乙盦校誤甚多，蓋曾細心紬繹，功候深矣。惟詩集無校，當另有讀本。庚辰冬，乙盦遺書盡出，精本爲中央圖書館搜盡，喜其得所。起潛搜遺得此本，詳讀一過，吾以爲可珍不在希覯本之下也。辛巳正月廿一日，揆初記。

張文潛文集

鐵琴銅劍樓書目,此即胡應麟筆叢所載之本,猶出宋人抄録,故廟諱皆有改字減筆。較今刻柯山集增多文十餘篇,雖非完本,亦可貴也。有馬鼒序、郝梁跋。按此本缺馬駙序。舊爲雙照樓所藏。丙寅夏,景葵記。

石林居士建康集

此本有鮑渌飲先生墨筆校語,得之十年,未曾覆勘。壬申殘臘,吾友鄧正闇羣碧樓餘籍散出,有謙牧堂舊藏潛采堂鈔本建康集,爲同鄉王氏所得。吾友宗耿吾亦收得一鈔本,有朱彝尊錫鬯父印,由慈谿李氏散出者。兩本同時假得,參互細校,各有佳處。鮑抄本譌字,有渌飲未及校者,得以是正。其兩本互異之字,亦分别著之。鮑抄本與羣碧樓本,往往相合,而與耿吾得本違異處較多。乃知竹垞兩鈔本,非出一源。異本貴兼收,洵然!

同時又取郘園校刊本核對一過。郘園所據爲栟花盦校刊本,除依繆校本補論七篇外,餘與鮑抄本及羣碧樓本十九相符。惟刊刻時校讎疏略,頗多譌字,即就所見隨筆校正。癸酉正月二十日，景葵識。

校畢還瓻，耿吾即假此本攜之回蘇，意欲詳校一過。秋初忽感胃癌症，匆匆返虞山，未幾，即捐館舍，享年六十有九。病革時，諄諄囑哲嗣檢還此書。故物歸來，執友淪没，爲之泫然！癸酉十月廿三日記。

復審墨筆舊校，非渌飲手筆，書此志誤。戊寅五月又記。

慈湖遺書

南潯蔣氏傳書堂書目，有嘉靖刊慈湖遺書四册，余爲介紹售與涵芬樓，爲兵火所燬。當時馬君一浮曾影抄一部，謂世尠傳本。余匆匆繙閲，不記卷數，似已失去序跋，但字體碻爲嘉靖刊。此本有序有跋，而字體係萬曆。細加考核，知前十二卷係萬曆時依嘉靖原本覆刊；後二卷爲萬曆增補，或本有萬曆序跋，而爲書估撤去。十八卷末，此本較目少一篇，而後面只留空白三行，知爲所據原本之缺佚。又十八卷末有附録，而二十卷後又有附録，此皆爲萬曆覆刊與增補兩卷之碻證。清代尊尚程朱，一時學者不敢以陸王相抗衡。陽明事功較著，故遺書流傳尚多；陸學則沈埋已久，覆刻無人，無怪此書之稀，已星鳳矣。卷末題記，係明末人，壬午爲崇禎十五年。庚辰臘月十七日，景葵識。

石湖居士詩集

此書爲母舅徐善伯先生舊藏，辛亥秋，舉以賜余，時時瀏覽。今春在杭州，又購得婺源黄氏刊本二十卷，亦刊於康熙戊辰。黄本校勘甚疏，譌缺處觸手皆是，因以此本詳校一過。但間有黄本勝於此本，或義可兩存者，亦校於此本之上。此本係後印，有修板之處，且板心下方「愛汝堂」三字，業已剜去。因其爲外家故物，故重視之。丙寅冬十二月校畢謹識。揆初。

范石湖詩集

此本與顧依園刻本同刊於康熙戊辰，亦出自抄本，校勘不如顧本之精，譌字觸處皆是。自注斷缺尤夥，且缺詩數首，今依顧本詳校一過。亦有顧本不如此本之處，或義可兩存者，並擇要校於舊藏顧本之眉端，使兩本皆便於瀏覽云爾。丙寅冬十有二月，揆初識。

辛巳夏，思簡樓文氏素松遺書散出，有石湖居士集舊鈔本三十四卷，告者謂係顧依園原本，取來對讀，知即黄氏所據之本。刻本卷次既改，所空之字，半因避諱所闕。小注則原鈔往往脱落，非黄氏之咎。益信顧氏所據原本之佳。附書於此。景葵。

鈔本卷一，後有「婺江黄昌僑校字」一行，當即鈔書人姓名。

渭南文集

渭南集五十二卷，每半頁十行，行廿二字，與正德本同。惟諸劄子年月，皆在各卷題目下，與正德本不同。一至四十一卷文，第四十二卷天彭牡丹譜及致語，第四十三卷古樂府，第四十四至四十六卷五七古及長短句，第四十七卷五律，第四十八九卷七律，第五十卷五絶，第五十一卷七絶，第五十二卷詞，與適園志所記正德本略有不同，不知適園誤寫歟？抑此本在正德以前歟？應借一本對勘方明。庚辰臘盡，景葵記。

釣磯詩集

數年前於傳書堂殘餘羣籍中，搜得吾鄉羅鏡泉以智輯校本釣磯詩集，知其未經刊布，而未敢決定是否手稿。丙子殘冬，顧君起潛示余海粟樓王氏所藏文稿四册，未署姓名，版心有「恬養齋偶鈔」五字，共文八十九篇，首經解，次考，次説，次論，次辯，次序，次壽序，次記，次跋，次書後，次書事，次題詞，次贊，次銘，次傳，而以淡巴菰寓言十九殿焉。王君欣夫跋其後云「恬養爲羅鏡泉齋名，讀其中趙清獻公年譜自序、跋大元海運記，而益信爲鏡泉文稿。鏡泉著述甚富，多未刊行，僅錢唐丁丙刊其新門散記，海昌羊復禮刊其七十二候表二種而已。以余所見者，有文廟從祀賢儒表二卷，趙清獻公年譜一卷，詩苑雅談五卷，宋詩紀事補遺一卷。知而未見，有浙學宗傳、敬哀録、述齋筆記、恬養齋詩集」等語。余展讀一過，有跋釣磯詩集一篇，與余藏本一字無異，不禁狂喜。證明文稿的係鏡泉手定，因行間校改各字，並有手抄數篇，與釣磯詩集書法如出一手，兼可證明此校輯本，係鏡泉手抄，彌足珍重。年前杭州某坊書目有恬養齋詩鈔，訪之已歸他人，聞起潛言，爲欣夫所得，已移書乞借，倘能合詩文兩稿爲之刊行，亦同里後學應盡之責也。丙子臘八後十日，葉景葵記。

文稿已承王君佩諍出讓，詩稿亦承欣夫惠贈，已成合璧，喜而誌之。丁丑三月記。

存雅堂遺稿

方韶卿遺稿十三卷，順治甲午刊本，附雍正甲辰補刊一卷，四庫著録據鮑士恭家藏本，删去物異考、月泉吟社詩，外篇詩文，改爲五卷，名曰存雅堂遺稿。此係原本，缺第六至第十卷，即物異考與月泉吟社詩也。補刊内缺第二、三、四、五、六共五葉，即野服考，其餘詩文無缺。朱筆審爲鮑渌飲先生校，墨筆爲塘棲勞氏昆仲校。卷端「瘦居士」朱文印，未詳何人。又有學林堂印，乃吾鄉高宰平先生學治藏書。先生耆年績學，光緒時爲東城講舍山長。余弱冠前應經古月課，屢蒙拔厠前茅，月得膏獎，即至珠寶巷修本堂購書。生平蓄書自此始。飲水思源，尤應珍重。辛巳二月，景葵敬識。

遺山詩集

此汲古閣元人十集本，雖係後印，且有補板，當屬原刊，非施墨莊擁萬堂翻板也。己巳冬日，有故友以弘治本遺山詩集求售，爲二十卷本，前有稷亭段成己引，每半頁十行，行二十一字，遇「恩綸」等字，或抬頭，或空格，當遵元刻款式。疑即郘亭所見之沁水李瀚汝州刊本，惜無重刻人序跋。吾友宗耿吾自虞山來函索購，志在必得，義不可攘。適杭州石渠閣以此書求售，急購之。對校一過，凡弘治本板爛處，汲古本每作墨□，知汲古實從弘治出，且段引内擅删二十一字，改爲「遺稿若干」四字。子晉後跋，亦不言所據何本。毛氏刻書，每犯此病，不足異也。十一月二十三日燈下，景葵校畢記。

水雲村泯稿殘本

振綺堂書目鈔本，元人集部格，有劉壎水雲村泯稿二册，不分卷，即此本而逸其下册。書根所題下字，係後人妄加也。此本係亡友宗耿吾舊藏，余重鄉先賢遺物，故購藏之，己卯正初記。

姑山遺稿

丁丑正月，借平湖葛氏藏本抄補闕頁。卷三第四頁，徐傳第六頁。葛本校定姓氏後，又有姓氏一頁，板心著姓氏二字。有與校定姓名重出者，未知是助貲人否？

沈德溥字十周　陳　邁字紫瑞
沈　峯字青嶽　殷以豸字千一
宗聲駿字懋章　崔　濤字雲若
王　翹字嘉俊　焦　鼎字銘僂
沈弘猷字粲皇　沈觀生字子薦
沈瀛士字其登　姚子莊字亦康
濮陽律字于豳

其餘與葛本同闕之頁，爲卷五頁八、九，復蘭谿諸葛志伊書，卷七頁五、六依目未闕篇，卷十二頁三、四依目未闕篇，卷十三頁八、九、十、十四、十五，又目録第十六頁。此本有而葛本闕者：卷六頁十三、卷十一頁十一，徐仞立試牘引，卷十四頁三、卷二十七頁六、卷末謚議三頁，以上須續訪海内藏家，再行抄補。景葵記。

丁丑二月又假嘉業堂藏本，補寫目録第十六頁。尚有校閲姓氏，爲葛本所無。其式如下：

校閲姓氏以刻資到時登載勿拘前後

梅枝鳳字子翔號東渚

施閏章字尚白號愚山

吴肅公字雨谷號晴巖

方　達字嘉徵號鑒胡

徐懋懿字孟陬

章佳鏕字金生

梅茂實字仲宣

趙司直字維生

萬應隆字道吉號平山

萬　麟字道瑞號松虬

邵　晃字漆夫

邵中派字文濤

孫　卓字予立

沈　㟽字野求

沈　崒字于蕃

沈　崔字于峻

沈德泰字師鴻

以下接沈德溥至姚子莊十三人，其餘與葛本同闕之頁，劉本亦無之。

琴張子螢芝集

作者反對科舉甚力，讀卷三張羅篇，卷五文言，可見一斑。詩文胎息六朝，不落明季纖佻窠臼，宜石齋翁許爲庾鮑之流也。景葵。丙子臘月。

副使祖遺稿

此册係清初鈔本，詩題有「嘉靖二十七年石梁口衝決」，又有「時浙東倭寇横發」云云，則著者爲嘉靖時人，原籍爲山東，服官省分爲陝西。有弟名孟雄、孟禄，子名崇質，交游如張太微、沈廷玉、曹貞菴、何太華、劉西陂、謝少溪、詹燕峯（著有振美堂稿。）吴汝秀、劉東陵、王友梅、左東津、王功久、趙水村、沈汶南、許池東、黄梅軒、顧西岩、吴在川、吴望湖、周受庵、沈惟健、王德輝、孫葛亭、孟敬之，皆當時僚友，及詩句唱和關係，附書於此，以待稽考。辛巳端午日，揆初記。

石川集

北平圖書館藏石川集五卷，是嘉靖己酉南充王廷重輯本，前有王序，後附録崔銑撰墓志銘，又徐冠、方豪、孟洋、劉坤、李遲、高賢、柴忠祭文。

卷一：五言古六十七首；卷二：七言古廿六首，五言律廿一首，五言排律一首；卷三：七言律五十四首，五言絶五首，六言絶一首，七言絶卅一首；卷四：序十三篇，跋二篇，記八篇；卷五：傳三篇，雜著八篇，論一篇，贊二篇，銘八篇，祭文九篇。

王序云：「殷詩向有瀛洲、芝田二集，合稱石川稿」云云，即此本也。

此宿遷王氏舊藏，丙子冬，購於北平。

震川先生集

王宋賢先生元啓評點，盛柚堂先生百二過録，又加評點，錢警石先生泰吉臨盛本，又采入張鱸江先生士元暨方子春先生垌評點，警石之門人徐邁叔鴻熙臨錢本。又字眉盦，又字嘯秋。卷中朱墨雜沓，王評加注王字，張評注張字，方評注方子春，錢評注甘泉先生，其未注者，不可辨識。又有署意庭者，不詳何人？柚堂評自題名。祇平居士評本，最精。如馬政志評語，剖析毫芒，可作歸文注解，不僅注意於文法。同時收得張鱸江手鈔節本，此本所采張評，均與之合，當即警石所見原本。卷首夾有警石手簡一紙，知徐君爲咸豐間禾中學者，爲警石翁所獎譽。庚辰正月，景葵。

歸震川先生文鈔

張鱸江先生手鈔評點本，同時收得咸豐間禾中徐鴻熙臨錢警石本，所采鱸江評語，均注「張云」二字，即此書硃筆。又采方子春評語，與此書黄筆數條相符。卷中有警石手牋云：「鱸江名士元，吴江人，著有嘉樹山房集。」子春名垌，平湖舉人，選錢唐教諭，未任卒。詳曝書雜記。庚辰正月，得之嘉興書估。揆初。

瞿忠宣公集

養一文集抱經堂詩集跋言：「兆洛以梓人自隨，所刊之書，有日知録、繹志、鄒道鄉集、瞿忠宣集。」是此書實申耆先生所刊；題名蔣許，大約蔣助刊資，許則藏稿家也。戊寅，景葵記。

金文通公集

文體卑靡，未脱時文窠臼。卷八端敬皇后傳，可與梅村清涼山讚佛詩參看，向來流傳之讕言，可以一掃。卷十書潯南沈姓事，慘絶，今日湖郡四圍爲異族所踞，讀之倍增感慨！卷十五，有闕葉，須補。

北平圖書館有順治本息齋集；四卷，附外集。康熙本息齋集；八卷，已殘。雍正本金文通公集；二十六卷，附行狀墓表。皆與此刻不同。俟亂定當設法假閲。戊寅四月初一日，閲畢記。

順治初年，薙髮之令尚寬，有「不願者亦不必强」之諭。順治初，北直江南江北提學官，係御史之外差。文通奏准得旨於翰林中選用，均見奏疏。

王烟客與王子彦尺牘

諸君仲芳得王烟客遺像并尺牘八通，上款皆署書翁，疑爲寄與同里王子彦瑞國之札，而未得碻證。檢太倉州志，僅言瑞國字子彦，未詳别號。嗣檢清暉贈言載瑞國贈石谷序，下署書城太倉，此序即應烟客之命而作，與第一通所言若合符節，於是知書翁即子彦，信而有徵。屬爲題跋，余因深佩仲芳之讀書得閒也。各札皆未署年月。第三通述追逋之累，有「揆兒遠出，獨爲料理，愁腸幾碎」等語。王揆中順治十二年乙未科進士，烟客作分田完賦誌，歷敍賦歛加派之煩苛，累以貧增，後將益甚，令九子各受餘田，收租供賦，留千二百畝自贍，無催科之擾。時在順治十八年，年正七十。第五通言邸報内遣都統至江、浙、閩、廣巡察海防，似因創見而生疑慮。檢浙江通志，欽差巡閲海防，係康熙四年事。故各札年月，可定爲順治之末，康熙之初。其時石谷年甫三十餘，得登農慶之堂，盡睹宋元名蹟，指示宗派，引爲忘年之交，傾心推服，逢人延譽，所謂其心好之，實能容之，前哲之雅量不可及也。子彦之子天植爲吴梅村之壻，見靳价人引程迓亭説，子彦選授增城縣令，順治十四年到任，見廣東通志。未幾去任，梅村有王增城罷官哭子詩，逝者當即天植，故梅村遺悶詩云：「一女血淚啼闌干，舅姑嶺表無書傳。」又短歌云：「愛子摧殘付託空，萬卷飄零復奚惜。」靳氏謂爲子彦而作，其説正合。天植有子，梅村送子彦南歸詩云：「相攜孫入抱，解唤阿翁來。」自注云：「子彦近得孫，余之外孫也。」第一及第八通，殷殷以令孫爲念，其諸即爲梅村之外孫歟？第二通調停口舌，以「鄉曲至親」一語推之，所云「梅老」，當即梅村。短歌作於增城初罷時，其餘各詩皆在其前，以後寂無投贈，或仍有芥蒂之嫌歟？子彦藴藉好客，喜飲啖，烟客屢謝郇廚之惠，且以「芳旨遞進，絲竹迭奏」爲戒。梅村壽其五十詩「即看哺啜亦風流」，注云「善啖」，正堪印證。雜書所見，藉復仲芳，希有以教正之也。近人輯烟客尺牘二卷，此八通皆屬遺珠，亟爲補鈔，兼以志謝。中華民國三十二年，歲次癸未九月霜降日，杭縣葉景葵敬記。

松皋文集

記得某筆記云：「毛會侯松皋詩之上半册，原名離珠集，因禁抽燬。」書此以俟續訪。戊寅春盡，揆初識。

遂初堂文集

辛巳二月，取初印本與重編本對讀，知初印本確係稼堂手定，選擇甚精。重編本所增，皆稼堂刪去之作。試檢數篇讀之，即可知矣。稼堂並不佞佛，惟方外之友甚多，故書序誌銘之關於釋氏者，皆隨類編次，不分儒釋，重編者一概列之别集，其見甚陋。與石濂兩書，爲重編者所芟汰，而致粤當事書，與藥亭書，與爲霖書，皆攻擊石濂，詞鋒犀利，並列卷中。細加尋繹，知與石濂書牽涉清世祖之語甚多，編者懼罹法網，故湮滅之。壽序中刪去宋既亭一篇，亦因内有東林復社語之故。璿璣玉衡賦，題加「御試」二字，同爲敬慎之意也。以此推之，則詩集中重編多於原本者，亦稼堂所刪汰，惟海岱游草重編少收四十八篇，不知何故。適闕此卷，無從探索爲憾耳！是月十一日，揆初書於賃廡。

睫巢集

睫巢集刻於乾隆辛酉，後集刻於甲子。此稿起於壬戌夏，止於戊辰秋，故首册已選入後集，第二册則皆後集所未收。凡首册題上有朱圈者，皆後集所選刻，則此爲眉山手稿無疑矣。

此書向藏松江韓氏，流落肆中，無人過問。景葵見眉山諸鈐印，疑爲原稿，議價購之。書賈告余此爲嘉業堂所已刻，以價廉姑收之。歸訪翰怡，乞其新刻。翰怡以印本皆在南潯淪没，不知能否寄出爲言。閲二十日，竟以印本見惠。詳細對勘，知此稿之作，大半皆後集所未收。惜翰怡意興闌珊，無復當日之豪舉，不知何日何人始能付之梨棗，書此慨然！戊寅臘八，葉景葵識。

鮚埼亭集

朱筆傳録丁秉衡臨嚴修能評點本，下稱嚴本；墨筆傳録吴兔牀臨杭堇浦評點本，下稱吴本。嚴本、吴本，均從長洲章式之鈺傳録本録出。據式之後跋云：「嚴本段諸常熟丁秉衡國鈞，吴本段諸海豐吴仲懌重憙。」

吴本係抄本，兔牀所録評點，仲懌但審爲兔牀親筆，而不知係傳録堇浦評點。式之證以十八卷史刻十九卷。「此事不實，予在局中，兩唐考異出長洲沈歸愚」一條，謂與兔牀平生蹤跡不合，定爲堇浦原評，似無疑義。葵謂卷中兔牀按語，皆署己名，凡不署名者，如湛園姜先生墓表、桐城方公神道碑諸篇所書評語，以式之之見推之，皆可定爲堇浦手筆。其餘或不免有後人羼入之語，惜未能一一别白之也。仲懌亦間有按語。又有署名瑛者，不知何人。式之流覽所及，亦附以己見。嚴本有丁秉衡按語，又引戴子高望校勘數則，今皆一一録之。余過録楊秋室評内集本甫畢，又得傳録此本，合而觀之，足爲謝山諍友矣。

式之謂繆小山荃孫別有蔣蓼崖校本,卷中祇引用一條,惜非全豹。甲戌十月廿五日,景葵識。

又

辛未冬,傳書堂餘籍散出,有龍尾山農抄本鮚埼亭集卅八卷,較史刻本增李元仲別傳、題三山野録二篇,以廉價得之。卷中本有校語,乃徐君行可恕以史刻本對讀者,異同之處,皆以朱筆詳記。

癸酉初冬,檢羣碧樓書目,知有楊秋室批校本,因向正闇主人乞假。正闇復書謂此書屢假屢瀆,幾至遺失,最近爲宗耿吾假觀,耿吾物化,始得還瓻。以爲不祥之書,不願再假于人。再三函商,幸邀慨諾。

秋室批校底本,亦一抄本,與龍尾山農本不同。龍尾本與史刻本較近,疑龍尾本爲謝山遺命移交馬嶰谷,後歸杭堇浦之本。秋室本爲董小鈍據舊稿重抄之本,末卷劉凝之墓記跋後,有小鈍校語一條,爲龍尾本所無。

今以秋室批校,用藍筆過録于龍尾本之上。

凡秋室底本，與龍尾本不同之處，皆以墨筆注於原文之左右方。左右無餘地，則詳列於書眉。卷中夾籤爲勞平甫、沈子封、莫楚生、宗耿吾諸君假讀時所記，今以墨筆一一過録于書眉，加「某云」以别之。

耿吾疑史刻本外，另有刊本，與龍尾山農跋語暗合。

癸酉十一月初五日開始，至甲戌正月廿一日校畢。景葵識。

癸酉十一月初五日始校首册，至十三日校訖。

十一月十五日續校，是月廿四日校完第二册。

續校第三册，天寒又以他事作輟，至臘月二十日始畢。

十二月二十一日續校第四册，竭五日之力校完第二十五卷，乃託友人亟以原書前四册繳還正闇，以釋其念。

甲戌元旦續校二十六卷以下，至元宵校訖。

甲戌正月十八日校完第五册。

正月廿一日全書校訖，爲之一快。將作黄山之游矣。景葵記。

庚辰正月，寒瘦山房遺書盡散，余以鉅金留此集。秋室批校原本，重行檢校，如逢故人。距前校時不過六年，燈下已不能作細字矣。

新安志，龍尾山在婺源東南。庚辰正月記。

彭尺木文稿

己卯冬日，假涵芬樓所藏彭尺木文稿三册。第一二册係尺木手稿，除去二林居已刻者，及稿本不易别異者，與所作四書文外選抄十三篇，並依原樣照録臺山、大紳諸君評改，以見先哲直諒之誼。其第三册係一行居集殘抄本，不知已否付刊，倩寫生照録。又借得潘景鄭所藏無錫孫氏小緑天庵手抄尺木未刻稿一册，大約即依涵芬樓原稿傳録，亦倩寫生照録，統名之曰彭尺木文稿，倩顧君起潛寫一總目，冠於卷首。與二林居集合觀之，尺木文字之演進，與思想之變遷，具於此矣。庚辰正月十九日燈下，揆初記。

柳洲遺稿

柳洲先生與我六世祖登南公友好，卷中登端州試院樓望七星巖、端州試院烹茶、送登南公赴闕補官諸作，曩見丁氏刻五布衣詩本，已寫入先友詩翰卷中。兹又得原刻本，頗爲罕見。其板式與樊榭集相同，讀之殊有前輩典型之慕。丙子夏日，景葵敬題。

敬思堂文集

文定公與先六世祖登南公友善，詩集卷二次建昌縣贈葉六登南二首，其時登南公以乾隆辛未庶常散館，授建昌令，年正三十，足補家譜之缺略。又卷四壬午三月卜居城南與葉古蕖庶常同集分韻一首，（古蕖，登南公別字。）其時爲乾隆二十七年，登南公已致仕家居矣。登南公遺詩，有在皖在粤之作，與文定公行踪相合。登南公居官甚暫，家况清貧，或文定公任學政時，登南公入其幕，任襄助校士之役，亦未可知，而家譜未載。遺稿已散佚不全。欲將登南公生平出處，作一簡明之年譜，以補家譜之不足。屢思屬艸，未敢下筆也。丙子十月朔，景葵記。

復初齋文集

此爲道光丙申刊本。今以光緒丁丑重校本對校一過，其雕版改字緣起，詳於李以烜跋文，并録於後。己巳冬十月，景葵記。

從徐曙岑兄假得光緒重校本，爲北通州李芝陔（在銛）先生舊藏，有墨筆評點，因手録一過。先生爲同光間北方賞鑒大家，收藏甚精。凡厰肆暨舊家所出金石碑版書畫，一經先生品題，無不奉爲圭臬。今讀此書評點，具見老輩細心，讀書處處留意，故能强識博聞，成一家之學，非偶然也。十一月初八燈下又記。

簡松草堂文稿

此吾鄉張簡松先生手書文稿，沈君誤題山舟文稿。内有四篇，爲文集所未收。與馬秋藥論州縣書，頗有關係之文，亦未入集，何也？庚辰春莫，京估送來，告以非山舟書，遂含糊得之。景葵。

兩當軒全集

吾家郎園先生搜羅兩當軒集刻本甚備，以同治活字本爲鎮庫。謂志述所編足本，當時未及刊行。同治癸酉集珍齋以活字印行，後來坊間一再翻雕，皆據同治本，蓋未見此咸豐八年原刻本也。此本前有是年家塾校梓牌子，太倉季錫疇菘耘列名於校刊姓氏内，附録五後季菘耘跋，歷述道光丁未歲與毛君叔美編纂年譜，刻於尚友齋，當時未得先生原稿，不無缺略譌舛；今歲戊午，仲孫志述字得先生手定藁，編纂付梓，序次瞭然，因重加删訂開雕等語。是郎園所謂當時未及刊行者誤也。此本實爲兩當軒全集足本之第一刻矣。

己巳殘冬，景葵識。

獨學廬初稿

琢如刻集成，寄請王惕夫作序。惕夫於刻本，切直評點，不稍假借，跋而還之。今藏鄧正闇處。惕夫自編未定稿，亦載此跋。琢如題其後，引爲直諒之言。仍要求他日作序。此寫本今歸余齋，余六十初度，表叔馬幼梅先生以此書爲贈。俟亂定當借正闇藏本過録。戊寅春，景葵記，時六十五矣。

歲云秋矣，亂仍未定。承正闇以珍本見假，展讀再四，愛不釋手，乃依原本分別過録朱緑二筆，惕甫分爲次序，其卷中紫筆，蓋琢如自加評點，皆惕甫不注意處，所謂得失寸心知也。余得惕甫手次未定稿殘稿本，此序在焉。後有琢如題跋十數行，已刻入未定稿。其書眉尚有琢如書「請以此言爲息壤」七字，則刻本所未載，蓋惕甫許其別爲一序，而終未踐言也。余過録此本，以病作輟，以事作輟，至己卯春二月始克竣功。録畢書此，並抄四當老人題詩及正闇跋語於卷首。四當逝矣，正闇亦老病頽唐，樽酒論文，不知何日？是月二十三日，景葵漫記。

八瓊室文稿

先大父與錢伊臣先生溯耆同研金石，約爲兄弟。星農先生與錢至戚，時以新得拓本贈先大父，賞析同異，函札甚夥。此稿均係手書，似未刊行。庚辰夏，自揚州來，景葵記。

鐵橋漫稿

心矩齋重刻本改爲八卷，因金石跋四卷應别行；時文一卷，鐵橋致徐星伯書有「不入録」之語，故蔣氏未付刊，并章福叙録亦删之。細玩叙文語氣，乃鐵橋自作。因昔年有「少作不足存，時文不入録」二語，故託言非其本意，爲友人所選存也。叙文末一段，自道其詩文甘苦，謙中有傲；其所存時文，亦能鎔經鑄史，非尋常墨卷可比，故不忍棄之，刊附於類集之末。近來原刊已罕見，世人不見叙録，無從知其選刊顛末，特補録之。己卯夏六月，景葵識。

心矩齋重刻八卷本，依四録堂原刻，補抄序目。外舅朱蜕翁遺書。己卯夏，景葵記。

小謨觴館詩集注

光緒辛卯，余年十八，初應鄉試。泖生先生長子毓盤字子庚亦來杭與試，因旅費不足，出是書招售，定價銀餅十元。先堂叔浩吾公語余曰：「此書印本流傳極少，且爲泖生先生朱筆句讀，殊便初學，汝盍留之？」時余得東城講舍月課獎銀七元，不足，向先母乞三元，遂得此書，是爲余生平購書之第一次。嗣後南北閲市幾四十年，僅見翻刻本一部，求如此初印精本，竟未再遇，始信先叔之言不虚也。是年回杭應試者，如錢念劬學嘉，後改名恂。汪頌虞舜俞，後改名大鈞。劉襄孫燕翼、先姑丈嚴蓉孫曾銓，與業已得乙榜而在杭之夏穗卿曾佑、汪伯唐堯俞，後改名大燮。常聚談於補藤花館中。余以後進隅坐，得聞緒論，稍啓讀書門徑，而以浩吾公及蓉孫丈朝夕牖啓，尤爲得益。飲水思源，九泉不作。披閲是書，頓觸舊夢。子庚浮沈京曹，十年前尚得一見。泖生先生之祕笈，則已悉數星散矣！己卯三月，景葵記。

甘泉鄉人稿

戊寅冬初，購得甘泉鄉人手稿筆記一册，附文稿校勘記甚詳。與此本對勘，均未修正，此爲初印本無疑。暇當一一過録。記言乙卯四月修板，是刻成之次年。

十月初四日，燈下依筆記逐字校正。凡陳氏已校出者，不複録。

攀古小廬雜著

燈下讀韓詩外傳校議一卷畢，精思入微，迥非趙校所及。惜所校五六百條，僅删存三十餘條。

所刻金文拓本，尚多空白。蓋未完工之刻，印林摹寫金文極精，予得攈古録金文原稿中，取印林摹本，可見一斑。己卯臘月二十日記。

上元宗氏咫園遺書，己卯殘臘購者，除金石書外，寸楮無存矣。江甯鄧氏寒瘦山房殘餘羣籍，日内正有京蘇書估合夥議價，不久將捆載而來。多一次移轉，即多一次損失，且大半流入他國，吾輩即有選購，正如鼹鼠飲河，不過滿腹。文化之損失，可勝計哉！歲不盡九日，葉景葵識。

恬養齋文鈔

吴門王君佩諍謇收藏恬養齋文鈔四册，不分卷，未署名。王君欣夫大隆謂恬養爲羅鏡泉先生齋名。讀其中趙清獻公年譜序、大元海運記跋，益信爲鏡泉文稿。知景葵珍重鄉賢著述，爲之作緣，承其慨讓。鏡泉著述甚富，多未刊行。所見者，僅錢塘丁氏刊新門散記，海昌羊氏刊七十二候表，其餘如經史質疑、字學、文廟從祀賢儒表、浙學宗傳、台學源流録、趙清獻公年譜、敬哀録、金石所見録、述齋筆記、宋詩紀事補遺、詩苑雅談、恬養齋詩集等書，其名互見於杭州府藝文志及兩浙輶軒續録，均未見刊本。惟文鈔不著録於藝文志，羊氏刊七十二候表跋，已云存佚莫考。今爲佩諍搜得，洵書林之盛事已！文鈔共八十九篇：首經解，次考，次説，次論，次辯，次序，次壽序，次記，次跋，次書後，次書事，次題詞，次贊，次銘，次傳，皆經鏡泉一手校正，是爲定稿。今依原次分四卷，又嘗先後訪得集外文十五篇，輯爲補遺一卷。杭州府志無鏡泉傳，藝文志、輶軒續録云「新城人」。景葵收得鏡泉輯校釣磯詩集手鈔本，及文鈔內闇然室詩集序，皆自署錢塘，今從之。景葵近與二三同志創辦合衆圖書館，搜殘編於亂後，繫遺獻於垂亡，已將敝齋舊藏悉數捐贈，此書亦在其列。今由館出資排印，爲館刊叢書之第一種，其餘篋衍稿本，當竭棉力陸續刊行，以傳布先哲精神於萬一。欣夫又惠贈恬養齋詩集鈔本五卷，似非全豹，俟搜訪有得，再行付印。中華民國二十八年，歲次己卯冬至五日，杭縣葉景葵。

落帆樓文集

丙子仲春讀訖。國史地理志殘稿，向藏海豐吴氏，近爲燕京大學所得。原稿蠅頭細書，極爲工整，未知係先生手書，抑爲張月齋加注。去秋忽忽一觀，未敢定也。景葵記。

戊寅夏日，又讀一過。史論二篇，及致各友書，痛切指陳京朝大官之頑鈍貪庸，道光季如此，宣統季亦何嘗不如此。記得月齋言先生楷法晉賢，而於偏旁點畫，一遵古篆，所見殘稿正符，是當與鄧氏所藏楊秋室手批結埼亭集同一珍貴。

笏庵詩稿

笏庵名清鵬，爲吴縠人祭酒之次子，由編修官至順天府丞，著笏庵詩稿二十卷。此殘本三、四兩卷，菊生先生以卷中未署名，數年前屬爲審定，因余遊山未得見。今檢出見示，卷四送孫又橋詩，有「上堂如有問，道鵬尚留寄」之句，則確鑿無疑矣。復檢兩浙輶軒録所收各詩，皆不在此殘本内，惟有一首，字句不同，想當時必有刻本。輶軒録所收，有送左生宗棠下第詩，有聞金陵寇警詩，是笏庵必歿於咸豐，即有刻本，亦刻於太平軍起之前後，無怪罕覯矣。笏庵詩律工細，功候甚深。吾鄉詩家，可與頡頏者甚少。其論詩主自得，即意境獨造，無勦襲雷同之謂。其功力實從學杜得來，七律意境章法，尤深於讀杜。輶軒録詩話以爲學楊誠齋，未免皮相之論。惟笏庵亦不鄙夷楊范耳。辛巳閏六月二十一日，仁和後學葉景葵讀畢敬識。

葉徵君文鈔

昔游中國書店見此鈔本，後有揆初評語，與余字同，因購歸讀之，其時未見歸盦文稿刻本也。頃與刻本對讀，知此本從原稿録出，爲刻本所無者：韋白二公祠記、重建蘇州府儒學碑記、重修蘇州府學後記、重修太倉州學碑記、九公祠碑記、河南巡撫錢公五十壽序、代屬吏壽郭中丞文、太倉州同知商公墓碑陰記，共八篇；又循政詩一首，例不入文集。此八篇者，當爲門人蔣銘勳刻稿時所删，如韋白祠記、蘇州府學後記、太倉州學碑記、九公祠碑記四篇，無甚精義；錢郭二中丞壽文，係酬應之作，删之是也。如重建蘇學碑記、商公碑陰記二篇，言之有物，文字亦茂美，豈以前者有傷時語，後者掊擊乾隆州志之謬，故從割愛歟？兹定名此本爲歸盦文鈔，與文稿刻本並存，以貽後學。閲平梁闞君跋語，知揆初爲無錫錢君之字。壬午初秋，後學葉景葵讀畢敬記。

秋蟪吟館詩鈔

亞匏先生生二子：長名遺，字是珠；次名還，字仍珠。仍珠與余交最密。光緒乙酉科舉人，入河東運使幕，由佐貳保升知縣，分山西補用，委辦歸化城教案，爲晉撫岑春煊所賞，調充撫院文案。光緒壬寅秋，趙尚書由山西布政使護理巡撫，余就其聘爲内書記，始與仍珠朝夕相見。癸卯，尚書調任湘撫，余與仍珠同案奏調，同充撫院文案：余司財政、商礦、教育；仍珠司吏治、刑律、軍務、交涉。旋出署澧州知州，政聲卓然。未半年，調回文案。桂事起，湘邊喫緊，仍珠籌畫防剿事宜，因應悉當。力保黄忠浩熟嫺韜略，可以專任，尚書深韙其言。尚書奉召入都陛見，陸元鼎繼任，仍珠仍留文案。陸過武昌時，張之洞痛詆黄忠浩與革黨通，不可再予兵權，意欲以張彪代之。陸與仍珠疏，初頗疑金黄句結，後黄軍所向有功，仍珠善於料事，又長辭令，陸大信任之。時尚書已拜盛京將軍之命，奏調仍珠赴奉。余本以文案總辦兼財政局會辦，仍珠至，以文案總辦讓之，仍令余會辦，又令仍珠會辦財政局。未幾，又令會辦農工商局。終尚書之任，仍珠未離文案。尤長於交涉案件，日俄戰後，收回各項已失主權，皆其襄贊之力。嗣因營口開埠章程草案，與直督幕府劉燕翼齟齬，大爲袁世凱所惡。尚書内調，徐世昌繼任，竟以財政案與余同時革職；實則仍珠僅會銜而不問事，乃同被其謗，冤矣！余二人既同去官，同回上海閒居，旋爲端方招入兩江幕府，又爲錫良調至奉天，委辦錦瑷鐵路交涉，錫又委以奉天官銀號會辦。尚書二次出關，仍珠仍任文案總辦，兼東三省官銀號總辦。武昌事起，清室動摇，尚書委署奉天度支司，辭不就任；且偵知奉省有潛謀革命者，張作霖勢力漸張，力勸尚書歸隱。尚書猶豫，同官亦設計阻撓，延至共和詔下，方得去位。然以袁世凱之雄猜，尚書之忠厚，竟能絶交不惡，從容入關，皆仍珠擘畫之功也。入民國後，在京蒙古王公，組織蒙古實業公司，公舉仍珠爲協理，移家北京，入進步黨爲基金監。梁任公爲財政總長，同黨公舉仍珠爲次長，欲藉其深沈諳練之力，爲任公補偏救弊，任公甚信賴之。民國十一年，中國銀行股東會舉爲總裁，張嘉璈副之，仍珠能盡張之長而匡其短，維持之功頗大。十四年，在總裁任以積勞得中風疾辭職。由是右偏不仁，神思顛倒，如狂癲之症。踰年忽然清醒，自言如夢初覺，但仍偏廢在牀。十八年，卒於家，年僅七十三。仍珠少受業於馮蒿庵，爲律賦甚工，未留稿。入政界後，長於公牘、章奏，周密而有斷制，能弭患於未形。又深悉社會情僞，善爲人謀，有疑難事，咸就商取决焉。余生平受益極多，仍珠亦引余爲益友也。弱冠孤貧，筆耕不給，飢驅謀食，事畜增繁，操守甚謹嚴，雖屢近膏腴而積貲有限。病中以遺囑付託，不過數萬金，身後分給二子及諸孫，陸續耗用，未及一年，已艱窘不能支拄。讀亞匏先生之詩，其命宫殆世世磨蝎也歟！是珠尤不善治生，沈於痼習，家居誉口，爲商人司筆札，潦倒終身，時仗仍珠周濟。遺囑内有分給是珠二子之學費，頃聞讀書頗有成，差足喜也。仍珠殁，余方在南，事後憑棺一慟，愴感萬端，有輓詩云：「平生益友惟君最，又到吞聲死别時。病裏笑談仍隔閡，夢中魂氣忽迷離。

已無筆勢銘貞曜，祇有琴心殉子期。一慟儻隨冥契逝，神州殘命況如絲。」「卅年形影相追逐，君病而今四載强。平日東方神已敝，浮雲游子意何長。焚琴燕寢花無主，侍婢阿琴他適。啜茗公園樹久荒。余至京，每日在公園老樹下茗話。遺著未編遺囑在，含悲鄭重付諸郎。」庚辰十月初九日追記。

此書初刻成，仍珠以最精印本見贈，展誦數過，藏庋有年。庚辰十月，檢書作記，距仍珠之死，已一星終矣。仍珠遺稿，百無一存，讀者見余所記，可略悉其生平，蓋非一人之私言也。景葵。

冬暄草堂遺文

陳藍洲先生冬暄草堂遺文一卷，經馬通伯林琴南二先生審定本，辛巳春，向哲嗣仲恕丈借鈔備藏，蓋恐一時不克刊行也。先生不以文自矜，而卷中諸作，皆纏綿悱惻，發於至情，誦其言如見其人。林序稱陶銘陸狀尤鴻麗；先生與二公之交極摯，而陶尤總角相契，以道義相切磨者，故胸有實藴，而後發之於言，宏纖高下無不宜。其他諸作皆稱是。願後之讀此一卷者，勿以文人之文視之也。辛巳四月，葉景葵識。

原本尚有譌字，應再校。

藤香館詩鈔

桑根山人於同治間爲吾杭賢太守，與光緒間之林太守，後先輝映，均能扶掖後進，振興文教。桑根辭官後，又來主崇文講席，及門甚衆。家刊五種，板燬印稀，求之不獲。陳仲恕丈漢第檢得舊藏，移贈合衆圖書館，志在永久保存，其意可佩。仲恕尊人藍洲先生爲桑根翁門下士，師承有自，此亦楹書之一種也。庚辰十月，景葵記。

人境廬詩草

戊戌計偕北上，見沈乙盦先生手持紈扇，書黄先生酬曾重伯七律二首，愛之，諷詠不去口。後在新民叢報見所登錫蘭島卧佛及蓮菊桃雜供諸作，始知先生五七言古詩尤爲戛戛獨造，前無古人，至今猶能背誦。頃得全集初刻本，如逢故人。先生固不願以詩名，無如國步艱難，抱負不得發攄，僅存此六百餘首手自删定之詩，藉以傳先生之精神，而其時又適當甲午以後，庚子以前，爲有清一代内政外交最變化最紊亂之際，惟先生之詩才足以達之。願書萬本，誦萬遍，吾亦云云。己卯冬，揆初記。

郭松齡之役，余友林宗孟長民殉焉。余摹人境廬體作詩挽之，附記於此：

腕底能知義獻意，無端投筆去從軍。生非燕頷飛何處？死與蟲沙慘不分。太白東方仍睒睒，聖人芻狗各云云。文雄草檄君無負，松杏山河總負君。

西泠僑寄客遺詩

褧銘先生於甲午會試報罷後，即到吾杭需次。入秋派充同考官，分第三房，景葵即於是年回杭應試，蒙先生拔擢，得中第二名，爲第三房之首。榜發，至寓所謁見，謙光下逮，獎譽備至。謁後，即買棹北歸，由魯而豫，復渡遼東，未克再返故鄉，一修進見之禮。中間復音問闊疏，回首師門，惄焉心疚。前年文孫佩蒼出示詩稿，盥誦一過，略悉先生痌瘝民物之宗旨，一山、師鄭兩敍，言之詳矣。先生不以詩自炫，而吐詞和平，隸事工切，想見平生脚踏實地，不尚虛浮，讀書如此，臨民如此，作詩亦如此。此次亂後，故居頗有損失，而佩蒼保存手澤，完好無恙。因再假讀，并擬録副以藏，使人間得有第二本，爲異日歆劂之預備云。時在民國三十年二月，歲次辛巳正月杪，門下士葉景葵敬識，距進謁師門，已四十有八年矣。

愚齋存稿初刊

宣統之季，余在造幣廠監督任內，公適籌畫幣制借款，召余商榷。函電屬艸，每於病榻親自爲之，精細爲羣僚之冠。革命事起，資政院紛紛彈劾，得罪而去。一生愛好，付諸東流，而國事亦不可爲矣！此稿編存，皆吕幼舲先生所指授。電稿尤編次得法，惜函牘二稿，無力付刊。經此兵燹，不知有無闕失。此稿初印無幾，向盛四公子乞一部，竟無以應，此係承辦之家私印六部之一，輾轉以重價得之。披閲時，輒以所憶附書於眉。陳仲恕丈漢第熟於清季掌故，假閲時亦屬就所知筆之上方，藉資考覈。所言皆翔實不苟也。庚辰秋末，景葵誌。

卷中附書者：有陳叔通敬第、潘季孺睦先、諸仲芳僤諸君，潘事涇陽甚久，是時已爲次帥羅致入東三省總督署，曾力阻涇陽入川。涇陽頗信之，而牽率未能舍去，故及於難。甲申三月記。

據季孺言：「涇陽之決計入川，贊助最力者，爲劉申叔，當時電稿，多出劉手。」

狷叟詩録

狷叟爲珊林先生哲嗣，承其家學，曾刊行許學叢刻。其詩稿已選刊，名狷叟詩存。此爲底稿，修改塗乙，均狷叟親筆。内如感舊詩中小注，敘述朱又笏師及嚴容孫姑丈學歷，皆小子所未詳者。一時交游，又皆童年負劍時所瞻仰。展誦一過，如聞辟咡之聲已。

珊林先生遺書甚多,説文一門,尤多孤笈。孫耀先年丈與容孫姑丈,艸輯説文彙纂,皆就許氏書庫中取材。景葵曾與校字之役,故知其師承如此。辛巳端陽後一日,後學葉景葵手裝。

四當齋集

丙子初冬,入舊京訪公於病榻中,出示手定文集,係倩戴綏之姜福繕正者。葵謂曷照原稿付之影印,并表示願出資協助之意。公謙遜不遑,謂此稿僅可存之家塾,豈堪問世。葵謂姑遲數年,俟續有選定,一并付刊尤佳。丁丑春,又入京,則公已病在牀蓐。到門問疾不下七八次,僅得在牀前絮語移時。再晤則已言語模糊,閲數日即騎鯨西逝。公律已甚嚴,垂老績學不倦。生平無一事有自滿之語,故手定之稿,淘汰倍至,所存皆愜心貴當之作。年來屢承餘論,獲益良多。今其嗣子以原稿排印,見贈一部,盥誦數過,殊深平生風義之感!戊寅仲春,景葵記。

譌脱處以硃筆記之,尚須與原稿校讀。初印二百部,業已分罄,已慫恿其嗣子元美重印,仍主以戴寫本影印爲佳。

頃聞公自寫清稿甚工整,當向元美借校。

公遺書均送存燕京大學圖書館，董其事者爲顧君起潛廷龍，已爲寫出校勘記一種。起潛來書，謂遺象之贊，屬葵另撰，不宜以自記寫入遺集之前。兹爲擬贊如下：

近儒王忠慤云，學問之道，無往而不當用其忠實。惟公沈酣圖史，數十年如一日。取經不同，歸趣則一。矧其深嫉時風，力章潛德，服習孝經，砥礪臣節。不必效忠慤之湛淵，而致使遂志之懷，固並時無愧色。粹乎其容，允矣儒宗，宜爲百世所矜式！式之先生姻丈同年象贊。戊寅春日，葉景葵敬題。

松鄰遺集

印臣先生故後，友人章式之、傅沅叔、邵伯褧等搜集遺文，交式之擔任編輯。輯成交琉璃廠文楷齋刊刻。文楷刻成，而刻資無人擔任，閣置數年，文楷甚窘。壬癸間，葵入都，伯褧告葵曰：「文楷急於結帳，衹須付四百元，便可印刷數十部。」葵允出二百元，分得紅印二十部。爾時沅叔正作峨眉之游，葵固未知伯褧未與接洽也。迨沅叔回京，甚怒文楷之專擅，不許再印。文楷乃以原板改作他用，葵攜二十部出京，同好分索，讓去十九部，衹剩此一册矣。十九部中，有贈平湖葛氏一部，松江圖書館一部，此次倭患，不知已付劫灰否？去年頗思將此册付之石印，倭事起，又不易實行。印臣一生坎坷，其遺著亦尚在顯晦之間，可慨也！戊寅四月廿一日記。

校邦畿水利集説跋即陳碩甫所藏沈氏原稿，上次上海戰事時，葵向東方圖書館借校未付劫灰者。印臣此跋，定稿而未寫入原書。大約此書由印臣讓歸傳書堂，再轉入涵芬樓者。印臣遺稿叢雜，詩詞尤夥，多未成之作。此集頗爲一時傳誦，式之編次之審慎，實居其功，可謂不負死友矣！

此集並無序文，式之謙讓未遑。聞沅叔頗思列入所刊叢書中，未經商允而即付印，所以逢彼之怒也。

吴伯宛先生遺墨

伯宛先生任隴海路局祕書時，屢於讌敍中接談，而未得請益之機會。其時收入尚豐，因喜購故籍及金石精本，整理刊印，不惜重資。性又豪邁，用度仍苦不足。民國六七年間，將嫁女蕊圓，檢出所藏明刊及舊抄善本四十種，定價京鈔一千元出售，以充嫁資。余請張君庾樓爲介，如值購之，是爲余搜羅善本之發軔。其時京鈔甫停兑，市價八折，實費現幣八百元也。某年再入京，影刊宋元詞集已告成，初印若干部，無資續印，余約友人集款三百元附印十部，余得二部及先生捐館舍，後再入京，則松鄰遺集刊成，無人任欹劂之費，板存文楷齋。由邵伯絅同年發起，付文楷四百元，刷印五十部，余出二百元，得書二十部，余以前此京鈔購書折價，正短一百，藉此以報先生也。此二十部攜至上海，分贈同志，求者紛至，無以應之。寒齋僅存一部，今捐藏合衆圖書館矣。遺集卷帙無多，因先生文稿，隨手散佚，未曾彙寫，故搜集至難。又編定者爲章式之同年，以謹嚴爲主，淘汰不少假借，式之親爲余言之。式之與先生以文章道義相砥礪，自任身後定文之責，以爲非如是，不足以報死友也。先生博覽多聞，襟懷曠朗，不愧繡谷家風。僅此區區表見之文字，不足以盡先生之長，乃并此數卷遺文，亦復流傳未廣，寧非後死者之責歟！起潛兄搜得零稿，補苴掇拾，用意甚勤。倘續有所獲，編成補遺，併入原集，重爲刊印，余雖老矣，尚願力助其成也。己卯小雪後四日，葉景葵記。

非儒非俠齋集

庚辰殘臘，鼎梅惠贈。現方受中英庚款會之委託，編中國金石史，所藏碑版書籍均在杭州孤山散失。平生搜集墓志四千通，自漢至明，經數十年苦功，一概抛棄，深歎補充之不易，尤以元明各種爲難得也。揆初讀竟記。

志盦詩稿

夏地山丈云：「此集卷首甲午出都五律四首，乃錢唐夏穗卿先生曾佑之詩，誤入集中。」地山在家塾中熟誦之，蓋志盦鈔存故人之作，編者誤入集。漢魏以後詩集，往往有此病，不足爲異。此詩意境派別，與志盦全詩迥異。地山爲穗卿族姪，又親受業焉，所言極可信也。

穗卿不以詩名，而所作沖夷澹遠，蹊徑極高。余曾記其光緒庚寅出都贈滬江陸校書七絶八首，一時傳誦，而今知者尠矣。兹録於後：

對酒當歌百感侵，獨將往事幾沈吟。琴湖一曲盈盈水，曾照生平十載心。
一自子荆傷永逝，無端王粲浩南征。笙謌猶是人間世，不到中年淚已傾。
息機曾許證盟鷗，雪滿征衣尚倚樓。濁酒半醺投袂起，名姝駿馬古今愁。
長眉自照惜傾城，猶有孤芳獨抱情。我識士龍天下士，可憐入洛誤生平。
毵毵垂柳擅丰姿，欲染征袍惜素絲。水淺蓬萊從載酒，繁花飛絮滿高枝。
曉風殘月極空濛，猶唱屯田舊曲工。終古栖鴉徒繞樹，柔條無分繫冥鴻。
本來楊柳無情樹，人自攀條柳自新。坐對濃陰愁繫馬，白門殘照最傷神。

銀漢低垂闕月斜，羅幃啓處即天涯。雕鞍欲上重回首，不見浮雲見曙霞。

穗卿由庚寅會元得庶常，天下想望丰采，此詩正作於報捷出都之後。迨甲午以降，喜讀章實齋、劉申受、魏默深、龔定菴之書，又與康南海、黄嘉應、譚瀏陽、文萍鄉諸君遊，浸淫於西漢今文家言，究心微言大義，嘗學爲新派詩，記其一絶云：

六龍冉冉帝之旁，洪水茫茫下土方。板板上天有元子，亭亭我主號文王。

又一聯云：

帝殺黑龍才士隱，書飛赤鳥太平遲。

穗卿不多作，余所記憶亦僅此矣。

穗卿散館改外，分發安徽，任祁門縣數年，罷官歸隱，貧況依然。又入教育部任北京圖書館長，束書不觀，隻字不寫，蓋已讀遍羣書，最後喜究内典，嘗自謂無書可讀，無事可談，惟沈湎於酒，卒以酒死。一代才華，終歸泯没，惜哉！辛巳十月朔。景葵記。

曹君直舍人殘稿

曹舍人文集，已經王君欣夫編定。戊寅，蘇州失陷，聞文稿亦散失，乃借欣夫所藏手稿殘册録副。卷中自諭南學諸生文起，至金作贖刑説止，皆手稿也。自宋本説苑跋以下，乃自編箋經室羣書題跋，本託高舍人欣木在中華書局印行，因亂未果。現向欣木假得，附録於後。録甫竟，聞全稿已經介弟叔彦覓得，欣夫鳩集同人，擬出資刊刻，紙墨價漲，集款未成，不知何時始能告成也。己卯十月，揆初記。

甄㕯録

光緒癸巳應順天試，報罷，回汴梁。嚴君謂場作太劣，以後窗課，請松江陸幹甫先生廷楨改削。此四篇，即當時改本也。先生謙抑自下，獎譽不去口，余亦未以根柢學問相請益。甲午别後，未得再見。但聞先生一權劇邑，浮沉僚底，不甚得意而已。讀四當齋集，載有先生墓志銘，始知霜根老人交誼，敍述先生志行卓然，政聲頗著；且於學問具有根柢，不僅以時藝見長，深悔當年交臂之失也！

甲午至濟南續娶，外舅朱蜕廬先生謂余曰：「汝有志詩古文詞，宜執贄於豐潤趙菁衫先生國華。」先生鬚眉岸異，樂道人善。以青草堂文集賜余，余以陸先生改本呈正，先生批答有褒詞。入夏南歸應試，先生題詩紈扇贈行，詩云：「建鼓中原大勢來，雲帆南向廣陵開，舊時江上千頭杵，傍舍錢生祇霸才。」此扇業已失去。庚辰十月，理篋得四篇原改本，以有陸趙兩先生墨蹟，不忍覆瓿，記而存之。是月十二日，景葵記。

受業師自徐少梅先生以前，皆授讀四書及詩書二經，至九歲則延葉喬年先生來館，於授經外，兼習小題文。至十三歲，讀完易、書、詩、三傳、禮記、周禮、爾雅、孝經，皆能成誦。十四歲讀儀禮，則苦其繁難，旋讀旋忘矣。幼時不喜四書文，下筆亦甚遲鈍，初作尚清通，愈作愈晦澀。十六歲應童子試，縣府均以經藝見取，所作四書文，殊不合格，蓋喬師亦不甚以四書文見長也。余之受惠於喬師者，家中有阮刻十三經一部，因讀經不通，喜繙閱之。又得文選一部，尤愛讀之，甚至高聲朗誦，師不加禁止。入泮以後，不再作小題文，而館中自余叔余姑余弟以及附讀者不下十餘人，位置太窄，乃移至别室讀書，於是雖從喬師在館，已有名無實。余乃有機會瀏覽羣書，顧家中書甚少，衹有皇清經解一部，爲余枕中之秘。喬師壽至九十餘歲，至宣統間始逝世。在館時已六十外，性敦篤，終日危坐，住城隍山脚，距余家約十里，來往均步行。住在館中，晚飯後必燃燈吸阿芙蓉兩小口，前後十年，從未增加，因有疝氣疾，非此不能脱然也。甲午年師已七十餘，余回杭鄉試，往謁，師正患温熱病，瞠目不相識。師母亦七十許人，苦於藥醫無效。余見師壯熱譫語，便祕舌刺黄黑，手足瘈瘲。投以大承氣湯，次日即省人事。當時余方二十一歲，膽大氣粗，敢於下藥，亦甚冒險矣。至宣統元年浙江選舉議員，師已九十外，尚乘輿至仁和縣大堂投余二弟景萊一票，令人起敬。師無子，師母相繼病歿，以姪爲嗣。

朱碩甫先生爲余父丙子同年，最相契，往來甚密。師長於八股文，爲余改小題文數篇，以程度相去太遠，不甚得益。惟師道貌儼然，每相見，必勖以爲人之要道，要信實忠厚和平正大，諄諄不已，如老嫗然，至今如在心目。師原名煜，後改今名。

癸巳應順天試，余叔岳夏厚庵先生介紹，請蔣稺鶴先生閱文，亦余父丙子同年。師最懶，全課作不下十餘篇，未改一字，每見必在烟榻，奬借倍至。師爲別下齋後人，博覽羣書，聞有著述，不輕示人。余亦未知請益，未免寶山空返。

甲午至濟南就婚，余外舅朱養田先生介紹，請向篤生先生閱文，所呈不過三四篇，亦未改一字，因爲時甚暫也。篤師在山東不甚得意，未久即病歿。

同時以八股啓余最熱心者，爲趙小魯先生，故余亦以師禮事之。趙與石礪齋先生及余外舅結爲兄弟，以道義相切磋，有綽號三：趙曰「不怕窮」，石曰「窮不怕」，朱曰「怕不窮」。三人皆尚任俠，揮金卹貧，喜干預不平事，風義甚篤。石與余父同以大挑分河南。石初見余面曰：「余契弟朱某有女，孝而且賢，不可多得，吾爲兩家訂婚。」余父重其言，即許諾。余外舅得信，以爲石大哥所擇之婿必佳，亦許諾。顧女宅無人送嫁，欲余往濟南。余不肯作贅婿，石師又慨然曰：「余契弟趙七可代表爲男宅主人。」於是余襆被至濟南，趙師爲設行館，預備一切，經費不足，亦爲墊付。成婚後，趙即索閱窗課，謂汝喜學陳句山，未入格，不宜場屋，宜多讀管韞山文，及北墨。居數月，又謂汝之文氣宜南闈，不宜北闈。是時外舅適調權蘭山，距運河近，於是回杭應試之議始決。臨行，師以詩句贈行，其一曰：「天地鍾靈此最奇，如何弱冠已經師。論交敢詡忘年友，但解逢人説項斯。」其二曰：「文陣縱横不計勳，雄才睥睨五千軍。南朝宿將知多少，個個低頭拜允文。」其三曰：「明珠寶玉此奇胎，懷韞千年始一開。莫使尋常露光氣，山川猶待媚輝來。」是時余瘦削多病，而年少氣鋭，不免兀傲自喜，故末首有規戒之意。此皆生平得力所在，不僅文字緣而已。師居官有政聲，好鑒藏書畫，千家散盡，屢空晏如，豪邁好客，始終不倦。與趙尚書爲同胞兄弟，行七，故時人以趙七稱之。庚辰臘盡，隨筆記之。景葵。

趙師精醫術，以靈素仲景爲宗，余略知醫，亦受師之陶冶。

半櫻詞

半櫻先生避難來滬，與余同衖而居。因肺疾延及心臟，於己卯臘八日逝世，從此不特少一詞家，且失一堅貞淡定之君子矣。病前，余往訪，索詞刻正集，先生謂前刻已分散，重刻則須百餘金。有志未逮。余頗擬爲之重刻，而未宣諸口。今先生逝矣，將償此願，并向其家索剩稿，編補遺附刻焉。景葵記。

庚辰正月十八日，林世兄以此册見付，謂印本餘存，已遭火焚，家中僅存此册。余允俟紙價稍平，必踐續印之約，敬書之以爲息壤。景葵記。

萬首唐人絶句

詩句有一字沿訛，爲後人所忽略者。如王之渙涼州詞「黄河遠上白雲間」，古今傳誦之句也。前見北平圖書館新得明銅活字本，「黄河」作「黄砂」，恍然有悟。蓋本作「沙」，訛作「河」，草書形近之故。今檢此本亦作「沙」，所據必爲善本。向誦此詩，即疑「黄河」兩字，與下三句皆不貫串。此詩之佳處，不知何在。若作「黄沙」，則第二句「萬仞山」便有意義，而第一聯亦字字皆有著落。第一聯寫出涼州荒寒蕭索之象，實爲第三句「怨」字埋根，於是此詩全體靈活矣。以此推之，杜工部游龍門奉先寺詩「天闕象緯逼」，朱箋引蔡氏正異作「天闚」，楊用修主之。朱意「闕」指龍門，不主楊説。並以古體詩不必偶對，主庚溪詩話之説，而各家亦無采楊説者，皆泥於龍門本有雙闕之名，且宋本作闕也。不知此詩係工部少作，體格全摹六朝，第二、三聯，均以上下句相對，第三聯第二字應用動詞，則「逼」字方有著落。以聲調論，此字亦必用平；以詩意論，「闚」然後知其「逼」，「卧」然後知其

「泠」，極易解釋。若以天闕與象緯兩個名詞相接，句法笨拙，不倫不類，全詩便無精采矣。吾以爲「闚」與「闕」，亦草書形近而譌也。附記於此，以質詩家。

文選

此書在余家至少七十年，上鈐「補藤花館」印，係王父齋名。六世祖卜居張卿子巷，有書齋名紫藤花館，洪楊時全燬。王父奉母至河南輝縣，依舅氏徐石樵先生以居。同治末將致仕，乃購得木場巷新屋，修葺後，以補藤榜其齋。所植花樹六七株，皆仿老屋爲之。家中尚存張卿子巷老契一紙，上有六世祖簽押。此書爲余十六歲以前所温習，余姑丈嚴蓉孫先生曾銓在書攤購得文選集釋以賜，余頗欲摘要籤記於書眉，西京賦未竟而即中輟。童時塗鴉之態，如在目前。十九歲後即挾以赴汴梁，隨余書篋跋涉者十五年，在上海與羣書雜厠亦三十五年矣！辛巳新正檢書作記。

光緒壬辰，由杭州取道運河，至安徽之亳州上岸，以騾車至開封。癸巳由開封陸行至道口，乘船至天津，入京應試，入冬回開封。甲午正月至濟南就姻，五月至沂州。又由沂州至台兒莊，取道運河，回杭應試。秋後又取道運河，回沂州。乙未由沂州陸行，取道曹單至開封。又由開封赴洛陽，而至宜陽縣。丁酉又由宜陽取道洛鞏，至開封渡河，而至彰德。戊戌春又入京，冬回濟南。己亥由濟南回彰德，又由彰德赴陳州之太康。此書均隨余行李以行。壬寅春由太康取道亳州，沿運河回杭州，此書高卧於太康縣署之書齋。是年秋嚴君調任汝州直隸州，此書隨任而至汝州。癸卯春余由山西調長沙，道經開封應會試，先至汝州省親，又挾此書以行。三月杪至長沙，甲辰春又由長沙至北京。秋又由北京至濟南，時嚴君在鄧州任。冬又取道青島而回杭州。乙巳春由杭州經上海赴武昌，又由武昌取道京漢而至北京。夏六月由北京至瀋陽，丁未四月半余由京奉京漢取道漢口，搭長江輪至上海。此書由南滿取道大連，航海而南，與余合并。由馬霍路德福里遷白克路永年里，又遷斜橋路四十五號。又遷白利南路兆豐别墅五十一號，至民國三十年二月，即辛巳歲正月初，又遷至合衆圖書館，爲此書終身之結穴矣。辛巳人日漫記。

全上古三代秦漢三國六朝文

思簡樓文氏遺書，有獨山莫氏舊藏鈔本全上古三代文八卷，附先秦文一卷，封面有彭甘亭印，初以爲傳鈔嚴本，閱其凡例，與嚴不同。攜歸細讀，知非嚴輯。又檢對甘亭字蹟，知係彭氏手稿。目録凡例，與輯文之大部分，皆甘亭手書眉端，校注亦同。蓋輯成後陸續增入者，校語引阮刻鐘鼎款識，孫刻續古文苑，新刻韓非子等書，吳山尊本韓子刻於嘉慶廿三年。是此稿在仁宗末年，尚鍥而不舍，至宣宗改元即逝世。甘亭曾輯南北朝文鈔，吴江徐山民刻之。先秦文以後或尚有漢晉文之輯。其作始當在全唐文開館之初，動機與嚴相同。惟嚴輯盛行於數十年之後，而彭輯湮没無聞。繹其凡例，取材亦主謹嚴，而與嚴稍有歧異。如嚴不采屈原，而彭以楚辭爲王逸所集，與專家不同，故與宋玉並取之。其博稽羣籍，訂正異同，不如嚴之精密。一因考諷捃逸，嚴有專長，二因嚴之成書致力二十七年之久，而彭則未經寫定，遽棄人間，誠有幸有不幸矣。辛巳四月十四日，葉景葵識。

頃閲袁太常安般簃集，題江子屏小像詩，自注云：「曾賓谷開校刻全唐文館，吴山尊薦江先生入館書，謂無論鄭堂經史之學，足備顧問，即下至吹竹彈棋，評骨董，品磁器，煎胡桃油，作鮮卑語，無不色色精妙，足以娱貴人之耳目。然南城卒不見收録。時嚴鐵橋亦以不得入館負氣去，撰全上古三代漢魏六朝文鈔目録，搜羅極富，欲以壓倒唐文館，其兀傲之氣，不可及也」等語。證以嚴氏自序所云「越在草茅，無能爲役」二語，其説可信。檢小謨觴館集，知甘亭與賓谷甚有交誼，不知曾入唐文館否？何以亦輯上古三代文耶？端午前一日又記。

駢體文鈔

過録先師朱又笏先生啓勳評點本，依原本：藍筆臨莊仲求評點，墨筆臨譚復堂評點，朱筆先師自評點。

又笏先生，宜興人，僑寓杭州，績學，工駢麗，能爲徐庾任沈之文。志行倜儻，與復堂相契。獎掖後進，循循善誘，癸十七歲即師事之。吾師示以讀書門徑，及文章流別，謂宜從先秦兩漢入手。光緒壬辰春，余年十九，師以此本見示，命照録一部。自春徂夏，寫録甫竣，秋初即與師别，由杭赴汴。甲午回杭鄉試，師已入都。以後天各一方，無緣再謁。吾師落拓一官，未幾即歸道山，身後著述散佚，生平寢饋之書籍，問其後人，毫無存者。自問一知半解，全賴吾師誘啓。垂老荒蕪，了無成就，愧對師門，思之汗下！檢篋得此，如温殘夢。後半朱筆較少，恐當時匆匆料理北行，不無漏寫之處。莊譚評點，海内頗有傳録，吾師寫本已佚，僅此録存之吉光片羽，亟宜鄭重保存。回憶四十八年前，補藤花館中，師每於日將晡時，咿唔而來，科頭而坐，以宜興官話背誦任彦昇傑作，口講指畫，娓娓不倦，至今思之，如在目前。此樂胡可再得耶？己卯三月三日，弟子葉景葵敬識。

朱又笏先生名啓勳，江蘇宜興人，光緒壬午科優貢，朝考一等，欽用知縣。乙酉科舉人，甲午恩科進士，改翰林院庶吉士，散館一等，授職編修。充國史館協修、纂修、總纂、提調，醫學局提調，記名御史，京察一等。咸豐辛巳年生，殁於光緒二十八年。所著詩詞駢文，經亂散佚。此詢諸先師之姪琇甫太史寶瑩，承其詳示。辛巳當係丁巳之譌。

駢體文林

宜興朱又笏師啓勳選輯。原書未成，僅存擬目。眉注爲常州屠鏡山先生寄手筆；傳録者，杭州吴君錫侯道晉。茲從吴氏録本傳抄。錫侯按語亦附録之。庚辰四月，景葵敬識。

花間集

武林趙氏小山堂影鈔宋淳熙十四年鄂州使庫刊本花間集十卷，十行十七字，與陸元大所覆紹興本不同。前無趙崇祚及歐陽炯銜名，後無晁跋。每卷前有子目，連正文，同題每首連接，無其二其三等標題。宋諱不闕筆，即海源閣著録之本也。癸酉正月購於杭州經訓堂，茲與陸元大本對校一過，以陸本爲主，而以淳熙本異文注於下：

序　以陽春之甲將六字缺。

温庭筠菩薩蠻三　釵上蝶雙舞雙蝶。

又七　音信不歸來「音」誤「意」。

又十二　花露月明殘「露」作「落」。

又更漏子二　倚欄望「欄」作「闌」。

又三　花裏暫時相見「時」作「如」。

又四　待郎熏繡衾「待」作「侍」。　蟬鬢美人愁絶「鬢」作「髩」。

又酒泉子一　垂翠箔「箔」譌「泊」。

又二　金鴨小屏山碧「碧」字缺。

又四　一雙嬌燕語雕梁「雕」譌「彫」。

又南歌子二　團酥握雪花「酥」作「蘇」。

又河瀆神二　謝娘惆悵倚蘭橈「蘭」譌「欄」。

又清平樂二　終日行人恣攀折「恣」作「争」。

又訴衷情　柳弱燕交飛「燕」作「蜨」。

又河傳一　江畔相唤曉粧鮮「鮮」作「仙」。

又二　謝娘翠蛾愁不消「蛾」譌「娥」。

又荷葉盃一　波影滿池塘「池」譌「地」。

又二　惆悵正思惟「惟」譌「想」。

皇甫松浪濤沙一　宿鷺眠鷗非舊浦「非」譌「飛」。

又二　蒲雨杉風野艇秋「蒲」作「浦」。

又採蓮子　菡萏香連十頃波「連」譌「蓮」。

韋莊 浣溪沙三　孤燈照壁背窗紗「窗」作「紅」。

又謁金門二　不忍把伊書跡「伊」作「君」。

又天仙子一　露桃宮裏小腰肢「宮」作「花」。

又小重山　凝情立「凝」作「顒」。

又上行盃　一曲離聲腸寸斷譌作「一曲離腸寸寸斷」。

薛昭蘊 浣溪沙三　郡庭花落歛黃昏「歛」作「欲」。

又六　江館清秋攬客船「攬」作「纜」。

又八　碧桃花樹憶劉郎「樹」作「謝」。

又喜遷鶯三　香袖半籠鞭「袖」譌「細」。

又小重山　東風吹斷紫簫聲「紫」作「玉」。　愁極夢難成「極」作「起」。

手挼裙帶遶階行「階」作「宮」。

按陸元大本有小注云：「愁極作愁起，遶階作遶宮，非是。合從舊本。」知陸氏覆刊曾經校改，此本正與紹興本合。

牛嶠 柳枝一　解凍風來末上青「末」作「未」。

又五　章華臺畔隋堤上「隋」作「隨」。

又應天長一　舞衫斜捲金條脱「條」作「調」。

又二　無限意「限」作「恨」。

又菩薩蠻三　何處最相知「最」作「有」。

又四　向他情謾深「謾」作「漫」。

又酒泉子　鳳釵紙裹翠鬟上「上」字缺。

又西溪子　絃解語「絃」譌「弦」。　不擡頭「擡」作「廻」。

張泌酒泉子一　背蘭釭「釭」譌「缸」。　酒香噴鼻懶開釭「鼻」譌「⿰忄鼻」。

又柳枝　金鳳搔頭墜鬢斜「墜」作「墮」。

毛文錫甘州遍二　破蕃奚「奚」譌「溪」。

又臨江仙　靈娥鼓瑟韻清商「瑟」譌「琴」。

牛希濟生查子　注五字無。

又謁金門　翠蛾愁不語「蛾」作「娥」。

和凝山花子　輕裾花草曉烟迷「草」作「早」。

又薄命女　題注五字無。

又天仙子　翠蛾雙臉正含情「蛾」作「娥」。

又春光好　軃雲鬟「軃」作「彈」。　金盤點綴酥山「酥」作「蘇」。

又柳枝三　豈能月裏索嫦娥「嫦」作「姮」。

顧敻虞美人四　顛狂年少輕離別「年少」譌「少年」。

又六　醮壇風急杏枝香「枝」作「花」。

又河傳三　倚欄橈獨無憀「欄」作「蘭」，無獨字。

又玉樓春三　懶展羅衾垂玉筯「筯」作「淚」。

又四　話別情多聲欲顫「顫」作「戰」。

又浣溪沙二　注兩行無。

又三　薄情年少悔思量「悔」作「每」。

又酒泉子二　月臨窗「月」作「登」。

又荷葉盃六　紅牋爲寄表情深「爲」作「寫」。

又九　手拈裙帶獨徘徊「拈」作「捼」。

孫光憲浣溪沙二　注七字無。

又河傳三　翠娥輕斂意沈吟「娥」作「蛾」。

又菩薩蠻一　紅顫燈花笑「顫」作「戰」。

又三　争奈别離心「奈」作「那」。

又四扣舷驚翡翠「舷」作「舩」。

又　烟中遥解攜「攜」作「觿」。

又河瀆神一　翠華一去不言歸「華」作「蛾」。

又二　一方卯色楚南天「卯」作「柳」。

又　注十一字無。

又虞美人　暗魂銷「暗」作「睡」。

又　教人相憶幾時休「教」作「交」。

又後庭花一　注無。

又生查子一　偎倚論私語「偎」作「隈」。

又酒泉子二　淚淹紅「淹」作「掩」。

又清平樂　思隨芳草萋萋「萋萋」作「凄凄」。

又更漏子二　撚摇簪「摇」作「瑶」。

又女冠子二　碧煙籠絳節「煙」作「紗」。

又風流子三　曲院水流花榭「榭」作「謝」。
又思帝鄉　永日水尚簾下「尚」作「堂」。
魏承班　菩薩蠻二　羅衣穩約金泥畫「穩」作「隱」。
又　注四字無。
又訴衷情五　春情滿眼臉紅銷「銷」作「綃」。
又生查子二　愁恨夢難成「難」作「應」。
又黄鍾樂　惆悵閑霄含恨「霄」作「宵」。
又臨江仙二　起來殘酒初醒「酒」作「醉」。
鹿虔扆　思越人　苦是適來新夢見「苦」作「若」。
閻選　虞美人一　注四字無。
又二　注笑微頻云云無。
尹鶚　臨江仙二　西窗鄉夢等閑成「鄉」作「幽」。
又　紅燭半消殘焰短「消」作「條」。
毛熙震　浣沙溪四　困迷無語思猶濃「困」譌「因」。
又五　注四字無。

李珣漁歌子三　鶯啼楚岸春天暮「天」作「山」。
又四　不議人問醒醉「問」作「間」。
又巫山一段雲　西風迴首不勝悲「迴」作「廻」。
又南鄉子四　游女帶益偎伴笑争窈窕作「帶香游女隈伴笑窈窕」。
又五　閑游戲無閑字。
又酒泉子　風觸繡簾珠碎憾「碎」作「翠」。
又二　雨漬花零「漬」譌「清」。
又菩薩蠻二　恨君容易處「君」譌「去」。
餘如「褭」字均作「裊」，「偎」字均作「隈」，「教人」均作「交人」，「燕」字均作「鷰」，不備舉。鈔本固有譌字，亦有灼知陸本之譌，而此本不譌，或義較陸本爲勝者，以小圈爲識。此本當與陸本並重。余别藏萬曆玄覽齋本，遠遜之。癸酉二月十八日校畢記，景葵。

此書有四印齋景刊本。戊寅記。

樂府雅詞

此顧氏抄藏本，譌脱頗多。壬申正初以秦刻詞學叢書本對校改正。凡義可兩存者，亦旁注之。卷上九張機「塵昏汗汙無顔色」，秦本作「塵世昏污」。又董穎薄媚第十「擷苧蘿下鈎釣深閨」，秦本作「苧蘿不釣釣深閨」。又趙德麟鷓鴣天題注前段後段，秦本作前改後改。類此者尚多，非所據本原誤，即係刊校時臆改，不如此抄本尚存廬山真面也。時中日軍在淞口交戰，巨砲隆隆，閉門不出，以校書自遣。正月初十日校訖。景葵記。

又檢涵芬樓印行鮑淥飲鈔校本，對校一過。凡此本譌脱處，鮑校原本，十九相同，知其同出一源。孫氏毓修謂鮑本爲石研之祖本，其實不然。秦刻與鮑本違異處甚多，並未悉遵鮑校也。和平談判不成，礮聲又作。十三日燈下記。

類編草堂詩餘

嘉靖庚戌上海顧從敬刻類編草堂詩餘四卷，題武陵山人編次，開雲逸史校正。此爲萬曆間上元崑石山人本，即用顧刻，增注故實，見雙照樓景印洪武本後跋。甲子春日得於北京。景葵記。

停雲集

桐城汪稼門制軍選集僚友書札序言爲停雲集，江寧鄧嶰筠制軍題其端，曾孫孝先藏之羣碧樓。庚辰正月散出，余收得之。前後似有佚失，以意分其次序，亦不盡合。如梁山舟、錢竹汀、姚姬傳、秦小峴、孫淵如、姚石甫諸公之書札，均可補入文集。卷中校字，亦嶰筠制軍筆也。後學葉景葵記。三月立夏後一日。

蜕廬鐘韻

光緒丁酉，先外舅朱蜕翁攝清平縣事，余送婦歸甯，適趙小魯師任夏津縣，境壤相接，時往來爲詩鐘之會，余亦與焉。次年，小魯師即選佳者付刊，名曰蜕廬鐘韻。頃檢蘭笑樓殘書，尚存此册，如拾墜歡。此中人現存者，衹友石、旭初與余三人而已。又得小魯師手抄本一册，係己亥年在泰安所作，未曾付刊。其時蜕翁署泰安縣，小魯師卜居徂徠山下，故續爲此會。此中人，現在惟余碩果僅存矣！因附於丁酉刻本之後。至王夢湘丈所刻，昔曾見之，今已不傳。趙菁衫先生常爲冠軍，惜無從購覓耳。壬午中秋節，景葵敬記。

胡綏之跋靖康稗史七種

右爲胡綏之先生跋。先生與浩吾先叔莫逆，現隱居光福，著述尚未付刊，聞未成之稿甚多，其已成書者亦未寫定。八旬以外之人，倘不及時整理，有散失之憂。擬商請録一副本，存入館中，不知能如願否？庚辰三月，景葵敬識。

守山閣叢書

此書爲先外舅朱蜕廬先生舊藏。外舅没後，其家舉所藏書以八千金售於文禄堂王晉卿，王以此書售於廣東莫天一，得價一千元。今春莫氏書散出，此書又至北京；晉卿以余與岳家關係，力勸收回。此爲蘭笑樓之精騎，故不惜以重價得之。外舅藏書多精刻本，批校本及稿本甚少。尚有濟甯許氏方輿考證原藁，則十年前已爲潘氏豪奪矣！辛巳二月廿四日燈下，景葵記。

各書經貫山先生全部句讀并校正者，計三十九種，如下：

易説　易圖明辨　周禮疑義舉要　儀禮釋宫　儀禮釋例　河朔訪古記　大唐西域記　職方外紀　歷代建元考　太白陰經　守城録　練兵實紀　脈經　難經集注　太清神鑑　羯鼓録　樂府雜録　棋經　鬻子　尹文子　慎子　公孫龍子　人物志　近事會元　靖康緗素雜記　能改齋漫録　緯略　坦齋通編　潁川語小　愛日齋叢鈔　日損齋筆記　樵香小記　日聞録　玉堂嘉話　古今姓氏書辨證　明皇雜録　大唐傳載　賈氏談録　東齋紀事

又一部分句讀校正未竟讀者，計七種，如下：

禹貢説斷　三家詩拾遺　禮記訓義擇言　古微書　天步真原　數學　續世説

凡校正處，不但抉摘刻本之訛，并於説解之不合者，糾正之。以七十高年，讀書精細如此，可謂不負此書矣。難經集注有韓君曉峯簽校數條，極精。此人深於醫學，惜未詳其籍貫，當爲貫山同時人也。

能改齋漫録第十卷，缺第一頁，應抄補。

檇李叢書

庚辰正月，購得嘉禾徵獻録原稿本，向王欣夫假得新刻本，大略校對，知新刻所據鈔本，已經後人改竄。原稿五十二卷，外紀八卷；新刻五十卷，外紀六卷。如金籛翁跋内所疑曹傳臆加之九字，原稿無之。籛翁可謂卓識。其他如妄析文苑内數人，增一儒林，亦與原稿不合。各傳妄爲移易處頗多。適訪籛翁，談及此書，籛翁大爲興奮，意欲傳校一部，並以檇李叢書一部見贈。此叢書集資刊行，頗費心力，初印無多，棗板已贈浙省圖書館。播遷時，決不能攜之而去，不知淪陷中尚能瓦全否？聞杭州得薪甚難，城内林木，及住宅地板，均爲薪材。此書板環境甚危，雖新刻，亦極可珍重矣。正月初十日，景葵記。

卷盦書跋後記

葉揆初先生，名景葵，卷盦其別署也。杭州人，清光緒癸卯進士。盛年抱負經世之志，尤醉心新學，其受實業救國之影響甚深。嘗佐治督幕，經理廠礦，皆有所建樹，而主持浙江興業銀行以終其身，没於一九四九年四月，年七十有六。先生資秉穎異，人事鞅掌，而朋好之攻錯，未嘗或廢。年逾五十，始致力于珍本之蒐集。每得異本，必手爲整比，詳加考訂，或記所聞，或述往事，或作評騭，或抒心得，而以鑒別各家之筆迹，眼明心細，不爽毫黍。所撰跋語，精義蘊蓄，有如津逮寶筏，裨益後學者甚鉅。畢生手校及過校者頗多要籍，他日當別謀彙印，以附於抱經、丹鉛、存齋之列。綜一人之心得，俾百世之取資，采擷果實，其效彌宏，前修之勤業，庶不負矣。先生所爲詩文，以暢達爲主，不事雕琢，亦不拘於格律。文薄桐城，謂其矯揉造作，汩滅性情；詩則宗尚人境廬之真率，信筆抒寫，有自然高妙之致。所作不自收拾，亦尠屬草，今所存者，皆龍平時隨見隨録，未能盡也。先生晚年適丁喪亂，目睹江南藏書紛紛流散，文化遺産之淪胥，奭焉心傷，遂發願創設文史專門圖書館，捐書捐貲，乃克有成。命名曰合衆，蓋寓衆擎易舉之意，即今之上海市歷史文獻圖書館是也。十餘年來利澤羣衆，爲科學研究者所稱便。中國共産黨與人民政府頗加重視，今且經營隙地，恢宏新廈，圖書日增，讀者陸繹，先生有知，當幸先謀之無違，其亦含笑於九京乎！一九五六年十二月二十五日。

卷盦札記

葉景葵 撰
顧廷龍 編

卷盦札記

癸卯同年劉翰臣命其子來訪，攜示大德刊説苑殘頁，天聖明道本文選殘頁，元刊通典殘頁，前有元朝公牘作副頁，又有元國子監圖記，均佳。劉氏食舊德廛藏書頗富，今已散佚。

本行辦事員劉延昱，字耀廷，爲寶應劉楚楨先生之玄孫，藏有楚楨尺牘及詩稿一册。又有叔俛先生所收師友尺牘一册，内有陳蘭甫尺牘一通，録如下：

十二月三日澧頓首，叔俛先生閣下：桂子白交到手示，得悉起居多福。承詢賤體，近日氣虚欬嗽，此衰老而實非病。深蒙關注，感謝之至。稱謂過謙，尤不敢當。來示云，汪君仲伊，張君歗山，皆傾倒於拙著聲律通考，何期並世得遇賞音？弟先世本江南人，惟以衰老，不能回鄉與閣下及諸儒相見爲憾耳。拙著東塾類稿，近年不刷印者。中年以前治經，每有疑義則考之。其後幡然而改，以爲考之不可勝考，乃尋求微言大義，及經學源流正變得失所在，而後考之論之，著爲學思録一書，今改名曰東塾讀書記。此書自經學之外，及於九流諸子，兩漢以後學術；至宋以後有宋元、明學案，則略之，惟詳於朱子之學，大意在不分漢宋門户。其人之晦者，則表章之，如宋末王萬可謂真儒；明萬曆中將樂縣令傅宗皋創五經書院，立五經師，明中葉乃有此人；其時國子監刻十三經注疏，其序乃粤人林承芳所作，已開本朝經學風氣。如此類者，亟宜表章。承詢此書體例，故略言之。其説論語穀梁數條呈教，甚自慚其寡陋也。尊著論語疏，明歲刻竣，乞賜讀。承命爲序，此過愛之盛意，所不敢辭，惟著書必須自序，乃能深透，他人不能及也。來示云，刻諸史至南北朝而止，接刻通典，然則唐以後諸史不刻歟？通典，粤東已刻成，今刻續通典、皇朝通典，明春可畢。近日刻通志堂經解及四庫總目，内唐以前甲部諸書，不能精工，然弟亦不求其精工，恐致曠日持久，年老急欲見其成，且宋板書今人寶貴者亦不盡精工也。陳君卓人，弟舊交也，其書已刻，甚慰。柳君賓叔、汪君梾邨皆安健，尤欣慰之甚。餘不多述，草此奉覆，並請道安。澧再拜。

奉贈侯孝廉穀梁禮證一册。孝廉博極羣書，尤長於三禮、左傳，年四十而卒。此其未成之書，坊賈所刻，今南海伍氏刻入嶺南遺書矣。

拔可介紹諸貞壯爐餘書三種：擬山園選集，李越縵文稿、詩稿十二册，明支那本景德傳燈録。有牧齋跋，不可靠。留擬山園選集一種。

楚楨册内有名刺二，楚楨有題字。楚楨别字念樓。

孫仁㟝字小蘭，仁和人，以廪貢官訓導，與予同客皖幕，有詩集。

殷杓字斗南，號古農，甘泉廪生，與予善。

王蓀友批守山閣叢書初刻，係外舅朱蜕翁舊藏，文禄寄來。

耀廷又送楚楨師友手札一册，内有胡文忠札，録如下：

楚楨老友同年閣下：得書，感承注念，並悉所苦全痊，尤爲欣慰。閣下爲今之儒者，而困於此地，命也何如！然吾人自有安身立命之所，正未可以境動心。若能了除俗累，仍是青氈舊業，無得亦無失也。署中幕友家人，固不可逆詐而使之疑，亦不可疏節闊目一概處以大度也。人心不古，日甚一日，而官場之弊尤深，竟有情理所不可測度者，閣下能推誠而未能先覺，毋乃體多而用少乎？如所聞周姓者是也。總之此時惟求早到元氏一日，即可稍稍盡心民事，精力專注乎此。數年後，了卻公累，即便脱然歸去可也。吴縣、華陽處，再四面懇，而苦於保定之來文甚遲，聞月内可以題奏，即便催令赴任，以便交卸，兩師相業經面允，静以俟之可耳。此時爲閣下計，只求平安無過,即是大幸,稍稍賠累,乃命之窮,非問心之有過差,亦可隨分處之。緊要關鍵,卻以保身定心爲第一大事。尚乞納此邇言,不勝至願。弟事陝中八月可奏,需次於此,亦少味矣。燈下草草奉復,即頌節禧。弟胡林翼頓首。八月十三日。

又有年愚弟汪廷儒一札,摘要録之:

吾郡之入文苑、儒林傳者,抄呈台覽。至循吏諸傳,皆未撰,緣館中君子,藉以爲升途,全不講公事,惟何子貞同年前此署提調,曾議及補傳事,以此獲咎於首揆,旋即撤任。吁,難言之矣!穆堂所注博物志,聞存稿於黄又園比部家,昨得比部來書,述及此書已落他人手。所謂他人,亦不知何人。聞陳春海先生向有尚友録一書稿,歸孟慈太守處,至今未刻。

又有汪孟慈一札,録如下:

楚楨先生足下:昨寄寸椷,諒已遞到。兹惟起居嘉福,文字平安。上年農部案發,喜孫以不合時宜,轉得置身事外。倉場獄起,通州官吏凡隸在倉場衙門者,欽使俱一一推問,坐糧廳以下至委員,並厠名案内。喜孫與就逮之吏同寓清涼庵,亦以平日不合時宜,並得置身事外。回念少小以來,所歷之境,鹽務、户部、倉場,皆腥羶之地。清夜捫心，白水旌信，雖鷹瞵魚睲，狼噬虎吞，日肆干戈，身罹羅網，竟不得納諸溝壑，誣以贓污，究是義命自安，天日可鑑。此身易辱，此志難移，金石能銷，江河不廢者也。見在移居東便門外大通橋側，清波到門，紅塵隔世，茫茫人海，别置一氈，亦是奇境。將來過大通橋者，見有古槐數株，支離水際，是汪監督奉母所居也。用松相國馭蒙古、回部之法以馭花户，威信並立。與皂隸、鋪軍、小甲、小馬、看白諸吏相見，恤其寒燠飢餓，或推食投醪，先得其心，使之懷德而後畏威。有盜米及酗酒者立杖之。每開門，必日未出時，使力役數百人不致枵腹久候，人皆知感。門既洞開，令諸吏執鞭排立，而後令服役運車之人魚貫而入。有不受法令，雖黄帶紫衣具頂戴滋生事端者，執法不貸。於八旂之兵米，百官之俸米，五城之振米，必抽查掣斛。至御用之白麥，内院之粟豆，内廷之老米，札到五日，即交他倉。或因以被議，喜孫尚無隕越。監督雖不甚愛惜之官，然喜孫所監儲濟倉積穀至七十萬，三年之蓄，足敵七省全漕三之一，何敢怠厥職哉！向來花户所以貪贓犯法，毁身破家者，只是重利耳。其重利之心，過於性命。喜孫不分其利，彼亦未嘗不知感，雖難革心，面亦幾于革矣。向來宗室所以勒索控告者，打倉搶米者，只爲不畏監督耳。其視監督等于花户，喜孫不狎花户，彼亦何嘗不知畏？雖難齊刑政，亦庶乎可導矣。喜孫初涖官，即誓諸倉神廟，不爲賕吏；並諭諸花户，倘子弟有所求，必麗諸法。又嘗敬誦列祖聖訓，宗室有不衣四品冠帶到倉滋事者，以齊民論治罪。宣播于外，咸所聞知。由是三月來，無宗室到倉，得以安居無事。隸卒之事監督，亦幾如蒙古、回部之於松相國，奔走偕來，一隅之地，四至趨風，洵樂事也。回思卅年以前計偕入都，受學於高郵王氏，考訂金石文字，談宋元以來文獻之見諸説部詩文集，有若覃溪閣學觀書于茶華唫舫，校字于玉牒、會典館。獲交郝户部，服其勤學講學；劉禮部，嘆其墨守。又有與禮部同居之魏舍人源，治三家詩、歐陽夏侯尚書。禮部隣居龔舍人自珍，爲段先生外甥。舍人同居王蘐齡北堂，博學好古，長於校經。又有舍人丁卯橋泰、錢潤生協和，並博通羣經，居與禮部不二十五家。錢舍人對門有吴太守鼎臣，其子贊，並治段氏學，與高郵論訓詁聲音最相得。太守之隣，有陳東之潮，小學致精。惜郝、劉、丁、錢、吴相繼殂謝，魏忽從戎，龔狂肆不治經，王作校官，吴老貧病交集，陳奉諱歸，講學之友掃地盡矣。哀哉！喜孫頓首。

閲師二宗齋讀易劄記，漢陽闕季華（棠）著，未刊。因查師二宗緣起，叔通贈漢陽闕先生遺集一册，並讀之，文詩詞均清邁拔俗。

閲乙盦校光緒覆趙本陳後山集，所引有明本，有何校、蔣校，惜未跋。乙盦自校文集及談叢，均精細，詩集無校，當另有讀本。

又閱叔俛師友尺牘一册。

楊惺吾札

論語正義，擇之精而語之詳，遠出皇邢二疏之上。敬習此經有所得，雜記爲若干條，共四卷。前年刻成一卷，其中武斷疏陋之處，近亦頗自省，故未印行。比讀尊疏，則所自信數條，已爲牙慧，然則拙著真可燒也。

朱衍緒札似係朱逌然之子，蕭山人，梅翁當爲汪梅村。

肇域志二十册，已呈節相，交梅翁總校。此書計缺四省，古人心血所撰，不能因其未成之本而置之也，保護此稿，全仗足下。

又

肇域志校成，可否代家嚴撰定一序。敝處係藏稿之家，蔣寅昉首先謄稿，其功亦不可没，一并敍入，請與梅翁商之。

燈下閱顧樊桐批本南雷文約，校改處據原刻，梨洲文多疵累，指摘甚備。

閱雲海集，係王濱麓㫼手寫詩稿。各友批評，亦濱麓寫，惟吴定殿麟、汪鋼爲親筆。王

詩熟於漢魏六朝之作，故氣息樸茂。五律尤佳。

閱梅勿庵績學堂詩文鈔，向姚石子借來。

王欣夫大隆來商排印曹君直遺集事，知胡綏之文稿有一部分已入其手。

抱經堂送閱紹興季本詩説解頤，計總論二卷，正釋三十卷，字義八卷，共四十卷。嘉靖胡宗憲刊本，白棉紙，首尾完善。

復閱績學堂詩文集，以卷二序類七篇爲最精，自道甘苦所得，無意爲文，而波瀾壯闊，聲情樸茂，厠之清初諸大文家，亦頗難軒輊。詩簡淡平易，所謂學人之詩，無詩人習氣者。勿庵生前頗思刊刻所著，但所學至爲繁賾，定稿頗難。雖經李安卿孝廉代刊數種，不盡如願也。又與安卿書云：「藩台風雅好古，知八閩爲文獻之邦，欲多鈔載籍，搜羅校正，謬以屬某，尊笥奇書或令親藏本，或原無刻本，與雖刻而板亡者，統望借鈔。有某專司，決不至於汙損。誠使古人奇書，得有副墨，以廣流通，固吾黨所樂爲也」云云，此言誠搔著癢處。又沈公厚傳云：「公厚名埏，耕巖徵君第五子。時愚山施侍讀、晴巖吴處士，倡刻徵君姑山集，公湛與公厚後先任讐校。一日梓人見公厚暑寢不解衣，驚問之，答曰：吾『先人集在此，吾敢露體偃息乎？』乙酉七月患肺疾，遂不起。永訣時，惟諄諄命其二子曰：『姑山集中，有某諱字，記改正之』。阮司空爾詢哭以詩曰：『一息未嘗忘死父，百年自署是遺民。』」蓋紀實也。此段應記入姑山遺集之副頁。

潘景鄭藏明通鑑殘抄本原第十五册至廿五册。十一册，自正統二年至天順三年止。景鄭與太炎均定爲萬季野著。借來披閱，係汪堯峯藏本，册面題字及硃校，堯峯所書，爲清初抄本無疑。「臣曰」空格避諱，「虜」「酋」等字不避。

閱明通鑑兩册。以實録爲本，采及稗史者，必詳細説明原委，徵引宏富，剪裁有法，良史也。如載正統二年張后御殿譴責王振事，即其列。又凡野史之謬誤者，必辨正之。如論馬愉、曹鼐正統五年入閣事，即其例。闢野史建文出亡諸謬説，尤爲曲折詳盡。

閱殘明通鑑十一册畢。紀事以實録爲本，遇實録之不可從者，辨正之。如載太監李永昌諫阻遷都，謂係成化初修史時，其嗣子泰預纂修，有溢美之詞。又郭登守城出見英宗非事實，謂係史官粉飾之詞，即其例。又實録之前後兩歧者，修正之。如景泰實録不載盧忠告變事，采天順實録及諸書訂正之，即其例。其他論斷，通達政體，燭見治亂之原，分晰君子小人消長之故。在有明之季，熟讀實録，及一朝野史，能以公平嚴正之筆，表而出之者，舍季野莫屬。太炎之説是也。

閱切問齋集。朗齋爲馮孟亭之門人。

閱曹叔彦孝經鄭注箋釋。辭繁不殺，求達反晦。學庸通義亦然。

北平圖書館贈圖書季刊新第二卷第四期，內載伏跗室題跋，有古越藏書樓書目，爲馮夢薌先生一梅手編。捐書建樓者爲會稽徐樹蘭，延馮先生爲監督，總董其事。馮先生爲先父之受業師，與先父爲丙子鄉試同年，在浙江書局司分校有年，余童時尚得謁見，慈溪績學士也。余前購得呂氏春秋維揚資政堂刊本，有先生校筆。

向吴進思借得補松廬文稿七册，含嘉室文存四册。補松稿爲吴子修先生慶坻所著，含嘉稿爲其子絅齋士鑑所著，皆初稿未經編定者。子修先生爲余表母舅，又爲啓蒙之師。絅齋爲余表兄，長六歲。

閲補松稿竟。修老敦品立名，篤於風氣，故其文於婉約中有悱惻纏緜之美，於哀祭傳誌尤長。光宣間吾杭文學家，當以補松老人爲最。祭陳杏孫年丈文、徐氏兩世遺詩序，皆至情至性之文。徐氏吾外家也。杏丈曾編定莽年譜，疑是句山後人。嗣閲孫仲璵日記，言杏孫案頭有句山遺像，則吾説當有據。含嘉長於考訂之作，方板而少變化，文存編於丁卯，正六十初度之年也。

閲汪繼培手稿潛夫論箋。密行細字，塗乙甚多。眉端有王晚聞父子按語，經汪校定，與刻本對讀，或從或不從，箋中亦有刻與稿不同之處，蓋初稿也。

閲胡綬之玉縉鄦盦文稿三册。精於四當，邃於箋經，博極羣書，語有斷制，非但以著述爲長者。此老真不凡才也。尚有一册未訂成，在欣夫手。鄦盦稿中卓卓可傳者，如德宗升祔大禮議及説帖、趙岐准從祀説帖、劉因准從祀説帖、魏源元史新編識語、三國志集解序，均能讀破萬卷，擇精語詳，近代無此作手。惜其專著如説苑、新序注之類，尚未發見。辨鄭注明堂位天子謂周公之謬一篇，作于禮學館，計其時當爲攝政王而發。丁未年所草蘇杭甬鐵路廢約兩摺，不知爲何人代作，其事之是非曲直當另議，而文筆雄健無倫，固是傑作。

閲教經堂詩集十四卷，武進徐書受尚之著。與洪稚存、孫淵如、黄仲則齊名，爲毘陵七子之一。又在河南作縣令，與趙希璜渭川、王復秋塍齊名。詩格律工穩，毫無依傍，隨園評其少弦外之音，洵然。

閲朱昌祚撫浙疏草五卷，撫浙檄草一卷，撫浙移牘一卷，康熙刊本。在順治末年至康熙三年間撫輯災黎，勤求民隱，可與李文襄奏議並稱。自稱七歲從龍，十年府署，蓋自幼投軍，編入旗籍者。

閲露香書屋詩集，張簡松之父所作。均翰林應制體裁，品格不高，以其爲鄉人之詩，故留之。

閲吴詩集覽。梅村詩除去應酬牽率之作，其餘敍事讀史諸篇，悲壯激越，開闔變化，允爲清初第一家。余少時即右梅村而左漁洋，至今尚未能捐去成見。注内墨釘，當因避諱，未知初刻如何？譬若畫人物，抉去眼珠，毫無神氣矣。

閱遂初堂集，以初印本與重修本對讀。初印本係前歲購宿遷王氏所藏，有與石濂和尚書二篇，後來所刊落也。起潛見一書，名惜蛾草，内皆石濂答次耕書，爲揚賈攫去，不知歸於何人，惜未抄存，可謂異書矣。

枕上占二律，贈伯絅，因聞其徵求圖詠，作七十生日也。此二律却可存，以有真意也。古人詩凡有真意者，雖壽詩亦可存；凡無真意者，雖讀史亦不可存。余之論詩如此而已，不知與古人有當否？

閱遂初堂集。初印本有與石濂書兩通，四十卷本删去，而與粤東當事書、與藥亭書、與與霖和尚書，均係詆毁石濂，却未删去。因與石濂書牽涉清世祖之語甚多，重修者懼罹法網，故去之耳。稼堂不佞佛，但方外之友甚多，故書序之關涉佛教者，原係隨類編次，不加別異。重修者一律退入別集，其見甚陋。原本確係稼堂自定，故次序井然，重修本雖有增多之篇，皆無關宏恉。詩集編次重修本，增多之篇，恐係原本所删汰者。惟海岱草，重修本少四十餘首，不知何故。惜所得初印本正缺此卷，無從探索矣。稼堂文不立間架，不尚虛僞，抒意中所欲言，如分而止，不蔓不支，其識見亦卓爾不羣，無明末清初頭巾氣，所得師友之薰陶，自非尋常可比。詩亦曲折周到，不尚摹擬，純以行文之法行之，如贈閻古古一百五十韻，正與古文無異。七律中如塞外、金陵諸作亦然。

起潛選購豐華堂餘籍一批，有盧抱經校傳子，譚復堂校詞學叢書本詞源，塘栖勞氏校方鳳存雅堂遺稿，並有浙江人詩集、文集六十餘種，内有稿本、抄本、罕見本。百足之蟲，屢經鬻讓，尚多零縑斷璧，在今日已難得矣。

燈下再閱存雅堂遺藁，係四庫改定之名。此爲順治甲午原刊十三卷本，名方韶卿遺藁。卷中除勞氏昆仲墨校外，又有鮑渌飲朱校，並有學林堂印，爲高宰平先生舊藏，更當刮目相待。宰平先生爲東城山長，余月課屢列前茅，所得膏獎，爲生平購書之發軔，豈可忘之！即書一跋於卷首。 卷首瘦居士朱文印，疑即渌飲別號，俟查。 中縫題方韶卿遺稿，第一行題馮秋水先生評定存雅堂遺稿，然則四庫仍原名，不過改爲五卷耳。

新得擬山園選集，僅詩四十六卷，惜無文集。擬山詩，道源漢魏，力求新穎，有佳句，無佳篇，五律最多，有千篇一律之病，意境不足故也。

豐華書，有乾隆刻國朝浙人詩存十二卷，錢唐柴杰編注，專取五七律。七律詩有王穉登，注云：「字百穀，錢塘人，康熙癸丑進士。」奇極。 張卿子遂辰詩亦列入，不知何據。

檢得宣統元年己酉六月初上父母稟三十五頁，報告二弟病狀死狀，復閱一過，不覺慘然，手裝成册，并加跋語，名曰鴒痛記。

向之贈景杜堂存草一册，刻本，已絶版。

連日閲曾忠襄集畢。忠襄散文摹歐曾，頗委婉，駢文蹊徑不高。

訪福厂，以同伯丈所著武林歲時風俗記見示，允捐贈合衆保藏。

程繡虎藏書有明抄本郜雪嵐集，向所未聞，記此以備借觀。程少芹之兄在濟南，王獻唐弟子。

託王稻坪向屠康侯借王艧軒所輯全氏七校水經原稿本，允向寧波取來借閲。

檢得地學問答删改本。此在開封重印之原稿，出自杭州白話報，原著者孫江東。亦裝成册，並將江東小史書於册首。

黄溯初搜集温州一郡鄉賢著作，用力數十年，多人間未見之本。玉海孫氏、蔘綏黄氏所藏，亦爲彼所吸收。前日聞友人言，尚未散失，正擬函詢，問之寄廎，知通易事急時，其弟移存天通庵左近。戰事起後，該地已成灰燼，人間異籍，亦隨之而去，惋歎累日。否則溯初夙以公諸社會爲職志，必能與我合作也。

謝光甫君搜羅書籍亦三十年，所收以清人集部及參考書爲最多，亦有宋本及精鈔本多種。前年去世，其嗣子擬自辦圖書館，曾以草目送來一閲。事又一年，寂寂無頌聲作。

聞其子均有志趣，而於此事終恐隔閡。東之高閣，徒飽蟫魚，竟無從越俎也。

閱豐川續稿，王心敬著，乾隆刊本，四庫入存目。缺首册一、二兩卷。

遂翔示余汪槐塘沆讀書日札傳抄本，起潛云非全璧。

喬景熹來，見兩漢金石記原刻本，龔孝拱校，皆照原石本詳對。雖批校不多，而極爲精確。書法亦雅健無倫，佳書也。

顧保璋自莫干來，帶來余補校劉泖生校本南史三册。此書在抑卮山居閣置四年，賴鄭君性白之力，爲余覓得，又仗保璋親自送來，深爲可感，即書一跋，送館與全書歡聚。

閱守山閣叢書，菉友校語最多者脈經、能改齋漫録、潁川語、古今姓氏書辯證。又難經集注，有韓君曉峯校語，精審不苟，此人必深於醫學，惜未知其歷史。菉友閱此書時年已七十，尚無頹唐之筆，間摹鐘鼎文，甚精妙。

朱遂翔以抱經堂藏書圖屬題。近字慎初。

余往來里門，於上下車站時，必至抱經堂，與慎初晤談，示以未見書甚多。鼹鼠飲河，所收有限。慎初勤能和易，精力過人。售書者樂與之商，求書者亦踵相接。粤東莫氏收慎初郵寄之書，凡庫中所無，概不拒絕。吾鄉王氏，搜羅方志，名聞海宇，大半經慎初手，其爲人信任如此。近來薄有蓄積，感斯業之不易競爭，其意似已鄙夷鬻書而傾向藏書，誠爲空谷足音，聞之可喜。夫鬻書與藏書，皆有功於書者也。吾以爲鬻之功，或高於藏，山巖壞壁之珍本，苟無人輾轉販賣，焉能爲世人所共賞？故蜀叟箴慎初勿徇藏之虚名，而失鬻之實利。實利云者，自利而兼利人之謂也。余謂慎初鬻與藏並進，待羽毛豐滿，則爲利人之藏書，勿爲自利之藏書。古今藏書家，或供怡悦，或勤纂述，或貽孫子，終不免有自利之見存。若爲利人之藏書，則整理研究，傳鈔刊印，事事與自利相反，其功更溥，其傳更久。此即先哲所云「獨樂不如衆樂」，慎初其有意乎？

檢得安陽縣葉公渠碑記，及先君稟報渠工原稿。此光緒廿二年事，先君正四十一歲，修挖青龍河，及大小青龍渠，捐廉施工，頌聲蔚起，渠成，名曰葉公渠。當時竣工稟復起草時，余正侍坐，親見躊躇滿志之狀，今已四十六年矣。昔時公牘稿，止存此件。因將碑記及後附歲修章程録出，擬裝裱成册，以作紀念。

聞森玉言，蘇州某估有趙文俶畫本草圖一千餘頁，均著色，尤物也。博山言，澄中所得許博明書，有天一閣影鈔北宋本隸釋，聞之神往。

閲緯略、脉經，均王校守山閣本。守山脉經，校刻出顧尚之手，極精，王校雖寥寥數條，可補其闕。

閲吴窓齋與陳簠齋尺牘，北平圖書館所贈。

閲窓齋尺牘。由鐘鼎摹印古匋，探討篆籀之學，以簠齋、窓齋二人爲最精，惜皆早逝，未及見殷墟甲骨之發現。窓齋於攷古外，又喜研求武器製作，以文士談兵，爲合肥所汲引，遂參戎事。諒山之役，奉命赴粵幫辦，會事定，遂留津沽，與淮軍關係愈深，因而有出關之役，一蹶不振，身敗名裂。嚮使安於文弱，專研文史，豈非光緒朝首出之儒林文人耶？

閲袁爽秋先生日記，黄鮮盦舊藏，楊志林紹廉手録以贈翰怡，囑刊入叢書者。庚子五月廿八起，六月廿二止。

閲補松廬文，知吴仲雲先生有督滇奏稿及撫陝、撫滇奏稿，又有酒志殘稿，不知尚存杭寓否？諫齋來信，頗願以所遺書籍歸館保存，不知其姪輩能同意否？此事與家族問題及遺産觀念頗衝突也。

葉估送閲聽鐘山房集二十卷，嘉善謝金圃侍郎墉著，其子恭銘編校稿本。本名安雅堂集，後改今名。徧查各目，未著録，何以當時無刻本，抑刻而失傳歟？閲目次，以應制之作爲多，惟同時交流多耆碩，即往來贈答之作，亦有關掌故也。

仲恕來談，以諤士先生手校湖北局刻意林贈館保存，叔通亦有一副本，先已送館。

閲聽鐘山房集，詩敍事清真，用典雅切，薄於竹垞，而近於覃溪，亦翰苑中之錚錚者。

葉估又送閱拜環堂奏疏，抄本二卷，會稽陶崇道路叔著，仲男濶敬校重梓，録其目如下：

卷上

入垣第一疏　時在户垣，天啓四年，此疏爲逆璫所忌，降三級。

賜環入都疏　時在兵垣，崇禎元年。

直陳時事疏　以下皆崇禎二年。

請建副總督疏　王象乾年八十四，張宗衡有巡撫專司，故請設副。

直糾薊撫欺誑疏

汰兵足餉疏

□□新款疏

申明恩詔疏

糾詞臣温體仁疏　袒錢謙益，故糾之。

東江善後疏　不滿袁崇焕。

卷下

請設軍資勘合疏

進軍資勘合式樣疏

請申正逆案邊禁匿名三事疏

永寧捷後疏

守東直門第一疏

又第二疏

又第三疏

又第四疏

酌議注銷事宜疏　以下崇禎三年。

糾靈璧侯湯國祚疏

糾大司馬梁廷棟疏　再糾梁本兵疏

奉旨舉知疏

此稿既云重梓，則已有刻本。卷中遇清朝字均作「□」，則爲清代抄本可知。本藏吴興龐青城百匱樓，索值五百元，乃書估妄談。卷中毛扆及汲古閣印皆僞作，抄亦不舊。

孫仲璵寶瑄勤學敦品，同時師友，多直諒之士。日記甚詳，每年一册，本擬分類編作集，聞其有三十餘册，在杭寓已散失，爲人所得。仲恕百計尋覓，在其家覓得八册，計癸巳、甲午一册，名梧竹山房日記；戊戌、辛丑、壬寅、癸卯、丙午、丁未、戊申各一册，名忘山廬日記。擬公函顏駿人之夫人，提議歸合衆圖書館保存，因仲璵之子，頗不更事，顏夫人爲仲璵胞妹，或有力量可以玉成此事。余到京應試時，與仲璵常往來。慕韓好應酬，支持門户，仲璵則折節讀書，記誦淵博，深識古今學術源流。其日記纖悉必書，以毋自欺爲旨，同時交游，未有如之者也。

仲璵日記，蠅頭細字，極廢目力，僅閲癸巳、甲午一册，戊戌一册。博學慎思，持論平允，所作詩，雄渾蒼勁，頗多得意之作。

閲聽鐘山房集。按摩十術十首，從縹緲峯道士所傳祕訣，編成五言詩，分晰各穴道之名，極爲清切，無道書烟瘴氣。湖州筆二十六韻，印泥歌、徽州墨三十韻，詳述作法，曲折週到。腊瓜行、古意、鼊子行，用典馴雅，均是佳作。五言古如紀夢、自誓篇、寄王東白觀察，亦佳。文集無傑出之作，逸周書序、荀子序，所用之材料，當有盧弓父所供給者，故色采不同。謝侍郎工於時文，文詩尚不脱此習，其脉理清晰以此，其根柢不及竹垞與覃溪亦以此。讀聽鐘山房集按摩十術，録如下：

按摩十術並序

先聖按摩經，失傳於秦漢。然從素問、靈樞諸篇俞穴熟後觀玩，則知按必勤摩，摩先重按；且按且摩，氣並流貫。十術仙訣，遠勝針傷灸爛，日日行之，三年有成，卻疾延算。智者觀其訣詞，思過半矣。

一術運元　右手按囟門，右旋三十六；左手按枕骨，左旋三十六。復左右手互易，摩如之，復摩日月角如之。

福庭人不死，直上修崑崙。崑崙即天柱穴。黄庭經「子欲不死修崑崙」，以其高入天，故又謂之天柱，在兩耳後，上連玉枕，通百會穴，即囟門也。針灸家以脚跟内踝一穴爲崑崙，不知内外踝爲崑崙之根，此四骨，即所謂地軸也。崑崙實在頂上，相家以兩天柱並中央高骨謂之三台骨，天上三台星，亦曰天柱星，言其高也。崑崙亦高也。崑崙日月角，天柱通天門。通天，腦後穴名。玉枕完骨亦二穴名，在腦後。下，覆冒雙峯尊。泥丸宫百會，頂穴名。旋轉元氣存。

二術補腦　左右手各按左右腦門，左自左旋右，右自右旋左，同摩之五十五。

高高星宿海，精髓神庭滋。陰陽相摩盪，天一充天池。洞户葆内景，聰明孕靈機。元樞養飛焱，堅固辟三尸。

三術拭目　兩手大指上節，各按左右眉棱陷處，摩之六十。復於兩眉首眉梢陷處，以大指頭側甲摩之。復仰摩上骨下陷處，俯摩下骨上陷處。復以上節下平處，各摩左右瞳子，及上圓轉三十六。復以右指自左順摩至右，左指自右順摩至左，同時各六十，當有液出。未出再摩，以出爲度。凡摩眼遍數須疾，行之久久，七十外燈下細書。

仙闕雙青瞳，光若飛電熾。攢竹絲竹空，（眉首穴名攢竹，眉尾穴名絲竹空。）纖翳不留眥。元珠韞層層，承泣祛濁淚。久視得長生，澄照無昏寐。

四術駐顔　左右手掌，各按兩顴，順摩三十六。復自上下，自下上，上至腦、下至頤如之。

顴髎連頰車，（二穴相連。）眼耳鼻舌聚。玉色常充盈，津潤每貫注。羣陽會離南，精華各分布。毛素顔如丹，久長靈景駐。

五術明堂　明堂者，自心胃至臍上也。先以兩手一在上，一在下，按心胃，左右迭摩之三十六。復按左右乳摩之，又左按右、右按左摩之。復按兩脅大骨亦如之，又兩手按臍上下摩之如心胃，又如臍左右摩之。

膺窗俠鳩尾，二穴名。乳根氣户二穴名。連。膏肓穴名。通八髎，八穴俱以髎爲名。關元守丹田。關元穴名，即丹田。中極承其址，中極，丹田下穴。奇經互結延。明堂四達門，默運紫宫穴名。前。

六衔扶吕　兩手掌分左右腰帶處，各摩五十五。復於腰下臀上摩如之。然後以左右大指、食指頭各互按肩井、肩髃前後摩之。然後兩手互攀兩肩，以食指、中指頭摩脊骨兩旁一二椎穴。然後以兩手握固，先從三四椎兩旁，以大指末節承腰吕摩之，全身挺力坐下，各指節承之，自三十六至五十六十，以意消息，直至尾閭長强一穴。凡每椎之按，俱齩齒默數之。

大杼至長强，大杼，項下第一穴；長强，末脊尻骨穴。一氣神門户。二十四脊椎，腰俞腎之府。季脅眇腹連，周環衛心主。前後會陰陽，會陰、會陽，二穴名。經脈不可阻。

七衔舒臂　伸兩手上擎，運動肩背骨脊，同時三十六。然後左右手互抱肩，交運如之。然後互捻肘，互抱肩肘，盤拱運動如之。凡運時骨空皆有聲。

曲池接曲澤，二穴在兩肘前後。肘髎達肩髎。二穴名。谿谷高低注，淵泉左右交。前後谿谷、清泠淵、大淵、極泉、天泉各穴俱在肘臂。又有小海、少海、尺澤、少澤、陽谿、合谷、經渠、四瀆、中渚、温溜、消濼等名，皆以水名。蓋兩手最忌濕淫，中之即不能屈申，故有肩井穴，言受濕深如井也。肩井在其上，寒濕引如澆。身臂指遞使，決瀆在三焦。

八術息踵　兩手分按左右膝，摩三十六。摩時即互摩脚心，復摩兩膕及内外踝，自上至下，各五十五。復兩手捧睪丸，力扳向上，兩脚跟力挺向下，脚背連指屈伸之，各三。乃箕張二膝，左右手輪摩腎囊下穀道前。又分摩囊兩旁腿胯各三十六。

三里三陰交，膝下脛上二穴名。兩踝下泉湧。足内外踝兩旁，針家名下崑崙，足心中一穴名湧泉。經筋上下廉，督任蹻維總。地軸無停樞，升降勿使壅。末疾可悉除，飛行出神勇。

九術啓牖　兩手各按兩耳，摩三十六。乃以食指揜之，用力一開一闔，喤喤有聲，一闔一扣齒無聲。又以兩手掌揜兩耳，以食指中指彈之，所謂鳴天鼓也，一彈一扣齒有聲，俱三十六。

聞根貴洞靈，闔闢清磬響。聽會多所聞，一穴二名。聽宫亦耳穴名。珠光養。天鼓擊翳風，穴名在耳廓。思聰好存想。玄牝藏谷神，朋從杜來往。

十術漱泉　兩手分按兩頤，摩齒根三十六。乃以舌尖左右旋，亦各三十六。待津生，上下齒相扣無聲，又左右旋，又扣齒如之，分三五遍，咽之直下丹田，入大腸。

玉池上生肥，齒齒漱無聲。赤龍攪不息，清泉輔車盈。屢漱沃丹田，命門輸元精。宛轉入傳導，活水佐陽明。

墉年弱冠時，東鄰有太湖朱山人，博雅好道。中年後，以家貧，棄儒業賈，言其居洞庭山縹緲峯，有一道士，年九十餘，童顔捷步，嘗授山人按摩十段，山人受而録之，而不能行。道士雲遊，不知所終，山人以所録一册示墉，不復還之，然亦以專心舉業，無暇習之。至七十之年，五官四支，無一不病，乃從故紙中檢得，依其術試之，一月而宿疾瘳，一年而元氣復，今行之四年矣，覺其大有還少功，因詳攷方書，作五言訣十章記之。山人嘗述道士言，行此或在子丑寅，或在午未，一日一遍已足，即分二遍行之，亦可。惟此夕有男女事則停之。然能絶慾則效乃神速；不能絶者，節之而已，月計亦有益。能絶慾者五十歲行之可踰百齡，六十七十者亦定得期頤也。

葵按：此種歌訣，論外功者尚不背於養生原理，論内功者，往往以道家言爲金科玉律，故神其説，誤人不淺。因内臟循環複雜，靈素之書，亦未説明。至骨節經穴，則尚有形可按，無捕風捉影之弊。謝氏所作，專以説明穴道爲主，敍次清晰，若能久久習之，定可卻病，但以爲不死之方，則誤矣。

復閲按摩術，以自試之，未能全了解，因無圖，而文字或有不明白處，其大意則已心領。此術當即電氣治療之理，必於衛生有益也。

王培孫七十生日，同學醵金爲刻所輯注南來堂詩集，余曾贈以三十元，分得書三部。集爲蒼雪大師著，即梅村詩所稱蒼公，順治間殁，詩筆清勁，且有關於明清之際之文獻，傳本極稀。王氏此輯，頗有價值，非泛泛佞佛者比。

前購懼盈齋本舊唐書，庋置篋中，頃檢出，知爲杜文瀾校讀本，頗精細。紀年爲甲戌，當即我生之初也。

讀朱子集，咸豐福州寫刻本。

王君重民貽所著巴黎敦煌殘卷敍録第二輯，披閱一過。校勘之學，亦隨世界文明交通而進步，斷珠零璧，淪於西人之手，不過爲博物院添一門目，一經我國人研究，遂與古籍發明如許關係，則開掘時隨鋤鍤而烟飛灰滅者，又胡可勝道。聞王君言，巴黎人對於中國古籍終屬隔膜，保存之法，亦甚可笑，何時可以復歸我土，癡想而已。由此推之，日本學士大夫研究漢學之進步，深可驚歎矣。

閱紀文達公遺集。此係身後輯刻，故以不漏爲宗旨，頗蕪雜而不精。文達本不以文見長，生平之作，當以恭進四庫全書表文、烏魯木齊雜詩爲可傳，其文蹊逕平凡，無過人之處。

閱籜石齋詩集，由放翁入手，而上窺山谷，其至性刻摯處，頗兼後山之長，歸田以後之作，則生硬而兼晦澀矣。摹寫南中農事諸詩，極真切。題畫詩太多，出色者少。其詩派在浙人中爲特別。

閱全唐詩抄。元和吳成儀選，吳企晉之父，璜川書屋寫刊本，于晦若舊藏，向所未聞。共八十卷，補遺十六卷。詩句有一字沿訛，爲後人所忽略者，如王之渙涼州詞「黃河遠上白雲間」，古今傳誦之句也。前見北平圖書館所藏明銅活字本，「黃河」作「黃砂」，恍然有悟。蓋本作「沙」，訛作「河」，草書形近之故。向誦此詩，即疑「黃河」兩字，與下三句皆不貫串，此詩之佳處，不知何在。若作「沙」字，則第二句之「萬仞山」，便有意義，而第三、四句字字皆有著落。第一、二句寫出涼州荒寒蕭索之象，便爲第三句「怨」字著力，於是此詩全體靈活矣。以此推之，杜工部游龍門奉先寺詩「天闕象緯逼」，朱鶴齡注引或作「闚」，諸家皆不之審，以宋本作「闕」也。不知此詩係工部少作，體格全摹六朝，第二、三聯均以上下句相對，三聯第二字應用動詞，則「逼」字方可解。以聲調論，此字亦必用平，不應用仄；以詩意論，「闚」然後知其「逼」，「卧」然後知其「冷」，極易解釋。若作「闕」字，以天闕與象緯兩個名詞直接，句法笨拙，不倫不類，全詩便無精采矣。吾以爲「闚」與「闕」亦草書形近而譌也。或謂「黃河」七絕，前人引用頗多，並無作「黃沙」者，安知前人書非經後人妄改，不足以難吾說也。

復檢朱鶴齡杜詩注，謂蔡興宗正異作「闕」，楊用修主之。朱意「闕」指龍門，不以楊説爲然，並謂古體詩不必偶對，蓋主庚溪詩話之説，皆泥於龍門本有「雙闕」之號。但以詩論，八句中著此笨重而無意境之五字，實爲全詩之纇，杜氏斷不如此。況游龍門奉先寺何必點明雙闕，詩意不過狀其高寒而已，下句寫寒，又何嘗點明地望耶？余説蓋與楊氏暗合。

由奉先寺望雙闕，並不覺其高，詩意蓋言月林之下，仰望星辰，但覺逼近耳。上言狀其高非是，知此則主張作「闕」者，更非矣。不特第五句與第四句相應，即第六句之「冷」字，亦與第二聯相應，此詩律也。

閲朱子集墓誌、傳狀數卷，多可讀之文。王梅溪集序云：「梅溪之文，光明正大，疏暢洞達。」吾即以此八字評朱子之文，自謂確當。

王欣夫來言，曹君直遺書已排好四卷，袖出辛巳叢編招股啓，並附招胡綏之鄦廎遺書股分。

王晉卿送閲山陽阮學浩緩堂詩鈔稿本十五卷，後有冒鶴亭跋。詩並不工，而同時往來耆宿，均知名之士。有關掌故，且爲未刊之本，擬收之。又端臨文集鈔本，下注「寶應文徵」，有劉楚楨印，爲編文徵時傳寫之稿，目録似爲楚楨手書，待查。鈔本所收文有五篇未刊入遺書者，敬節、會例、題辭，無關宏旨。劉府君繼配鍾安人祔志，大約是庶母。母以子貴，以台斗誥封，稱安人，故不稱繼母。而祔於先府君行狀之後，未知阮刻何以删去。其餘三篇，皆代父及世父所作。代言不入文集，古有此例。鈔本不工，因有未刊文，亦收之。

朱憶劬孫芬贈其高祖朱武曹先生所輯白田風雅一部，係曼伯方伯在金陵所刊。憶劬聞余辦圖書館，已將家刊著述贈予數種，並廣事搜羅，情意甚爲懇切，可感也。

檢書，閱第一次排印墨子閒詁，原校極精細，即偏旁點書，亦糾正無遺，必從原稿對校者。黄溯初謂此本極難得，不誣也。

聞孫仲璵之子亦在海關服務，頗欲一晤，詳詢日記蹤跡。

檢碑拓，見舊藏存古閣本伊闕三龕碑。記得癸巳年帶至京，吴絅齋表兄謂較近拓多數十字，可珍之至，乃付裱工。余少年時喜臨摹，愧未能似。案頭適庋胡綏之手稿，有三龕碑跋一通，所見係章碩卿舊藏明初本，祇上半截，歷舉較萃編增出之字，余本皆無之。蓋存古閣所得，亦係乾嘉拓本，與蘭泉所得同時也。惟胡氏所舉「登十號而御六□」，「六」下細審似「文」字云云，證以此本，雖亦模胡，却非「文」字，非「天」即「大」，以「大」字爲近。「其流□於百氏」，胡氏謂「流」下細審似「承」字，證以此本，似非「承」字。余未次游龍門在民國廿四年，親至三龕碑下摩挲，則已迭被兵燹，剥泐幾無完膚。如以余本比對近拓，恐較明初本比對乾嘉本，更有今昔不同之感矣。前年曾向顧鼎梅購一整張，不知與此本先後如何，俟檢出再較。

向館調閱讀史方輿紀要原稿本，繙閱福建四册，江西六册，廣東六册，廣西六册，江西六册，湖廣八册。此稿寫定後又經修改增注，外間傳抄本，皆由底本出，刻本亦由抄本出，所有修改增注均無之，故此書爲世間孤本。所有字蹟，非出一手，研究頗難。余歷年繙閱略有會心，未能表而出之。今擬將全書檢查一過，將字體之最有關係者，分爲四類：一曰虞永興體；一曰歐陽率更體；一曰褚河南體；一曰蔡君謨體。余頗疑虞體爲顧景范筆，俟閱竟方能作一有系統之研究。總之，此書的爲原稿，可無疑義。

起潛來，謂余送館之金石舊拓本頗多，而造象一類尤爲豐富，談次頗有喜色。余祖專研造象，尚有裱本四巨册，未曾檢來。余叔浩吾公所收曾氏造象，尤爲精博，尚在杭州舊居，倘能悉數運出，可成大觀，整理之役，則非起潛莫屬矣。余祖所收碑拓，以河南馬氏存古閣舊藏爲最多，皆乾嘉間拓本，在今日已可貴。

檢舊碑，見金冬心藏印魏始平公造象記，「匪爲」係作「匪烏」，萃編誤。余祖有筆録，未檢得。記得在巨册題跋内。

翻閲方輿紀要陝西十四册，浙江六册，内第一册配補。南直十册，敍目一册，州域形勢九册，北直九册。

許寶騂言其祖恭慎公有手書日記五册，起光緒戊子迄癸巳，可備借鈔。

閲方輿紀要山東九册，河南六册，川瀆六册，四川八册，貴州四册，雲南六册。前日所見不盡合，除景范先生手書外，鈔書者應分兩系：一褚體；一蔡體。褚體者共寫五十七册，蔡體者共寫四十五册，其餘皆零星矣。次爲校勘簽注之人，宜分三類：一歐書，一趙書，一介於歐褚之間者。三人所司不同，皆由顧氏點定。最要者，山東六、七兩卷爲歐書者所鈔，可證校勘簽注皆顧氏生前之助手。又趙校有經歐書改正者；歐校有經顧氏改正者；顧氏添注，有經趙書改正者；歐校有經趙書照抄者；歐褚之間所書，有經歐書改正者，可證諸人皆係同時，以寫定巨著，經同時諸人改正，又經一人點定，舍景范先生其誰歟？此外又有夾簽，爲同時人所加；又有刊行是書時，比較各鈔本之所加，均屬無多，根本既得，而枝葉亦易理矣。歐書專司攷訂郡邑建置沿革及水道源流分合，取材於諸史志、水經注爲多。歐褚書專司分地名及山川名之攷訂，取材於新舊方志及諸地志。趙書專司清初郡邑建置之變遷。取材於新志。余之鑒定顧氏筆跡，嘗見顧氏尺牘照片，得者云原物藏膠東黄氏，因景范先生家於黄氏，攷其事跡，得此墨跡，自謂可信。余前年以之比對卷中字蹟，有神似者，均老筆紛披，似爲顧氏晚年手蹟。第原牘僅署禹字，未標其姓，又照片究隔一塵，故仍蓄疑未釋。今以本書證書中人之蹤跡，即無尺牘照片，亦可斷定公案，忻快奚如！開卷有益，此之謂矣。余前説虞書爲山西二、三册，疑爲顧氏早年書，其説非是，當舍旃。

又繙閲方輿紀要各卷，以證明余見之有無不合，並寫舊藏抄本、刻本形勢總論跋語二種。

閲方輿紀要山東七膠州條，顧氏注曰：「今仍曰膠州。」又「膠西廢縣，今州治」下，顧氏注曰：「門三，北面無門。」顧景范家於膠州黄隱士庭，故知其詳如此，此亦一確證。

聞文君素松藏書，皆爲孫伯淵所得，校本抄本極多。

連日研究顧稿，兹將所得，擬一跋語。

萍鄉文素松思簡樓遺書，盡歸集寶齋。與起潛、景鄭同往，選取數十種。有全上古三代文抄本四册，見其凡例，與嚴稿不同，上有彭甘亭印，攜歸閲一過，知非嚴輯，不知何人著作，可異也。

晉書斠注稿本全部取得，可喜。此書皆係黏貼，極易散亂。劉刻印本甚少。

審定全上古三代文四册，後附先秦文一卷，係彭甘亭手稿，其名與嚴輯同，而内容不同，不及嚴輯之繁富。

有長沙人蔡君季襄攜長沙發掘所得戰國時楚幣楚權楚節，及幣模名印共賞。又有開運二年馬希廣佞佛銅牌，字作反文，頗可玩。此人蓋骨董家也。

彭輯上古三代文，不及嚴輯完密，疑此意本創於孫淵如，且有集合衆手以成一書之意，如修全唐文然，故嚴彭皆致力於此。嗣以合作爲難，各行其是，故嚴輯凡例有不假衆力之語，而傳者因此議發起於孫，遂有嚴攘孫稿之謡。嚴書具在，所謂不假衆力，並非虚言。今又有彭輯出現，更可爲嚴辯誣矣。此意應查彭孫關係再定。

檢王父在豫撫幕代錢敏肅公所擬奏稿，舊存四册，又信稿八册，又有散片一包，黏成大册，分爲奏稿一册，咨札稿二册。取刻本奏疏比對，知未刊之稿頗多，大册所黏均係剿捻奏案，並非例稿。當日伊臣先生昆仲輯刻時，何以遺漏，必係未曾留底。幸王父原稿完全，可與刻本聯爲一氣，即當送館保存，俾無失墜。

思簡樓有康熙抄本石湖文集，取舊校黄刻本對讀，知即黄刻底本，益知顧刻所據底本之佳。

查小謨觴館詩文集，刻於嘉慶十一年。與孫淵如無交游。甘亭爲賓谷門客，卒於道光元年。全上古三代文之輯，與孫決無關係，前説非也。

趙凡夫刻萬首唐人絶句十六册，有寒山小宛堂牌子，起潛云較嘉靖本爲佳。卷十二王之涣涼州詞，「黄河」作「黄沙」，似係剜改，必以舊本爲據。

中國書店送閲王石臞校讀謝刻荀子，以宋錢本、元本、世德堂本及御覽、治要、類聚諸書校正，極爲細密。内有「引之曰」三條，係父采子説，是難得之佳書。索價一千二百元，不似從前之易與矣。

彭輯引新刻韓非、阮刻鍾鼎款識、孫刻續古文苑。查吴刻韓子，在嘉慶廿三年，則此輯加注，必在廿四五年。至道光元年，彭即去世，是此輯當在全唐文開館以後。屬草越十年，尚在繼續修正，其動機必與嚴輯相同。惟嚴輯在數十年以後，煊耀書林，而彭輯則沈埋未顯，不知先秦文以後，有無續輯耳。

閲彭集畢批，甘亭曾輯南北朝文鈔。　顧千里曾入全唐文館。

與三弟書，勸其勿急勿過勞於著書。

寫彭輯全上古三代文跋。　佩蒼贈館明刻書二種，皆闕一册，其意殷勤可感。

閲文素松書：研北易鈔十卷，黄崑圃著，四庫底本。　歷代統系四卷，宗室文昭稿本，四卷。　素問釋義，張宛鄰，舊鈔本。　香字抄，日本明治抄本。　静齋至正直記四卷，舊鈔本，王汝玉校。　蒼霞草。十二卷本。

文書選購十種：歷代統系　彭輯全上古三代文　十賚堂集吴興茅維，萬曆本。　四書考典方黎如，四十二卷。前得論語孜典，非全書，舊抄本。　聞塵偶記文廷式。　陸射山詩餘周耕厓抄校本。　副使祖遺稿嘉靖時人，舊抄。　陸琰卓詩稿附詩餘稿本。　素問識聿修堂本。　脈學輯要聿修堂本。

守庸以扇面屬書，贈以長句。

閱樊榭老人批本詞律，本湘鄉陳士可物，後歸袁伯葵。陳袁皆有批，厲批尤密，有朱墨二色。或以朱筆爲厲批，墨筆則另一人，以朱墨主張有不同之處。余詳細審定，認朱墨皆厲批，且爲樊榭十五歲左右所爲，蓋少年時下帷攻苦之作，詞無不盡，筆鋒犀利，令紅友難堪。後以所見有改進，去其太甚，故朱墨自爲同異，要爲詞家可寶之書。　樊榭少年如此用功，宜其蜚聲詞壇，幼時即爲長老所敬服也。

閱聞塵偶記，手自裝治並書跋。

檢閱于晦若家所藏友朋書札，得文道希信數十封，皆可觀。日來於道希，可謂有緣矣。

檢道希書札畢，有詩五首，札數十封，皆完備，可抵二三卷文集。又得志伯愚昆仲、梁節庵丈札；又得洪文卿使俄德奧和與李文忠函報，前後皆可銜接，亦可寶。

洪文卿與李文忠書札，自北洋奏保使才起，至到俄德奧和公使任所，緜歷至交替止，共四十餘號，皆於奏報及函總理衙門外，與合肥之機密情報。所譯印之中俄界圖，所著之元史譯文證補，無不詳載，洵屬珍貴之史料，擬留之。

又檢得章太炎上合肥書。在德佔膠州以後，意主聯日，請以威海衛餌之。文辭甚美，闕末頁，亦擬留之。

新得説文理董前編十七卷，繆藝風鈔本。據石印本後編柳翼謀敍，知前編爲未見之稿本，復堂衹見殘本四卷，將交馬夷初作跋。夷初專研説文，有著作。

閱十賚堂集，萬曆丙申刻本，吴興茅維著，鹿門幼子。甲集詩五卷，文十二卷，乙集詩十七卷，詞一卷，附蕢言二卷。北平圖書館有丙集，而無甲乙集。此缺丙集，詩文均鬯茂而豐縟，無明末餖飣之習。

聞伯夔遺書中，有張石洲、何子貞合校讀史方輿紀要殘本，尚存五十餘卷，當借閱，此爲不可不讀之書。

校冬暄草堂遺文一卷，原抄亦有譌字，不能盡以意改。冬暄文如其人，患氣弱，但樸至委婉，敍生死交情及庸德庸行，尤能出自肺腑，毫無烟障。蓋所存皆投贈或銘頌生平至交之作，自謂有不盡無不實，誠哉是言。所述皆吾鄉先輩軼聞，存文不多，自有流傳價值，故抄而藏之。

王晉卿手購得緑浄山莊詩稿十卷，嘉興章雲臺溥稿本。又一芝草堂詩稿二册，餘杭吴鶴舲懋祺稿本。望雲樓詩稿一册，餘杭褚湘筠女史成婉稿本。褚即吴妻也。此二稿似已刻過，因爲吾鄉人墨跡，故收藏之。

王晉卿攜書三種，索價二千元，以款鉅不能得。一張臯文評點漢書，丁柘唐加批。一王石臞批校管子，前有臧在東題記，又有孫淵如加批。一丁柘唐春秋胡傳申正稿本。三書皆自江北來，均以款絀不能購留，甚爲可惜。

與諫齋信，託向程叔度轉商吕世兄借閱愚齋函稿、牘稿二種，擬抄一副本。

晉卿又示我快閣叢書七種，據云開明印過四種，共四十二册，内隨經籍志考證占五十餘卷爲最鉅，皆姚振宗寫本。

閲歷代統系，宗室文昭手稿，共五卷。三皇以前爲卷首，伏羲至東漢末爲卷上，三國至唐末五代爲卷中，北朝遼至明萬曆四十四年爲卷下。因是年清太祖即位於遼東，明之正統已斷也。又輯萬曆至明亡爲卷末。前後有序二跋一，全書皆自鈔自校，只五六頁爲寫生代書。清宗室著書甚少，文昭尤爲錚錚者，不易見之佳書也。

閲張臯文批點本前漢書，後有其子彦惟過録跋，而楷法則確爲臯文，疑莫能明。丁柘唐加批極精當。大抵張多言班之短，而丁多言班之長，此書之價值得丁而增高。

又王校管子，有王文肅評點；石臞則係讀書雜志底稿，但雜志未采者多。又引洪筠軒、孫淵如校語。筠軒之校管子，亦因王而發起。又引其子文簡校語，亦有文簡自書者。石臞與文簡字跡極相似，不易分别，但有數條確爲文簡書，故此本有王氏三世墨跡，極可愛重。

又丁柘唐春秋胡傳申正，寫於坊刻本之上，擬分兩卷，於胡傳之隱滯者申之，紕繆者正之，故曰「申正」，係未刊之稿。起潛來云，臯文批點係彦惟所過録。文簡書確有與石臞不同處，皆由書法中辨别之。

閲餘冬璅録二卷，清初吴郡徐堅字友竹稿本，經沈文起修正。友竹係印人，又工畫，得張篁村之傳，頗似麓臺，此即晚年自著年譜。徐靈胎係其族兄。自述生平學畫心得，蓋天資與學力兼到者。同時師友，多知名之士，植品甚清峻，可傳之書也。

晉卿購得許珊林家書一批，有珊林抄校姚嚴同輯説文解字考異十五卷；聞原稿在中山大學。王菉友説文繫傳校録手稿三卷；王紹蘭説文段注訂補抄本。知足知不足齋抄。又惠定宇、王懷祖、何義門校説文記抄本。又許子頌狷叟詩鈔稿本。内惟菉友稿較前得本增多不少，須校對一過。

閱袁太常安般簃詩，題江子屏小象自注云：「曾賓谷開校刻全唐文館，吴山尊薦江先生入館書云：『無論鄭堂經史之學足備顧問，即下至吹竹彈棋，評骨董，品磁器，煎胡桃油，作鮮卑語，無不色色精妙，足以娱貴人之耳目』云云，然南城卒不見收録。時嚴鐵橋亦以不得入館負氣去，撰全上古三代漢魏六朝文鈔目録，收羅極富，欲以壓倒唐文館。其兀傲之氣，不可及也」等語，證以嚴氏自序所云「越在草茅，無能爲役」二語，其説可信。甘亭與曾賓谷頗密，文集中可見，不知曾入唐文館否？何以亦輯上古三代文耶？

讀袁忠節詩，取材甚富，布局結體，似與蘇黄爲近，惟好用僻典，不免有艱澀處。評者謂七頗似惜抱，因檢惜抱詩讀之，并閲所選今體詩鈔，純主氣勢，得陽剛之美，故其詩亦規橅杜陵，五言長律更有神似處。

得許子頌狷叟詩録原稿，手爲裝治。所述又笏師履歷頗詳。余前記有誤，應檢出更正。又笏師爲狷叟内弟。

讀惜抱古體詩，無論五七言均能遒健峭厲，具開闔動盪之勢，蓋以古文義法駕馭詩才，宜其今體亦迥異凡俗。惜抱贈人詩有云：「欲學昔賢詩，先棄凡俗語」，自道甘苦之言也。

叔通言潘明訓之子由英歸國，與菊生言，有將藏書歸公衆保存之意。菊生已爲介紹，叔通尤具熱心。但潘書價值太鉅，未易羅致，須俟屋成，請其參觀後自決，不可强求也。

讀惜抱詩七言古體，尤有神致。文詩一軌，信然。

惜抱詩集二送張侍御敦均歸里，不知係張敦仁一家否？

諫齋書云：盛補老函稿、牘稿，本在吕幼舲處，幼舲逝世，由其子孝翼移交龐仲雅處，請往白克路廣仁堂龐寓接洽。惟龐係保管人，其主權理應在盛氏，而盛四等未有晤談機會，進行仍有阻力，擬訪楊祇安商之。

趙擷雲藏書一箱，託估價。有王惕甫校徐焴本文粹，戈小蓮父子校萬曆本古文苑，冰絲館初印還魂記，成化本此事難知，萬曆本松雪集，抄本陳揆琴川志注草，餘尚未閱。

閱松桂堂集。羨門詩華贍而有清氣，古詩則疲苶矣。又讀延露詞，清麗芊綿，宜爲阮亭所折服。

閱趙書，有龔孝拱校平津本說文，戈小蓮校汲古本說文。陳子準琴川志注草十卷，琴川續志草六卷，舊抄本，未刻過。吳江沈自南留侯藝林彙考，計棟宇篇十卷、服飾篇十卷、食飲篇六卷、稱號篇十二卷、植物篇一卷，康熙刊本，前有牧齋敍。原書有二十四篇，所刻止此。所引必注原書，所采書皆取有辨證者，類書中之鳴鳳也。植物篇所著僅瓊花一門，已甚繁富，惜餘均未刻。錢牧齋尺牘二卷，常熟顧氏精刻本。此外尚有小說數種，如癡婆子、浪史、情種之類。擷雲擬斥去此一箱，爲其子留學之費。但以鄙意觀之，各種書無甚特別價值，所值不過二千金，難償其願。又有趙次公傳録濠叟批點浙本淮南子，無甚精義。擬借琴川志注草傳抄一部，因此書祇見於恬裕齋書目，未付刊也。至新建圖書館與敝廬察看工程，外廓已成，正在趕修内部。住宅較舊居爲小，但爽塏而通風，小院亦可得半，苟完苟美，於願已足。館屋光線甚佳，内局亦甚緊湊，再有兩月，可以全竣。中間空地不多，且須預留擴充地位，不必栽大樹，只須不生蟲而夏日有濃陰之樹五六株已足，餘地可以雜蒔花卉。杭州帶到北齊天保白石造象一座，係浩吾叔所藏，未付劫灰。尚有一座未到，皆圖書館所當保存也。鶴卿贈我馬一浮近著泰和宜山會語合刻一册，復性書院講録三卷，融會國學之精粹，語以宋儒講學之法，導啓後來，爲數百年來所未有。向欣木借閲龔孝拱理董鄦書手稿一巨册，未能全理會，因所書古字未盡識，須細閲之。創始於道光九年，重寫於光緒四年，所書象形字，融會古籀各體，奇古而樸拙，前無古人，後無來者。

閲甌北詩鈔，知雲菘先生爲古渠公庚午同年，有七律二首。抄入先友詩翰卷中。

閲甌北集，七古縱横恣肆，毫無俗骨，純從史傳得來。晚年詩因求工而反拙，不如中年，尤以邊徼從軍詩爲最。

仲璵之子堅欲取回忘山廬日記，謂將由己手編印，不假他力，因再向商借抄一副，如仍不允，秖好奉還。古來讀書人心血所搆，覆瓿糊窗者何限，甯止一仲璵耶？

閱伯葵遺書，其最佳者：

殷强齋先生文集十卷崑山殷奎著，四庫底本，洪武十五年刻。字體遒美，孤本罕見。

殘舊抄讀史方輿紀要何蝯叟以彭文勤校本復校，彭校原本爲宋牧仲抄本，似即敷文閣本所自出。

爾雅匡名桐鄉勞氏刊本，勞季言精校。

笥河文集朱錫庚抄校稿本，有廿四册，較敝藏及北平館藏爲完備。

此外尚有桂未谷、勞氏昆仲校一切經音義，□□校集韻，未曾檢閱，約他日再訪。

蕘庵有手寫書目一册，以别集爲最多，因渠專研古文辭也。蕘庵之書，却非僅插架者，幾於無書不讀。書將出門，而爲其猶子所留，亦一幸事。卧雪廬藏印書甚多。

閱廿二史劄記。推崇明史，能全部貫串，歷舉其長處，可爲讀史法門。

手裝仲裕弟殘稿作跋竟，始知今日辛巳六月初三。即其死忌，復閱淒絶。

雲崧讀史能見其大。推論宋代之所以亡，由於士大夫不明國勢，徒事虛憍，以和議爲賣國，釀成開禧之敗；明之亡，亦由不審敵勢。當時清朝屢思構和，而廟堂無人應付，以致東支西吾，卒傾其祚，如出一轍，可謂名論。雲崧讀史能以比較法得其綱要，非撏撦枝葉者所及。

因姬傳稱王夢樓詩才，借夢樓集讀之。早年功候甚深，以游滇諸作爲最；歸田後牽於酬應，題畫詩太多，反不逮少年之精鋭。

因甌北稱心餘詩才，又取忠雅堂集讀之。忠雅堂詩取法李韓蘇黄，其功力尤深於五言。心餘論學，以致用爲主，故爲詩亦不喜門户剽襲，放筆爲直幹，而學識又足以發之，非甌北所及，何論隨園。

閲簷曝雜記，後半乃隨筆，記載雜事，可節去。

檢國朝杭郡詩輯，張桐谷、吴雲巖均有贈六世祖詩，應寫入先友詩翰卷中。

閲洞簫樓詩紀。宋于庭詩，修辭雅潔，而蹊徑不高，未能獨樹一幟者。

浩叔所藏碑搨全部寄到，送合衆收藏，所餘者僅普通書數篋而已。

君九以新修莫釐王氏家乘一部見贈，復書謝之，并託代覓陳詒重郁廬文鈔、胡晴初詩、王書衡遺著。

閲陸九芝先生手鈔傅青主女科，文義有删改，并加眉注。九芝深於醫學，皆經驗所得。此書未入世補齋醫書内，蓋有志箋注而未成之作。

閲定盦集排印本，始知杏孫年丈欲輯年譜而未成，故印臣續成之。

文禄寄來書二包，有明初本圓庵集，天台僧玄極所著，前有楊東里序，永樂刻本，刊刻甚精。

景文閣寄來金文靖公集，明金幼孜著。其板刊於明初，遞補遞修，此爲清代印本，却少見。

王晉卿來，贈陳偉堂官俊八言箋對。簠齋之父。

圓庵集六卷，所作文至永樂元年止，楊東里序題大學士，定爲永樂刊本。

晉卿來書，又有番陽李仲公俟庵文集三十卷，附一卷，商丘宋氏鈔本。前有洪武涂幾序，卷中題安仁縣知縣謝縉重刊，似係成化本傳抄，須查。圓庵、俟庵兩集均留。又有瀛海吴潯源所著石鼓疑字音義斠詮一卷，蕅絲龕印學觚言一卷，咸豐鈔本。

景文閣來書，又有實録廳題名記，朝鮮銅活字本，爲纂修純宗大王實録時所記。前有金逌根序。又崇禎紀元後五乙酉貳年司馬榜目，朝鮮内閣活字本，係朝鮮科舉程式。

菊生持示笏庵詩稿殘本，已見贈。存三、四兩卷，仁和吴清鵬著，與曾賓谷、吴蘭雪同時由翰林官御史。詩律工細，蓋學杜而得其神理者。吾鄉詩家，能與頡頏者甚罕。

笏庵爲穀人祭酒之次子,由編修官至順天府丞,著笏庵詩稿二十卷,菊生所得僅三、四兩卷。兩浙輶軒録所收之詩,皆不在三、四兩卷内,惟有一首,文句不同,意當時必有刻本。水竹邨人藏書有笏庵詩刻本。輶軒録所收,有送左生宗棠下第、有聞金陵寇警,則笏庵殁於咸豐,即有刻本,亦刻於太平軍起時,無怪罕覯矣。笏庵詩宗旨在自得,即意境獨造,無勦襲雷同之謂。其功候實從學杜得來。七律章法尤得杜之神理。輶軒録詩話謂其學楊誠齋,是皮相之論,惟笏庵亦不鄙薄楊范耳。

閲祇平居士集,菊生新贈館者。惺齋少習舉業,後乃博覽羣書,專攻古文,雖以馬遷、廬陵爲鵠,而才調與氣息,未能卓然成家。但樸實説理,絶無虚憍之氣,其格局與朱文公爲近。惺齋生平所刻書,一爲講義十卷,一爲雜著八卷,文集似係後人所集刻,壽序及代作太多。

閲梁任公手寫康南海詩集,祇四卷,皆光緒間所作,詩境不高,去黄公度不啻天淵。

在合衆圖書館開發起人會,菊生、陶遺皆到。添舉叔通、拔可爲董事,發起人爲當然董事。定六日開第一次董事會。

仲恕檢得項城公牘手稿,爲跋語萬言,詳述與項城離合之跡,及帝制自爲之癥結,翔實淵雅,極有助於史乘,已允送館保存。

與閔葆之書，允將炳燭齋雜著奇閲，并告以新得石臞父子手校荀子，文肅、石臞父子三世批校管子，丁柘唐春秋胡傳申正原稿。

中國書店新得正闇精校讀書敏求記，索價甚昂。宗氏父子稿已爲余收得，此稿大抵相同，無意求之。

閲射山詩選，海鹽張氏刻本，海寧陸嘉淑冰修著。陸爲初白之外舅，前得射山詩餘，即冰修所著。同時倡和，皆清初詩家，與阮亭尤契合。詩多廓落語。

起潛來，告以圖書館前途之興替，其樞紐在董事之得人及合作與否，故選舉最爲注重。現在五人，學問未必皆深，亦未必人人皆知圖書館之辦法，但皆飽經憂患，有相當之修養，且皆無所爲而爲之。五人間相互有甚深之情感與直諒，故能知無不言，決無問題，但皆六七十之高年，可以同時老病，故對於遞嬗之法，宜十分注意也。

菊生言舊藏符藥林手稿，已送館，屬爲審定。畫竹齋論竹，符曾手稿，有藥林印。寫一跋於後。

晉卿送書三種來：思庵先生文粹十一卷，明吴訥著。前有知常熟縣楊子器序，有錢遵王印，士禮居印，蔣香生印，原爲思庵之孫淳所編刻，楊子器重刻；正統以後。浮溪遺集；宋汪藻著，繡谷亭抄本，從正德本出，十五卷，附録一卷。烏程蔣氏茹古精舍藏印。適廬曾藏金石文字三册，皆拓本，有題跋：「三十年來忽得忽失，似有數存。原器佳者十存一二而已，拓墨亦未全，僅此區區留紀念；其爲友朋贈本，另黏他册，尚倍於此，然亦未甚廣也。惟殷周金文及秦漢金文兩輯，自謂稍富，廣倉所印僅周金一部已十一册，然未備，補者過半。無力續印，以惠同好，是所憾也。丙子八月適廬老人自敍。」

草圖書館財政報告，預備提出於下星期二三十年六月十九日董事會。

合衆圖書館第二次董事會，報告經手財務概要，并點交財產。當選常務董事。

張葱玉於乙亥年以五百元收得吾鄉張子虞先生詩文稿三十餘册，願以原價出讓。詳細檢查，知爲子虞尊人少南先生道未刊遺稿居多數，約舉如下：漁浦草堂文集四卷　鶴背生詞稿一卷　定鄉小識山水記、石墨略、古跡略、堤彴記、定鄉續詠。　梅花夢傳奇　張伯幾詩舊唐書疑義　舊唐書勘同　唐浙中郡縣長官考　臨安旬制記　全浙詩話刊誤　蘇亭詩話　雪煩叢識　雪煩廬紀異　鷗巢閒筆　漚巢詩話　字典翼文集、詩集、舊唐書疑義已刊。此外屬於子虞者，爲崇蘭堂詩文存及日記、詞稿。少南先生歿於同治初元，子虞負書避難，辛苦保全，今得落於吾手，爲鄉賢留此手澤，可喜也。記得子虞先生曾繪負書圖遍徵題詠，應查。

乾若遺其弟子丁濟南來，贈所著漢石經考證兩種，及所刻鄮溪集。丁爲醫家丁仲英之子，有兄濟民，均研究中醫，恂恂儒雅，要求開館後閲書，允之。

乾若來談，渠書五百箱已運滬，富哉！

三十年九月五日合衆圖書館開始遷移新屋。

欣夫來，示曹君直遺集樣本。

閲澤雅堂集。初集由漢魏入手，而浸淫於杜，氣息深醇，絶無噍殺之音。二集自出塞以後，漸臻雄肆，邊塞山川，助其詩才，故知詩境因地與時而生變化，非可强爲也。

至新屋及圖書館察視，書籍已悉數移來。起潛興會甚佳。空間耗廢多，已占十分之七八，恐不能維持十年，乃知事實與理想，向不能密合也。

閲澤雅詩，以疏勒城所作爲弓燥手柔之佳境。述事篇呈許希庵五言，格調蒼涼，波瀾壯闊，曲折奔赴，應弦中節，極似杜陵北征。其近體之佳者，不亞東坡與放翁。記得伯絅得三集，惜余未見。漫興二十首七絶似蘇；送孫澐東歸七律似陸，皆得陽剛之美者。其他佳篇甚夥。閲至卷十一。

施均老詩自喀什噶爾出遊，安撫布魯特以後，神奇變化，語如鐵鑄，字無虚設，爲全集中最上乘。謁杜祠詩，自方身世，今古同揆，詩亦神似，非可貌襲也。自寄陳藍翁詩，摹山谷，以後七律，往往似之；其次亦極似放翁，皆與少陵一脈相承，故時露鱗爪，不可端倪。

新居在蒲石路七百五十一號。余捐入合衆圖書館十五萬元，以其半爲館置地二畝，今年建新館已告成，余租得館地九分，營一新宅，訂期二十五年，期滿以屋送館。余與館爲比鄰，可以朝夕往來，爲計良得。昔日我爲主，而書爲客，今書爲館所有，地亦館所有，我租館地，而閲館書，書爲主，而我爲客，無異寄生於書，故以後別號書寄生。

中國書店送閲光緒甲午科浙江同門齒録、祁忠敏公日記新印本，皆留之。

王叔儼來，詢以雪澂先生遺稿，云有手定文稿八卷，又晚年讀書隨筆數卷，在張文襄幕代擬電稿，及生平服官公牘稿若干卷，擬求借抄副本，未見拒。

君九以孤本元明雜劇提要一册見贈。

病後閲新畺圖志，寫跋於册首。

又閲蒙兀兒史記。初閲本紀，以人名累贅爲難，改閲列傳。又閲西北三藩傳，漸漸容易。

借得陸星農先生八瓊室金石補正原稿，以備與刻本覈對。

桐廬袁忠節評點復堂日記初印六卷本，抉擇精當，糾正處足徵直諒。費十日之力，過録一通，今日始畢。每日不能多費目力，若在十年前，則兩三日之事耳。

閲盛大士蘊愫閣詩文集。晚年之詩，清剛而近自然，文筆頗遒上，識解亦卓。文集尚缺首二卷。

姚虞琴有呂晚村詩舊鈔本，閲一過。

閲蒙兀兒史記。初閲於地名、人名頗有難讀之嘆，繼閲西域諸傳及三藩地名通釋，再復讀本紀及列傳，便十得五六。此書出，新元史可廢，雖未竟其志，已爲不朽之作。孟心史敍尤可傳。十一月中旬開始，歷三個月始觀大概，尚未能全讀。

閲彭刻五代史校本。

閲魏稼孫評點復初齋文集，與周季貺往返商榷。即李以烜重修底本，舊爲抑之藏書。

閲彭注五代史畢。劉金門之孫咸校本，後有咸跋，略謂「書七十四卷，十六卷爲文勤病中倉卒所訂，餘五十八卷皆先宫保搜補薈萃，歷二十餘年，三易稿始成。道光壬辰，文勤嗣君一再索板去。嗣君旋没都中，市儈垂涎是版。洎同治九年，咸以重價贖歸，屬丁次郇、午峯兩廣文校對，置廚以藏之」云云。後又有丁午峯跋云：「是書係次郇三兄與午峯所考訂，訛誤太多；考訂之後，惜受庭方伯並未全行更正。今底本幸存，亦足自快。光緒廿九年午峯識。」受庭，咸字也。此校本爲淮安静思軒宋氏藏，倩起潛録一副。校勘之功甚細，有益於讀此書者。五代羣雄割據，前後五十餘年，歐史如一筆書，脈絡清晰，體例完善，可謂奇作。一人修史，除史遷而外，未有如之者也。徐無黨注即全書凡例，疑歐公自爲之，而託名無黨。此説似有先我言之者。十國羣雄，大半爲河南籍，其故安在？

閱弢園詞一卷，前署「光都史念祖作，漢軍趙爾巽刻，番禺梁鼎芬署」，又題「乙巳六月二十四日補厂叢書之二」。查日記，乙巳六月二十三，余隨次帥抵瀋陽，是時繩老居揚，節丈任武昌府，三人無緣合并。疑此爲節盦代次帥刻叢書，向所未聞，不知第一種所刻何書，恐無人能言之者矣。板式似湖北刻，記此待考。

閱河海崑崙録。西域戍卒霍丘裴景福著。

閱校禮堂集。凌仲子以賈人子潛心讀書，其天資之穎悟，非恒人所及。釋禮經之例，考燕樂之原，辨性理、慎獨、格物之真諦，皆戛戛獨造，堅不可破。駢文尤瑰麗傑出，得力於六朝任沈之文，骨幹堅凝，曲折奔放，無不盡之意，無不達之辭。同時諸公，惟顨軒可與頡頏，餘子皆瞠乎後矣。詩才與文相稱，少作尤雄傑。入寧國以後，循循規矩，翻遜於前。讀史亦有特識，蓋天資高也。詩文取材最審慎，鎔經鑄史，無猥雜語，讀之實獲我心。學古詩云：「文章無成法，達意即爲善。」又云：「吾心別有在，硜硜守經傳。」又云：「充學養以氣，事半功乃倍。」可知其作詩之旨。

閱周保緒介存齋詩。自敘歷道甘苦，詩境之變化，隨年而進，其筆勢如摩空健鶻，得於天者優也。卷二新樂府，敍述山東天理教攻陷曹滑情事，可作詩史讀。敍云：「劉韃子之後，其黨名虎尾鞭，土人更爲黨曰義和拳以拒之；別有紅甎會、瓦刀社，而八卦教最大，蔓延直隸、河南凡數百里」云云。此即義和團之緣起。紅甎後又訛爲紅莊。

閱董方立遺書，及移華館駢體文。水經圖説殘藁，所刻有説無圖，未免買櫝還珠。

閱晉略。此爲介存居士一生精力所聚，其全書之要删，在甲子、州郡、割據、執政、方鎮五表，尤以州郡表之體例爲最完善，執簡馭繁，使兩晉之形勢得失，一目了然，是乙部中不刊之作。每卷首叙述，喜學蔚宗文體，是其一蔽。此等複雜之叙述，應以簡練犀利之筆出之，方能曲折周到，若顧景范爲之，便可觀矣。

閱靳文襄奏疏。到任兩個月，即將治河全局分爲八疏，分别陳奏，自請限期三年，減估經費，定爲二百五十一萬兩。其任事血誠，規畫周到，有名臣氣象。文亦樸摯委婉，而勁氣直達，毫無修飾，讀之使人興奮，此真天地間至文也。與崔某駁論一疏及薦陳潢疏，尤有生氣。康熙至今三百年，自河道北徙以後，似乎文襄治河之策，已成明日黄花。但今日河又南遷矣，兵革不休，音信隔絶，江南之民，尚醉生夢死，數年淤積之後，一遇淫潦，將來下河昏墊之患，必更甚於康熙。今日與康熙不同者，無運漕之阻礙而已。測量之術，工程之學，今亦勝於古，所難者公忠體國之文襄，實心佐治之義友陳潢。倘得斯人而畀以事權，河患何足懼哉！

閱陔南池館遺集。上海喬重禧著，春暉堂本。磬鍾峯詩引：峯側石幢一鐫「床涵帛②」四字。考「床」，古「户」字，見説文。「②」爲武曌所造「日」字，見佩觿。餘無考。按峯在熱河，此四字是否遼文，俟考。「涸」當是「淵」字。

閲汪袞甫思玄堂詩。學義山而無晦澀之病，入後多應酬之作。又閲袞甫法言義疏，篤守師説，精能之至。胡綏老敍，尤屬知言。

閲陶勤肅奏稿。陸刊未全，寫一跋。閲河套圖志。故人張扶萬鵬一著，寫一跋。

壬午舊曆三月十五日爲項蘭生兄七十生日。是日適爲日本昭和天長節。同年冒鶴亭亦於是日七十，因撰一聯贈蘭生云：「遺民也有天長節，同日無忘冒廣生。」叔通丈見之云：「童心韓亦同日七十，不如易冒廣生爲童大年。」余意盧綰與高祖同日生，用「同日」兩字，而不點出「生」字，語意不完，因冒廣生有一「生」字，可以借用，如改童大年，應作「競走終輸童大年」，因童降生之時辰先於項也。記之以發一噱。

閲顧記溪悔過齋集。生平精力聚於學詩求是録三十四卷，後經重加訂正，成學詩詳説三十卷，别出其專論字句異同者爲正詁五卷。

閲詁經精舍文集。孫淵如撰詁經精舍題名碑記，載薦舉孝廉方正及古學識拔之士六十三名。高祖考燾莽公名列第二，尚用原名上之下純，案係古學識拔之士。

汪頌閣文家藏小米先生殘稿，一經典釋文補條例，一借閒隨筆，均考證經史之碎金，借來録副。抄竣，始知振綺堂已刻。

汪穰卿丈有友朋投贈詩翰册，内載夏穗卿丈七律六章，録下：

甲午九月送毅白南歸毅白，穰卿别號。

燕市歌闌酒半醺，烽烟如此況離羣。馬頭風雨連紅樹，篴裏關山望白雲。三疊悠揚將進酒，九州容易入斜曛。江湖斷梗藩籠翼，一哭生平負典墳。黄雲白草釀秋情，萬感茫茫對酒成。一自憑陵闞白甲，騷然辛苦朔方兵。餘皇失策無長鬣，右校求封有少卿。樓閣金銀禽獸白，神山今日恨分明。豐沛由來拱帝畿，接天雲起應昌期。連雞失計開新局，聚米無謀覆舊棋。白雁横空亡鎖鑰，黑龍何日鎮支祈。淩烟將相今何在，萬里秋風入鼓鼙。長江直貫中原下，兩岸青山挽不留。大澤幾人書帛待，庸奴循例處堂遊。金錢日見歸鞮譯，兵氣宵來接斗牛。太息湘淮龍虎地，從來借箸貴先籌。乞食長安又一年，鶉衣狗馬鎮相憐。青山無地容沮溺，白髮憂天託管絃。舊恨新愁燕市筑，白蘋紅蓼故鄉船。江湖滿地秋如海，此去歸程好著鞭。鈞天帝醉誰從問，紅燭光寒各自愁。繾綣驪歌憑夕照，沈吟龍戰老扁舟。觀河歲月歸青史，嚇鼠功名惜黑頭。用舍皆窮惟我爾，片帆開已愧沙鷗。

又憶夏丈有和陳杏孫昌紳登岱詩，並記之：

扶輿旁薄五億步，今古蒼茫七十君。何日峯頭共登眺，石牀卧看出山雲。

季孺自訂年譜，屬題辭。

閲廖季平全集，詞鋒汗漫，驟不得其要領。廖氏學説以整理内經、靈樞，辨脈經之僞，難經之誤，訂正「三部分配兩手」之非，證明「人寸對待診尺」爲「診皮」之誤，三焦主水瀆與膀胱互易其位，爲後人所顛倒，皆確有依據，剖析入微，爲醫經之功臣。蓋宗命理初、黄元同之舊説，又能引申之者。至説經之書，如謂「無思不服」「思」即「詩」字，毛詩左右采、流，即王制千里外之采、流，則過於附會，入魔道矣。

閲董綬金所草嘉業堂書目提要稿本六巨册。明人集部，頗爲宏富，聞已在港失去，可惜之至。永樂大典四十册細目，爲六册之一，此物已歸大連圖書館，空存一目而已。

夙疑方輿紀要一書未列入禁燬書目。頃閲程綿莊青溪文集續編紀方輿紀要始末，於是恍然。此篇當抄入顧書册首，以增重要史料。

閲陶樓存稿。印於陶樓文鈔之前，不多見。

閲敬孚類稿。讀書多而論事平，語語著實，無桐城派習氣。

閲嘉定王元增輯刊先澤殘存正續編。係王西莊來孫。此人民國初年在北京創辦第一監獄，極有成績，當時深佩其人，不知爲西莊嫡嗣也。

程綿莊與方望溪書，力言新刊文集所附諸人評語之當刪。敬孚稿言程崟初刻本，後有評語，續印則刪去，當是青溪反對之影響。

凡將草堂藏書之抄校本，尚有杜文瀾本詞律，經譚復堂、許榆園、沈蒙叔、張韻梅四人細校，榆園題識，志在刊刻，後竟未果。是爲佳書，其外似無多精騎矣。

閱紫竹山房詩集。卷十一爲葉登南明府題同年趙學齋大鯨遺墨：「義門妙墨宗登善，絶世風流在及門。（義門先生真行書甲於本朝，學齋其高弟。）尺錦片雲遺跡在，有人端拜與招魂。」「平生此癖頗隨肩，三尺埋文十七年。自謂過之仍不及，頻揩老眼涕潸然。」按原卷尚存，有數字小異，當抄入先友詩翰卷中。

閱丁宗洛大戴禮管箋、逸周書管箋。有獨到之見，刻本頗罕見。

久不購書。郭石麒來，持瞿刻石田詩文鈔，索價六百元，係從同行販來。石麒新丁母憂，甚貧，且原店已解散，所索爲原價，不過賺六十元，即留之，以時價論，不爲昂。昔年索四百元，未留也。

連日閱沈東甫新舊唐書合鈔。看似容易，實精心結撰之佳書也。

館中新鈔吹豳録，余任校對，每日一兩卷，略識樂律源流。數十年爲門外漢，故兩逢此書抄本，皆未留，以後當補過。

閱辛壬春秋。行唐尚君著，極翔實，而有弦外音，近代之良史，必可傳。

吴向之同年著明代通鑑長編九百四十卷，以明實録爲本，兼收明人著述文集等幾及百種，寫稿已定，誠巨製也。意欲易米，以聯鈔一萬爲鵠，苦力微不能舉。

甘月樵同年（鵬雲）著有崇雅堂叢書、崇雅堂碑考，坊間無之，致函覓之，託其請求贈一部，不知斯人尚健否，已八十一矣。

校吹豳録至廿一卷訖，尚有廿八卷未校。此書體大思精，極平極實，讀之不厭。聞李玄伯有精鈔本，程瑶田校一卷，餘爲朱朗齋校，欲售儲券四千元，借而未允。

得袁忠節公日記及文稿共十一册。郭石麒來，聞桐廬故居已劫洗一空，流出所見者僅此。

明歲正月，仲恕丈七十，預壽長律廿一韻祝之，頗肖其生平。

漸西村人稿理竟，計得日記五册：一同治十一年至十三年；二光緒庚辰冬至辛巳五月；三辛巳五月至十月；四甲申春至九月；五甲申十月至乙酉二月。又忘適齋視草一册，作於癸未、甲申之際，可補入日記。又袁氏續正論一册，係同治壬申以前自定文稿。又丁酉草一册，乙未草一册，皆與友朋簡牘，亦有詩文稿，可補日記。詩稿采入刻本者甚少，文稿則皆未刊。

喬景熹攜示說文解字補義殘稿，第四、第十二卷不全，第五卷全，餘皆闕。明包希魯撰。乾嘉時人抄本，小篆甚精，楷書亦沈著，頗似孫淵如，惜無署名，鈐印曰「招勇將軍曾孫」，俟考。

由津寄到蜕翁遺物有南田畫册十二幀，精微超淡，百讀不厭。五十年前即見此册，忽然到眼，愉快之極。

向之以所著江蘇備志六十四卷見贈，酬以二千元。窮老弄筆，臣朔常飢，可歎也。

讀青溪遺稿，康熙兩刻本：一其子刻，一其孫刻，皆廿八卷。除題畫詩外，無甚關係之作。

閱小爾雅義證。涇胡世琦稿本，未刊。經段茂堂校改。又有校簽，未知何人，不知是否胡墨莊筆。

叔祖伯臯公於今晨壬午臘月十八仙逝，享壽七十九歲，是爲余族中最尊者。在雲南提學使任内，值革命，吞金遇救不殊，旅滬以賣字自給，究心宋儒書，兼及釋典，有文稿寫定待刊。作一挽聯。身後蕭條，兩子皆在内地，僅得自活，頗費周章矣。

閱葉鞠裳先生治廧室書目，載伏羌縣志，乾隆三十五年修。葉芝與六世叔祖香祖公原名相同，香祖公以内閣中書充武英殿分校，國史館、四庫館纂修，論其年代，正屬相符，承修伏羌志亦合情理，借别無佐證，當設法借原書查考之。

讀袁忠節殘存文稿，與前得日記可聯貫。

姚稷臣文倬有日記，在其孫孝曾手中。借得四册，皆雲南學政任内事，名蟫廬日記。甲午、乙未、丙申皆在滇，末一册已亥，已調粤，任大學堂監督。記中所列皆故人，生存者甚少。

穰梨館舊藏墨井道人松壑鳴泉，仿山樵墨法山水一幢，適爲余所見，以爲價廉貨真，以一萬儲幣得之。未久，即有喧傳其事者，不能終祕矣。老友徐作梅相識四十餘年，不知其收藏佳畫，前日談及，知兩罍軒古畫爲渠所得者一百餘件，約期觀覽。此事相遇與否，不可捉摸，所謂其來也適然，其去也適然，謂爲前定，則誰主之耶？

姚石子代向王培孫借到伏羌縣志，纂修者乃莊浪葉芝，乾隆壬申舉人，與香祖公同名，時代亦略同。

讀王益吾先生虚受堂集。詩工力頗深，尤長琢句。書札二卷，與張小浦駁難貝納賜案，如見光宣間湘紳新舊水火形勢。要之葵園著作等身，學問賅博，非葉焕彬、孔憲教所可比擬，不能韜晦養望，且喜干預省政，究未脱湘紳結習耳。

閲小酉腴山房集。沅陵吴大廷桐雲著。受胡文忠薦，入李希庵戎幕；後爲左文襄所知，調入浙，隨入閩，任福鹽道，調臺灣道；又爲沈文肅調入船政局，蓋同光間幹濟才也。論事切實而知治道，詩亦遒勁。閲遂初堂詩集，歙何數峯請撰。前有吴山尊、江鄭堂序，頗推重之，兹將江序録後，可補入年譜。

數峯先生掉鞅詞場，垂三十餘年。當乾隆朝，蘭泉、笥河兩夫子主盟壇坫，天下奉爲宗匠。藩是時年甫弱冠，隅坐侍側，聞兩夫子稱先生之詩不去口。嘉慶二十年秋，邂逅廣陵，得盡讀遂初堂集，始知兩夫子之言不我欺也。先生之詩，出唐入宋，不矜才，不使氣，在從容閑暇之際，不爲無病之呻吟，處窮困抑鬱之時，不作有激之叫嘵。即詩以觀人，可以知其品節之高矣。先生不以藩爲譾陋，囑校文字。嗟乎！三十餘年舊友，落落如晨星，昔日小友如藩者，亦兩髩蒼然。白頭老人商榷此冷淡生活，良可悲也。

夜讀遂初堂集

一卷仙音消永夜，每逢佳處輒高歌。賜環不渡伊犂水，磨盾曾當曳落河。絲竹愁來豪興減，篇章老去感懷多。閉門覓句南窗下，坐困詩魔與病魔。卅載聲華藉甚時，海南燕北繫人思。蠻衣好織都官句，佛藏應收太傅詩。世上炎涼君莫問，此中甘苦我能知。可憐肰腎彫肝客，賺得秋霜兩鬢絲。　甘泉江藩跋并詩。

閱茶陵彭石原維新，康熙丙戌進士。墨香閣文集，道光二年家刊本。卷一重刻華陽國志序。蜀人李岷麓以舊版漫漶，覓得善本校勘譌闕，而重刻於金陵。按此刻本，未聞未見。

卷四種竹記：

繙竹譜諸書，有淺種、深種、密種、疏種之説，更以試之，而槁如故，疑書云誕也。江寧鄭炳文爲余種竹久不槁，竹萌競出，余問其故，曰：「仍是淺深疏密之説也。凡竹獨者，氣單弱不浹貫，必購叢居者，密種之謂也。竹根必受陽氣而平行，深則根鬱就腐，故地平發土，不得過四寸許，淺種之謂也。由是於地上壅以厚土，俾勿動揺，以固其基，此深種之謂也。雖然畏其偪也，每叢必視竹之多寡，爲相離之差，毋致葉盜露而根爭土，此則疏種之謂也。四者合，而後水土、時日、方位因之奏效；四者缺一，雖不槁亦必不茁。向者析而施之，槁也固宜，非書之不驗也。」

按上説頗精，是深有體驗者，故抄存之備用。

閱王侍郎奏議四卷，歙王茂蔭著。侍郎由御史升擢，咸豐初得寵眷甚深，後以諫臨幸御園一疏觸帝怒，不久即請告。七八年間上章數十，其中策兵事，論圜法，薦人才，尤注意於牧令，侃直切摯，無影響之談，無迂腐之論，是中興有數人物，惜嚮用未專，不能與成功諸賢輔相提並論。雖同治初起用爲御史，未久即世。所存奏議，係生前自輯本。此固抑塞磊落之奇才，其價值不在曾左下也。

閲明太祖御製文集。其中親自屬稿者必不少，如皇陵碑、江流賦，尤其著者。當時文學侍從之臣，與此半通之專制皇帝相處之難，可知。

沈子惇家本所刻書，一吴興長橋沈氏家集，尚有印本，向其後人乞得一部。一寄簃先生遺書，已有版無書，版存沈宅。一枕碧樓叢書，則已無版，或爲董綬金所取，故市間尚有印本。

吴興沈氏家集第二種春星草堂文集，爲子惇先生之父菁士觀察丙瑩所著。菁士觀察爲吾杭俞雲史先生焜之壻，雲史先生爲我高祖燾莽公之入室弟子。集中有行略一篇，於吾家頗有關係，節録入家譜。讀此篇，知我高祖文稿爲雲史先生所刻。我曾祖至彰德主晝錦書院，後以大挑知縣至河南，皆因雲史先生之噓植，因之吾祖亦以河南爲游宦之地，吾父又因之。不讀此篇，竟不知其淵源有自也。菁士先生星匏館隨筆，疏證俗語來歷，博洽有識，可與恒言録並傳。

閲有不爲齋集，江寧端木埰子疇著。敘張文毅芾守徽寧事甚詳，言文毅不但保徽，且有功於浙，後因浙絶其餉，遂束手無策。迨曾文正劾張，易以李次青，而徽遂不守。此事讀官文書不能悉其實情也。

諸君仲芳藏里堂家訓墨蹟手卷，借讀一過，蓋焦里堂於四十五六歲時，書付其子琥者。卷中論生平爲學爲文心得，平和篤實，語語扼要，共計二十九則。據揚州畫舫録載原有兩卷，現知一爲諸藏，一爲高吹萬所得。諸曾商高，願合爲一，高尚未允。光緒間吴丙湘刻入傳硯齋叢書，係在皖省抄得，當時尚未分散也。此節應抄入里堂年譜校本。

桂辛來書，抄示俞雪岑先生燿詩稿，與先祖倡和作甚多。曾入先祖商水幕。余家藏尚有俞先生手書詩稿一紙，係題朱蘭嵎墨菜圖五絶三首。

作潘博山傳，起草成，頗肖其爲人，結搆亦遒緊。

閲段氏説文解字注龔定盦父子批校本。目後定盦跋云：「自丙子冬十月起，辛巳春二月止。或加朱墨，或加朱，或加墨；或未加者，目治不手治也，皆有年月記之。共讀三周畢，其誤字則以紫筆鐵之。」下有「自珍讀過」朱文方印。第六篇上，定盦注云：「此篇係阮尚書先刻，故有讀。」第十篇上，卷首題云：「王懷祖先生比之段先生邱壑少，懃懃懇懇之意亦少，不僅遜其大義而已。」卷尾又題云：「吾今而的然知王懷祖之遠不如段先生也。知之焯，信之真，遠不如，遠不如也。噫難言哉！癸未四月杪記。大抵王無段之汁漿。」卷末記云：「外孫龔自珍讀三過，始於丙子，卒業於辛巳，凡六年，并記。」江沅後序又記云「假借之樞，又在聲音，未有聲不類而可假借者也。故王氏懷祖、伯申說經，皆以聲說之，是也。伯申，自珍師也。」末句又以墨筆塗去，改如下：「自珍撰段氏說文注發凡一卷，凡十五則，擬附刻於此序後。」孝拱批注甚多，於五篇下「贛」字校語後，題「外曾孫袗識」。楷書。餘則□□處極多，即定盦所評，亦有□□者。於段氏合韻最不滿，批云：「二字最蠻最黠，亦最拙，若見小子所述，當大快而毀此作也。」又屢云：「詳予書中。」六書音韻表後題云：「以詩分圁若本類，此易易耳。所難者漢唐人讀易俗字，類類不通。審音者，其必先審形乎？吾書雖寫定，然盡著其不合於本類之音，庶幾不欺後學，不自欺歟？讀公許書注，及此書，今歲四十年已，實有大不歉于心者。人壽幾何，知識無涯，前望後望，擲筆長嘆。」又題副葉云：「此書附說文注行，而版比說文注闊。同裝時說文注邊紙不留餘地，致此書線偪中心，閱之生悶。前書大人所屢閱動筆，此較役心手少，袗謹與戴氏點定本表同用，重裝置之一處。此尊手澤，彼便閱也。道光二十有四年七月丁丑裝成，手蹣，快志數字。」又題云：「咸豐三年十二月鄰火，闕十二篇、十四篇兩册」。下有「襘衣祖者」白文小方印，「孝拱之印」朱文大方印。此書徐積餘藏。

閱唐詩鼓吹，康熙刊本十卷。陳少章臨何義門批點，何又加批，陳又加箋釋。前有顧千里題識。只賸前六卷，後四卷以臨本配。王欣夫所藏，云是丁芝孫故物。

閱春秋繁露十七卷，明抄影宋本。每半葉十行，行十八字，前有樓郁序，後有胡榘跋。卷十三闕一、二兩頁，卷十二首頁闕廿四字。此係宋本原闕，明刊各本皆從此出，闕亦如之。涵芬樓藏。傳書堂故物。胡憲仲印，庚戌進士印。又兩京遺編本，每半頁九行，行十七字，亦涵芬樓物，孔洪谷借錢獻之校永樂大典本臨校，又以活字本王道焜本參校。書内有復校夾籤，引原本、抄本、叢書本，係洪谷之子傳栻所書。原本當指大典本，抄本當指聚珍本，叢書本當指漢魏本。卷六服制像第十四，第二行「故其可失者」，「失」校改「食」。書眉上注云：「明王道焜本作『故其可適者』，錢獻之以大典本校之，云古文適作『皀』，恐改『食』非是。」據此知錢校原本爲王道焜本。後跋云：「乾隆三十八年癸巳十一月借錢獻之校永樂大典本重校一過，凡四日訖。孔繼涵記於京師貝蔭胡同。」與武英殿本略校，知聚珍本可貴。

閱楚辭権，槜李陸時雍敍疏，明刊本，過録王文簡公評點，有長跋，已録入文簡年譜。涵芬樓燼餘書録認爲文簡手蹟，誤。另有杜詩會粹、戰國策兩種，亦列入文簡評點本，更誤。蓋此二種評語陋劣，間有訓詁，均違王氏家法，決非文簡所爲。因認楚辭権爲文簡手蹟，故誤以爲下二書亦文簡評點也。跋語有闕文，固已可笑，況其所下闕一行。筆削下闕兩字。

徒能移易其篇次。

讀抄本萬卷樓集，顧棟高復初撰。說經皆爲應制而作，論治河有卓見，惜抄多漏舛。景鄭藏殘稿二册，有復初自改之筆，知傳抄本，非定稿也。

桂辛書來，居然覓得營造彙刊三卷四期，從此所缺都全，爲之一快。心誠求之，仁遠乎哉！

編趙尚書奏議目録竟，未分卷，附趙大臣奏議目一卷。自去秋至今始寫成。

頃閲純常子枝語卷三云：「道光朝俄羅斯進呈書籍，今存總理衙門者凡六百八十本」。光緒乙酉余爲趙次山御史草奏請發出繙譯，旋總署覆奏，以爲舊書不如新書之詳備，俄書立論又不如英德法三國，可不必譯，事遂中止。據此知御史任内尚有漏落之奏稿。

吴向之同年廷夔自南京來訪，今年甲申十一月八十大慶，已較前龍鍾，記憶力尚未失，娓娓話舊。四十一年老友，重得握手，亦難得之事。起潛覓得向之自訂年譜寫本，至五十六歲止，當促其自續成之，亦佳話也。許我見贈方輿紀要續編十六卷，云已脱手，却未帶來。

毛彦文送來秉三遺著一册，順直河道改善建議案作於順直水利委員會裁撤之際，井然有計畫,佳書也。

擬輯秉三雜著,定名明志閣遺著,用叢書體編年,分爲若干種。另輯明志閣電稿、文存、詩存、詞存四種,大略盡之矣。

秉三遺著中有錦瑷鐵路關係文件,内有仍珠通信十通,難得之件也。

草熊秉三家傳畢。

閱秋蟪吟館詩鈔。擬爲仍珠草家傳,查其生年,生於咸豐丁巳。

數月來草亡友金君仍珠家傳,搜輯甚苦,以秋蟪吟館詩、端忠敏奏稿、光緒實録爲根據。又乞仲恕丈指示,至十一月初始脱稿。稿存合衆圖書館。所敍皆事實無虚搆,惟開復革職案,據傳聞,無書可證,尚須續訪。

卷盦藏書記

葉景葵　撰
柳和城　整理

卷盦藏書記目録

經部

演易……二七七
古文尚書九卷……二七七
禹貢匯疏十二卷……二七八
周禮疑義一卷儀禮疑義一卷……二七九
禮記正義七十卷……二八〇
禮記集説十六卷……二八〇
畢刻四種……二八〇
釋名八卷……二八一
説文解字篆韻譜五卷……二八一
説文解字徐氏繫傳四十卷……二八二
説文繫傳考異二十八卷附録二卷……二八三
大廣益會玉篇三十卷……二八四
廣韻五卷……二八五
增修互注禮部韻略五卷……二八五
韻補五卷……二八六
古今韻會舉要三十卷……二八七
鄭志三卷……二八七
一切經音義二十五卷……二八八
一切經音義二十五卷……二八八
讀書隨筆十二卷……二八八

史部……二九〇

史記正義一百三十卷……二九〇
三國志……二九一

國語二十一卷附補音三卷……二九一
戰國策十卷……二九二
國策十卷……二九三
宋季三朝政要六卷……二九三
帝王世紀八卷……二九三
宋丞相李忠定公奏議六十九卷
附録九卷……二九四
水經注四十卷……二九四
水經注釋四十卷附録二卷……二九四
邦畿水利集説四卷九十九淀考
一卷……二九五
遊志續編……二九六
徐霞客遊記……二九六
通典二百卷……二九七
五代會要三十卷……二九八
慈雲樓藏書志……二九九
金石萃編補正二卷……三〇一
閲史郄視五卷……三〇二
廿一史彈詞注三卷……三〇三

子部

……三〇四
孔子家語十卷……三〇四
孔子家語十卷……三〇六
孔叢子三卷　鬼谷子一卷……三〇六
五臣音注揚子法言十卷……三〇七
列子釋文二卷……三〇八
列子釋文考異……三〇八
沖虛至德真經八卷……三〇八
南華真經十卷……三〇九
亢倉子九篇……三一〇
墨子十五卷……三一〇
韜略世法……三一一
致富奇書二卷……三一二
吕氏春秋二十六卷……三一二

學林十卷……三一三
西溪叢語二卷……三一三
二老堂雜志五卷附近體樂府一卷……三一三
南村輟耕録三十卷……三一四
丹鉛綜録二十七卷……三一四
洛陽縉紳舊聞記五卷……三一五
古今逸史四十二種……三一五
選擇曆書……三一六
新刊黄帝内經靈樞二十四卷……三一七
脈經十卷……三一七
脈經十卷……三一八
經史秘匯……三一九
經史證類大觀本草三十一卷本草衍義二十卷……三二〇
重刊巢氏諸病源候總論五十卷……三二〇
難經本義上下卷……三二一
新編西方子明堂灸經八卷……三二一
外臺秘要方四十卷……三二二
攝生衆妙方十一卷急救良方二卷……三二三
衛生寶鑒二十四卷補遺一卷……三二三
東垣十書……三二三
事類賦三十卷……三二五

集部……三二七
陶淵明文集十卷……三二七
陸士龍集四卷……三二七
謝靈運詩集二卷……三二八
陳伯玉文集十卷附録一卷……三二九
分類補注李太白集二十五卷……三三〇
集千家注杜工部詩集二十卷文集二卷……三三一
增廣注釋音辯唐柳先生集四十三

卷別集一卷外集一卷附録一卷……三三一
笠澤叢書四卷補遺一卷……三三二
元氏長慶集六十卷補遺六卷白氏長慶集七十一卷……三三二
劉賓客集三十卷外集十卷……三三三
岑嘉州集八卷……三三三
韋蘇州集十卷拾遺一卷……三三四
孟浩然集四卷……三三七
樊川文集二十卷別集一卷外集一卷……三三八
賈長江集十卷……三三八
孟東野詩集十卷……三三八
增廣音注唐郢州刺史丁卯詩集二卷……三三九
李義山文集十卷……三三九
王黄州小畜集三十卷……三四〇
重校宋王黄州小畜集三十卷……三四〇
河南穆公集三卷附遺事……三四一
河南集三卷附遺事……三四二
河南先生文集二十七卷附録一卷……三四二
歐陽文忠公全集一百五十八卷……三四三
南豐先生元豐類稿五十一卷……三四三
豫章黄先生文集九十七卷……三四四
東萊先生詩集二十卷……三四四
謝幼槃文集十卷……三四五
張文潛文集十三卷……三四六
釣磯詩集四卷……三四六
遺山先生詩集二十卷……三四八
通藝録……三四八
蛻庵詩集四卷……三四九
菉竹堂稿八卷……三五〇
吕涇野先生文集卅八卷……三五二

洹詞十二卷……三五二
天目先生集二十一卷附録郭迭卿
江藩哀録答大司馬張公書……三五三
耄年録九卷……三五三
炳燭齋集不分卷……三五四
琴張子螢芝集五卷……三五四
六家文選六十卷……三五四
文選六十卷……三五四
文粹一百卷……三五八
松陵集十卷……三六〇
古樂府十卷……三六〇
六朝聲偶集七卷……三六一
唐僧弘秀集不分卷……三六一
西湖遊詠一卷……三六一
花間集十二卷補二卷……三六二
樂府雅詞二卷拾遺二卷……三六二
晚香室詞選八卷……三六三
葉先生詩話三卷……三六三
剡溪詩話一卷……三六四
歲寒堂詩話一卷……三六四
蒼崖先生金石例十卷……三六五

經部

演易 錢竹汀手稿本

集經史中易筮五十餘事，以京氏易傳法演之，間有説解，首尾完具，末又附録八條，似爲未成之書。曾請觀堂先生審定，後有題記。全稿皆爲錢氏手書，精整可愛，惟演易之名下署「芸花生」，似爲後人所題。

古文尚書九卷 楊惺吾覆寫日本古鈔本

卷首題記云：「此古文尚書古鈔本，存第一、第二、第七、第八、第九、第十、第十一、第十二、第十三。末有天正第六六月吉秀園記。每半頁九行，行二十字。以森立之訪古志照之，此第七、第八、第十一、第十二、第十三册，即容安書院所藏；其第一、第二、第九、第十二册，則守敬從日本市上得之。相其筆跡格式，的爲一書，不知何時散落。其中古字與山井鼎七經孟子考文所載古本合。其第一卷序後直接古文尚書帝堯第一，不別題

『尚書卷第二』，蓋合安國序。同卷與唐石經合。宋以下序後別題『尚書卷第二』五字，非也。仲弢學士見而愛之，囑爲覆寫，以此未經衛包所改之書，當爲至寶。余謂今人以經典釋文覈山井鼎之書，往往不合，遂疑日本古鈔爲不足據。不知釋文已經宋陳鄂改亂，非陸氏之舊。阮文達作校勘記亦未悟及此。是當與學士重商之。光緒癸卯二月，楊守敬記。」

「楊印守敬」白文方、「鄰蘇園藏書印」朱文大方。

敦煌唐寫本尚書顧命九行半，羅叔言影印後跋云：「予得見天寶以前未改字尚書，蓋自此九行有半始。厥後又得敦煌本夏書四篇、商書七篇影本。又得唐寫本周書泰誓至武成五篇。又得周書洪範以下五篇。復於亡友楊星吾舍人處，影寫商書盤庚上至微子九篇。既先後印行矣，而深以所見未逾半爲恨。又閱楊舍人日本訪書志，記所藏尚有古寫本第一、二及第七至第十三，凡九卷。舍人在往昔未嘗以告余，今舍人已亡，所藏不啻與之俱亡，尤爲憾也。」云云。此即叔言未見之本，雖係覆寫，亦可珍已。

禹貢匯疏十二卷　吴興茅瑞徵著　崇禎壬申刊本

申紹芳序，凡例十二則，考略，圖經上下，冀、兗、青、徐、揚、荊、豫、梁、雍各一卷，導山一卷，導水一卷，「九州攸同」至末一卷，別録一卷。

周禮疑義一卷儀禮疑義一卷

仁和吴廷華初稿殘本

周禮疑義序，題雍正十一年。

凡例，統二禮而言。

陳孔時周禮疑義跋。陳爲吴之甥，題雍正癸丑。

儀禮疑義序，題雍正十三年，前頁殘缺。

按此書向無刊本。張月霄從何夢華家録得副本，計周禮疑義四十四卷、儀禮疑義五十卷、禮記疑義七十二卷，編入詒經堂續經解。其寫本爲涵芬樓所得，辛未倭亂，付之一炬。惟周禮疑義因北平圖書館借抄得免於厄。儀禮、禮記兩疑義，則不知人間尚有抄本否。此本雖係叢殘，然爲吾鄉先哲未刊之遺著，序文、凡例述著書宗旨甚詳，未爲輕棄也。愛日精廬藏書志載二禮序文，與此稿字句不同。此稿周禮疑義作三十二卷，儀禮疑義作四十卷，其卷數少於張氏抄本，且序文字句有修改痕跡，可證此稿在前，張抄本在後。稿中改定字句，又可證謄清以後著者曾隨時修正，陳孔時序又係另紙抄附。是此本爲吴氏初稿無疑也。

周禮疑義序、張志「仁和」誤作「錢唐」。

「唐印天溥」白文方、「臣模之印」白文方、「梧生」朱文方。

禮記正義七十卷 南海潘氏珂羅版影印北宋黄唐本

桐城光氏過録吴志忠臨惠松崖校本，并惠半農、惠松崖、江艮庭、段懋堂、戴東原、臧庸堂諸家按語。余以潘刻藍印本向文禄堂易得之。

禮記集説十六卷 元陳澔撰　明正統十二年司禮監刊本

郘目稱五經四書集注以此刻本爲最善。

畢刻四種 新安畢效欽刊

爾雅三卷，埤雅二十卷，爾雅翼三十二卷，廣雅十卷。

前有刊二雅自叙，作於嘉靖昭陽大淵獻嘉靖四十二年癸亥。又後刊二雅自叙末數行闕，無年月。蓋刊於奉新邑署。先刊爾雅及埤雅，繼得爾雅翼，最後得廣雅，故有「並獲四雅，刻之齋中」云云。畢氏又刊釋名，郎奎金合而刻之，改釋名曰逸雅，於是有「五雅」之稱。

「王嵩高印」白文方、「少林甫」白文方、「癸未進士」朱文方、「白田王氏珍藏」白文方、「寶德堂藏書」朱文長方。

好古堂書目姚際恒「爾雅」類「五雅」後，有博古全雅，内分爾雅、釋名、廣雅、爾雅翼、埤雅五種，未知是何人刻本。

釋名八卷 明畢效欽刊本

八千卷樓藏胡文煥刊本，重論文齋以殘宋本校改誤字。如「天垣也」之「垣」，胡本誤「坦」；「風踧口」之「踧」，誤「啾」；「人所盛咆」之「咆」，誤「砲」；「旦而日光後伸見也」之「伸」，誤「似」；「厲疾氣也」之「厲」，誤「原」；「其體底下載萬物也」之「萬」，誤「易」；「今兖州人謂澤日掌也」之「澤」，誤「釋」；「渚遮也」之「遮」，誤「庶」。今校此本皆不誤，與宋本同。

説文解字篆韻譜五卷 明巡撫李顯刊本

前有徐鉉序，後有重刊篆韻序，缺其後半，未知何人所作。

「啓南」朱文方、「布衣之士」白文方、「山陰柯溪李氏圖籍」白文方、「時進私印」白文方、「盈科」朱文方。

李宏信題記云：「癸酉夏五得説文篆韻譜，質之鮑丈渌飲，云：『余所見惟小山吴氏藏本，即此刻。』時鮑丈賞舉人，在武林舟次趲呈叢書廿六集也。李調元函海本無後序，是以無從補正。字畫纖漫，似從此本影鈔付刊，未經名手繕寫，校之此刻有天淵之分。書賈删年月、序人，贗充宋本。疑竹垞本後序亦删，須明人文集中求之。」按癸酉爲乾隆十八年。

邵亭云函海本行款與李本同，蓋即出李本，與李本題記合。

説文解字徐氏繫傳四十卷　壽陽祁氏刊本

王菉友以朱竹君影宋抄本校。何蝯叟手録王校。張石洲舊藏。菉友前跋兩則，歷舉顧千里校刻時私改之失。當另抄附後[一]又有陳頌南題記一則：「蝯叟未署名，亦無印記，而石洲印記鈐於字跡之上，則書者必與石洲同時。且楷法精善，篆文尤工。吾友譚大武澤闓藏蝯叟書最富，謂係早年在翰林館時所書，當可信也。」已經證明的係蝯叟書。

説文繫傳考異二十八卷附録二卷 朱朗齋文藻稿本

自跋云：「徐鍇繫傳，流傳蓋鮮。吾杭郁陛宣藏抄本，昨謁朱丈文游，借得此書，歸而録之。取郁本對勘，訛闕之處二本多同，其不同者十數而已。正訛補缺，無可疑者，不復致説。其與今説文互異，及引用諸書與今本異者，並爲録出，作考異二十八篇。又采諸書別爲附録二篇。是書傳寫所本當出宋槧。書經周歲抄畢，藏之汪氏振綺堂。其考異、附録等篇，更録一通，隨原書歸吴下。乾隆庚子小寒朱文藻識。」

葉面題識如下：「嘉定陳氏深柳居藏，嘉慶乙丑得於禾興。此本向未付梓，近日杭州瞿穎山從嘉定瞿氏借鈔，已付梓，尚未刊行。」

按瞿穎山世瑛於道光丁酉刊説文繫傳考異四卷，題汪憲撰，所謂清吟閣刊本也。朗齋未見宋刻本，所得郁氏、朱氏兩本皆依宋鈔，故據鈔本作考異。汪魚亭又據新安汪氏刊本改正鈔本之誤，其所據鈔本當即朗齋傳録朱文游本（魚亭據汪刊本作考異，係小渌天庵孫氏説。）意者朗齋未將考異與附録鈔存振綺堂，故穎山又向瞿氏借鈔歟。魚亭據汪本校正，訂爲四卷，自較朗齋原稿精密，故穎山付刊但題魚亭之名，不復題朗齋之名矣。後來祁氏校刻宋本，亦附考異，更較魚亭爲密。惟此爲吾杭先哲寫定之稿，其與繫傳校勘有篳路藍縷之功，故購而藏之。

鈔本中縫上方題「菜根軒雜録」五字。卷中朱墨校正，當是朗齋手筆。又有他人題「皕宋樓藏書志卷十三載：「説文繫傳，舊抄稿本，後有朗齋致朱文游書。」又有他人題記云：「浙江采集遺書總録：説文繫傳考異四卷振綺堂寫本，國朝主事汪憲撰。」「丁氏小疋手跋曰：『初見此跋，心疑即朱君所撰書也。今詢朱君，果如余所料，忭喜者累日。輦下諸公傳抄者，並署朱君名，不復知有嫁名汪主政事，乃據吳门副本耳。』」據此，則朗齋原著一併抄存振綺堂，汪主事獻書時已易己名以進。其時朗齋正館於汪氏也。前説非是。

壬申二月又記。

大廣益會玉篇三十卷 明内府刊本

大中祥符六年牒文。原序。進玉篇啓。總目。玉篇廣韻指南。

「五峰朱氏收藏」朱文長方、「江陰李氏珍藏」朱文方，又有靖江劉氏小萬卷書樓、緑埜書屋諸藏印。

廣韻五卷 明内府刊本

陳州司馬孫愐唐韻序。

顧刊本出於此本。觀堂先生謂，此本出於元圓沙書院本。各藏印與玉篇同。「五峰朱氏收藏」印，重裝時已釘入線内護葉裏面。有康熙四十四年江陰縣清賦推票收票，上蓋江陰縣印，必爲重裝時所加。五峰朱氏當爲清初收藏家。

增修互注禮部韻略五卷

桂未谷傳抄程魚門宋本，又手校一過，繫以跋語云：「曩在京師借鈔程魚門本，後見翁覃溪買得前明刻本，未及校理。此韻於羣書多所考訂，遠勝今所行禮部韻。所引説文與廣韻、集韻間有不同，蓋所據者善本也。今諸韻俱已開板，此猶闕如。安得好事者爲之，永其傳也。乾隆丙午冬桂馥書。」

封面題「增韻某聲，借鈔程魚門所藏宋本。丙午十月未谷追記」。

書眉朱墨校語，皆未谷手書。

未谷未記宋本行款，惟每行各字蟬聯而下，不空格，不分排，標題下父子並列兩行，必係原式如此。抄本每半葉十行，每行小字二十八。但叙文第一葉係重抄，改爲半葉十一行，而將第二葉首兩行删去。疑宋本係半葉十一行，每行小字二十八，故重抄第一葉以表示宋本行款。果爾，則與皕宋樓著述之本無異，即藏園所謂實爲元刊者矣。

惟十九「鐸霩」字下注御名同音，與藏園所得嘉定刻本同。且廟諱御名字樣均空一格，則實爲寧宗時刊本，未知皕宋本與此同否。當覓借海虞瞿氏藏本一參證之。

各字注下凡今圈、今正、增入、重增、晁曰、居正曰諸字，皆作朱書。原本倘係黑地白文，則又爲宋刻之證。當覓借北平圖書館所藏宋刊本一參證之。朱書或是未谷手跡。全書内亦有未谷自抄者，如「入聲韻目」，絶似手書。去聲缺韻目及「一送」前半，當設法補抄。要之原本無論爲宋爲元，而是本經未谷精校，是正頗多，又有校正説文數處，爲此書增重價值不尠。

是書有崇禹舲藏印。

韻補五卷　毛子會際盛鈔校本

跋云：「余向藏吴才老宋槧韻補，爲人竊去。今得鈔本，如睹故人，借鈔忽遽，誤字頗多。手校一過，正其六七，尚有難通處，俟覓善本再校。乙巳九月毛子會校。」

「毛印際盛」白文、「子會」朱文、「藜校堂珍藏印」白文方。

毛際盛，嘉定人，著有說文解字述誼一卷、說文新附通誼一卷、開成石經考異一卷、山邨子文稿四卷、雪坪詩草八卷。見黃漱蘭江南徵書文牘。

以王文村校宋本過録訖。癸酉春。

古今韻會舉要三十卷 昭武黃公紹直翁編輯 昭武熊忠子中舉要 嘉靖江西提學李愚谷刊本

前有崧少山人張鯤序，次廬陵劉辰翁序。附劉儲秀跋。次凡例，次禮部韻略七音三十六母通考。

「紹廉經眼」白文方。

善本書室藏書志所記有熊忠自序，又至順二年文宗敕應奉翰林余謙校正，索求魯序。此本均無之。

鄭志三卷 武英殿聚珍板原本 吴槎客臨盧抱經校本

詳見拜經樓題跋記卷一。陳仲魚復校，後有題記。

此書由唐鷂安轉歸吴石蓮散出。封面、卷尾均有鷂安題字。

「精校善本得者珍之」朱文長方、「陳鱣」白文方、「仲魚」朱文方、「海豐吴重熹印」白文方、「江山劉履芬觀」朱文長方。

一切經音義二十五卷 浙局重刊莊氏本　附華嚴經音義二卷

前人過録臧拜經校，後有題記爲書估滅去，僞充李越縵傳録本。余考拜經文集，定爲臧録抱經校本。後又有得一傳校本，爲莫楚生舊藏，較此本爲精，但亦有遺漏之校語而見於此本者此本遺漏亦有，故並存之，俾得臧校真相。

一切經音義二十五卷 武進莊氏原刻本（重刊道藏本）

前人過録臧拜經校，前有題記云：「此從東里盧抱經師所抄浙本，細校臧本，寔善於浙本，然臧本之誤，浙本往往不誤，得據以正之。辛亥十一月初九日庸堂記。」獨山莫氏舊藏。

讀書隨筆十二卷 婺源江慎修永稿本

卷一易、書、詩，卷二春秋，卷三周禮天官，卷四、五地官，卷六春官，卷七夏、秋官，卷

八、九考工記，卷十儀禮、禮記，卷十一學、庸、論、孟，卷十二雜說。

「小引」云：「經義如海，操蠡以勺，裒所記録，得十二卷。以經爲主，雜説附之。易學、禮學及步算、聲音、輿地之學有專書者，詳其本書，不盡采録。經說周禮獨多者，乾隆辛酉隨休寧程太史恂入都，時方開館修三禮，望溪先生爲總裁，吴太史紱及程太史佐之，方公虚懷下問，以周禮稿置永案頭，命指摘，辭不敢，再三委之，乃隨筆簽出。吴、程二公復采擇，而方公乃裁定焉。考工之名物，車制尤詳者，後人解説多失其義故也。乾隆二十五年二月朔日，婺源江永。」

此本從原稿傳抄，校勘極細密，有數卷以朱筆句讀。

慎修先生生於康熙二十年辛酉，卒於乾隆二十七年壬午，年八十二。此書寫定於乾隆二十五年，年已八十，爲晚年論定之作。有刊本分爲周禮疑義舉要及〇〇〇[二]二書。

史部

史記正義一百三十卷

明嘉靖四年金臺汪諒刊柯維熊校本

索隱序後紹興三年石公憲題記三行，此本已缺。柯刻本無石公憲題記，係警石先生之誤。目録後有長方題字如左：

明嘉靖四年乙酉

金臺汪諒氏刊行

每卷尾總計字數，此本無之。原缺一册。卷六秦始皇紀、卷七項羽紀劉鏞抄補。又列傳二十三至二十七，上端爛缺，未補全。此爲瑞安黄氏遺書，缺卷是否黄氏手抄，俟考。末有嘉靖六年莆田柯維熊跋。

三國志 魏志三十卷　蜀志十五卷　吴志二十卷　每葉廿四行行廿三字

明萬曆廿四年南雍祭酒馮夢楨刊本

馮序。黄汝良序。裴松之上三國志注表。

目録分上、中、下，後題「大明萬曆二十四年南京國子監鏤板」。上卷校正銜名十六行，中卷校正銜名一行，下卷校正一行，監刻一行。裴注亦大字，低正文一格。

馮序云：「隨行有宋本魏志，原缺吴、蜀，乃參監本手自校讎，隨付剞劂。」可知其行款一遵宋刻。小名在上，某書在中，大名在下。

「雲蘿書屋」朱文方。

藝風記云，與單行宋本吴志行款一律。

國語二十一卷附補音三卷 嘉靖五年陝西刊本

每半葉九行，行二十字。

韋昭序。

嘉靖唐龍序稱「侍御史兩山郭公觀風於秦，推其緒於是書，布諸學官」。又趙伸後序稱「郭公出善本，予遂請之提學唐公，於是檄華州吳學正嘉祥、韓城縣魏教諭琦枕於正學書院，黜聰覃力，逾三月而始校成」。

瞿目列正德本，謂「明刻往往以補音散見各條之下。此本尚是宋刊舊式，所列魯語補音誤字，與此嘉靖五年本同」。疑瞿目即嘉靖本之失去前後序者，以其字體似正德，故列爲正德本。抑此嘉靖本從正德本翻雕歟？

戰國策十卷　縉雲鮑彪校注　東陽吳師道重校　明初翻元至正本

首缺牒文。瞿目云，卷首有牒文亦缺，丁志亦無牒文。次劉向序。明徐渭抄補。鳴野山房題記云：「戰國策校注十卷六册，元槧本。卷四後署『至正乙巳前藍山書院山長劉鏞重校勘』一行。三、五、六卷後均有劉鏞一行。又十卷後署『平江路儒學徐照文校勘』一行。知徐本刊在至元前，而劉又重校勘者，首缺劉向序文，明徐渭手書補之。朱筆亦渭所點也。」

末卷缺一頁未補係耿延福序。

其餘均與江南圖書館至正本相合。惟改正之字，至正本作黑底白文，此本則外加墨框，且有重改正之處，故定爲明初翻至正本。聞瞿氏亦有至正本，俟覓借校對。

國策十卷 鮑彪注 嘉靖龔雷刊本

卷尾篆文木記一行:「嘉靖戊子後學吴門龔雷校刊。」全書評點句讀精審不苟,當是明代人手筆,至遲亦國初學者所爲。白棉紙精印,較前得鬱華閣藏本爲佳,前本已刊去木記。

宋季三朝政要六卷 舊鈔本 以元本校過

漢陽葉潤臣舊藏。内有據皇慶壬子本校改一條,未知是否出於葉氏。「漢陽葉氏」白文方,「葉氏名澧」、「潤臣」均朱文方,「寶芸齋」白文方。

帝王世紀八卷 武威張介侯澍編輯 原稿本

晉皇甫謐原著已佚,張君從各書輯録。凡斷章殘句見於他書所引,則裒而輯之,後注之,且必以士安以前所有之書注之。若年代地理,古書有不具者,不得已以後世書證之,要以合當日著述之意。詳見自序。

此稿未知已付刊否[三],俟考。二酉堂叢書無此種。宋翔鳳亦有輯本,已刊入浮溪精舍叢書。

宋丞相李忠定公奏議六十九卷附録九卷　明邵武縣知縣泰和蕭泮刊本

陳俊卿序。朱熹後序。結銜題「後學同郡畏庵朱欽匯校」一行，「文林郎邵武縣知縣泰和蕭泮繡梓」一行，「邵武縣儒學署教諭事嚴陵洪鼒校正」一行。卷末題「邵武縣縣丞吴興陸讓同刊」一行，「鄉耆李軒同校」一行。刊校人無序跋，未詳刊刻年月。板式字體似正德間，俟考。

水經注四十卷　康熙乙未歙縣項氏羣玉書堂本

前人朱筆臨何義門批校。又以墨筆録朱王孫本異文并朱箋之要者，因何校係朱本也。卷一有「沆」字朱文方印。藝風記西城别墅詩一卷，歸吴縣陸靖伯，有「沆」印朱文小印。未知即其人否。

水經注釋四十卷附録二卷　東潛趙氏原刊本

黄巖王子裳詠霓手校。先以殿本、大典本校，又以各史、各地志、各字書校正注文訛脱。始於同治二年三月，迄於戊辰閏四月，歷五年之久，用力甚勤。卷一後有記云：「從叙洋李氏假得是書，不揣固陋，思爲補掇。自辰至午，校第一卷竟。」大約初意擬爲補釋也。子裳著有函雅堂集四十卷，已刊行。

邦畿水利集説四卷九十九淀考一卷

元和沈聯芳蕺山編輯　傳抄原稿本

昔年從湖南王佩初購得此書。首卷有序而闕其後半，題仁和杭世駿輯。九十九淀考則有沈聯芳撰序，知爲沈之著作，以爲是兩書合抄。惟細考集説内容，知著者熟於直隸全境大小河川源流利病，以實地考察之所得筆之於書，語皆心得，非身爲民牧有年所者，不能道其隻字。堇浦生平無此經歷，決非堇浦所著，但苦無旁證。嗣檢傳書堂書目，有此原稿，題沈聯芳著，現歸東方圖書館。乃向張菊生先生假得之。詳細校讀，始知兩書皆沈著，題堇浦者，書估作僞也。今補抄沈弟欽裴序一篇，汪孟慈跋一則。又補録沈序後半。又有龔定庵圈點及校語，以朱筆照録。又將全書校對完善，正其訛字，補其闕文，愉快之至。原稿曾經陳碩甫收藏，擬付刊而未果。今得副本，當謀傳之久遠。校讀甫竟，東方圖書館竟於日軍開釁時，爲匪徒縱火焚毁時爲辛未臘月廿五日上午十一時，除宋元本、名抄名校已另存外，其餘全部被焚！劫數之大，殆甚於絳雲一炬。惟此書因借校未還，得免於難。余得完善之副本，而原稿亦幸存，書此以作紀念。

龔氏合兩書爲一，題作五卷。實則兩書非一時所著，自序甚明，應仍分爲二。傳書堂購之雙照樓，松鄰集中有校勘叙一篇。

遊志續編 南村居士陶宗儀　遲雲樓鈔本　勞季言手校　舊出錢叔寶鈔本

「木夫容館」朱方印，「勞格」「季言」兩印。

書口下有「遲雲樓定本」五字。適園藏書志五：萬卷堂藝文記一卷，舊抄本，書口有「遲雲樓定本」五字。

徐霞客遊記 乾隆以前精抄本　錢牧齋撰本傳　附囑仲昭刻遊記書

康熙己丑□〔四〕名時序。又庚寅重録序：「前抄出於宜興史氏，字多訛誤，又有删減易置處，亟爲改正添入，重録一過。」

後跋云：「霞客徐君所著遊記，卷帙甚煩，熟聞而未見。兹於乾隆癸卯歲三月廿有三日，偶向書賈問及，遂獲此抄本，大愜素志。但思抄是編者煞費苦心，慘淡經營，非半載不能辦，予則安享其成，所費又不多，豈不大幸！下略改亭□子記。」

板心有「蔬香亭清課」五字。「曾在姚古香處」朱文方、「□煙紅雨山房姚氏藏」朱文大方。

通典二百卷 明刊本　每半葉十行，行廿三字

李翰序。總目一卷。

卷一次行題「唐京兆杜佑君卿」。

序言後接子目，子目後接正文。

版心上方分門類中紀卷數，魚尾下紀葉數，又紀字數，亦有無字數者。字數下紀「田制上」、「田制下」之下，無分行小注，與王德溢本異即方獻夫作序者。

刻工姓名，有計、六、隆、劉正、贊、春、兵、山、文、吴福、五、奇、三、雲、段蓁、易諫、劉琦、劉卞、劉元、劉鎮、晏怡、計五、吴鑾、吴誠、國二、張宗寶、和一、周六、胡文、吴山、禾二、劉木、彭隆、周能、貴春、劉丙、易贊、王愷、吴昇、吴昂、余甫、吴成、吴升、劉雲、劉山、劉霞、劉朋、劉祥、劉他、劉順、吴玠、劉拱、付權、黄先、坤三、文四、王兵、王禾、付元、吴憲等字樣。

字體似嘉靖，行款甚舊，在方獻夫本之上，惜末卷失去一葉，正文缺二行，不知有無後

跋及刊刻人牌子。

邵亭云,明本有十行、行二十三字者,較李本少錯字。即此本也。

郎園藏本亦十行行廿三字,當即此本。志中誤以爲方獻夫本失去前序,大約未見方本耳。

五代會要三十卷

乾隆間吴敦復繡谷亭鈔本(有乾隆丙戌吴城題記)

「吴城」朱文方印、「敦復」白文長方印。

陸剛甫新刻五代會要跋:「聚珍本五代會要,凡錯簡一,皆連而爲一。其一,第十六卷祠部門『僧尼籍賬』内『無名』下,『今臣檢點』至『年月日』同者四百餘字,乃禮部門後唐天成三年和凝奏也。上接『未曾團奏』,下接『否委無虚謬』句,『者』字則後人妄增也,舊抄本不誤。卷二十一選事下『周廣順三年五月敕三選』及『未成功』下『開宿引納家狀』至『三月十五日過官』五百餘字,乃选限門周顯德五年吏部流内銓狀,上接『内曹十月内』,下接『畢三月三十日』云云。『功』字則後人所妄增也。抄本誤同。惟册府元龜六百三十四引不誤。蘇局重刻五代會要,陳辰田明經從余借抄本校訂卷十六之誤,已據抄本改正。惟卷二十一之誤,尚仍其舊,他日當遺書明經,改刻數頁,俾成完璧。抄本卷首王溥結銜,卷末校勘官宋璋銜名，文寬夫、施元之兩跋，皆聚珍本所無，今本刻附於後，善矣！惟王溥題名仍照聚珍本式，學者不得見宋本舊式，爲可惜也。」

今按吴氏抄本一一與陸氏所言相符，知舊抄源於宋槧也。此本見於藝風藏書記，後歸吴宛鄰。

慈雲樓藏書志

六十五册未分卷[五]　上海李筠嘉稿本　周中孚代撰

原稿經周氏手校。

顧千里題記云：「承示大著，鋪陳排比，富哉言乎！真可謂藏書、讀書兩陳其善矣。走雖未窺全部，已不勝贊歎欽服。但懸計卷帙未免過於重大，豈獨觀成匪易，即將來之刊印，以及日後購藏流行等類，恐皆較難。莫如變而通之，改從易簡，避去自來書目式樣，用趙明誠金石録例，先將六千部之目，每部下只用細字注時代、撰人及何本一行，分若干卷，列於前；後將每書按語擇其精華，做成跋體，不必部部有跋，亦不必跋跋自始至末，臚陳衍説，其無甚要緊及讀者自知，則置而勿論，亦分若干卷，列於後。通爲一書，約在百卷内，似於作者、觀者兩得其便，兼又可以徑而寡失也。辱大雅不棄，加以下問，故敢瞽言，尚望高明裁而教之。乙酉仲春元和顧千里拜識。」

龔定庵序,嘉慶二十五年六月。

以此稿與鄭堂讀書記校:

慈志十三册	爾雅	鄭記無
十四册	字書類	無
廿五册	地理類雜記	無
廿六册	地理類	無
廿七册	水利海防	無
廿八册	山志	無
廿九册、卅册	方志	無
卅一册	遊記、外紀	無
六十五册	釋家前半册	無

以上皆慈有鄭無。至兩本均有者亦有出入。往往一類中有數種,慈有鄭無,或鄭有慈無。又版本亦有不同者,未及細校。蓋鄭記是鄭堂窗下所讀書,而慈目則代居亭主人李筍香編次者也。

金石萃編補正二卷　方彦聞履籛著　原稿傳抄本

「右碑文五十種，方彦聞先生所録。於中州爲多，正萃編訛者若干，補其缺者若干。篇第未次序，蓋未成之書。寶山毛休復丈鈔其副，而屬志述爲校勘，並依時代編次之，補目於前，稍正其參錯。道光十九年武進黄志述記於暨陽書院。」

「昔少汀、少詹言，宋以後碑好者頗少，惟引李南澗一人爲同志。今讀此二册，凡宋、金、元各碑，一一手釋其文，纖悉無遺。彦聞先生可謂真知篤好矣。惜不起少詹見之。道光八年元和顧千里。」

「舅氏彦聞先生金石萃編補正二卷，黄仲孫志述重編次。此蓋從黄本重録者，用辨志書塾紙，則亦同肄業於李鳳臺之人。可知書額朱字或即李鳳臺書，光緒丙子假之仁和龔君宅耕校讀，因記。陽湖趙烈文。」

「天放樓」朱文大方、「曾爲徐紫珊所藏」朱文長、「陽湖趙烈文字惠父號能静僑於海虞築天放樓收藏文翰之記」朱文長。

閱史郄視五卷　蠡吾李恕谷塨原稿傳抄本

紅格紙抄。板心下方有「北學所見録」五字。

德州孫勷序。

自序康熙丁卯。

甑山錢煌跋。

東鄉樂渢跋。

石門吴涵跋。

自周至明撮舉史事，加以論斷，了然於歷代興衰治亂之原，而尤注意於兵事。其講學宗旨，最惡無用之學、無用之文；處之以躬行實踐爲主，所謂仕與學合，文與武合，而此一斑，可窺全豹。宜前後序跋諸人，均推崇備至也。

此係未刊稿本〔六〕。舊爲傳書堂所藏。

「漢磚亭藏」朱文方、「詠藻樓書畫之章」朱文長方。

廿一史彈詞注三卷 漢陽張氏稿本 殘存南北朝一卷隋唐一卷後五代一卷

此書爲朱竹垞藏本，著於康熙中葉。

楊升庵廿一史彈詞，漢陽張三異命其子仲璜作注，刊於康熙四十九年。仲璜自序謂「繙閲羣書，根究事跡，歷寒暑而注幾成，嗣是歸里暇日，猶數易稿」云云。此本當係未定之初稿，與刻本不同。刻本詳注方輿新舊沿革，而此本無之。所采史傳事跡，詳略各殊。升庵原文亦間有更改之處[七]。卷中旁注眉批，或係仲璜真跡，故雖殘本，亦收存之。

「小長蘆」朱文長印。

子部

孔子家語十卷 王肅注　明陸包山手寫稿本　惠定宇評點　王西莊跋

漢集家語序。包山證明四十四篇爲孔壁之舊。

孔安國傳略。包山云：「衍疏所稱，戴聖取裨禮經者，凡百有九條；劉向取爲説苑、新序者，凡百有二十三條。肅因猛而得此編之功，於是爲大。」

王肅序。

王鏊題辭。

刻家語題辭：「陸治曰：予觀王文恪公震澤長語，乃知近代所行之孔子家語未爲完書，而以魏王肅所注本爲得其傳。文恪幸見肅本，親爲校讎，將刻而未及。其仲子延素復將刻之，俾予考證而又未及。此編留予山中，然字多古文，而肅注綜博簡嚴，傳寫又多訛謬，未易通解，予恐其傳之本存而復失，魯魚之仍襲而益多也，乃校而梓焉。」下略

考證凡例十三條。

每篇古文辯義總目。

家語目録。

第十卷後附録孔子世家、孔子紀年。廟宇祠祭，正南面，賜田，蠲税役，襲封世宦，曲阜給灑掃，禁植採，拜謁獻官，法服祭器，賜樂，頒樂章，設拜祝，文甚詳備。

跋云：「余之知學也晚，而得此編又晚，考定甫成，而年已七十矣。而復難於親書，又一年而後書成。余豈老而忘倦，愚而好自用哉！念聖典之幸存者，重望述作於將來者深也，故並爲一帙，以備遺忘，至慎焉爾。後之得斯編者其慎保之。嘉靖甲子季冬，後學陸治識。」

又跋云：「余初考定王注，惟正其傳寫之訛謬，其文雖有繁而不要者，皆仍其舊。及登梓之時，重加考訂，間有不合經傳，而義不相蒙及辭之繁衍者，據而易之。則此本之所未備也，觀者又當以刻本爲正。後丙寅九月，陸治重題。」

王跋云：「此陸包山先生名治，字叔平所手録也。録成於前明嘉靖甲子，及今乾隆壬辰凡二百有九年，予始得而重加裝褙完好。披讀之下，知爲王肅注足本，未經删削者。包山以七十之年，猶手自蠅頭細書，先哲之好學如此。其中批評圈點，皆亡友惠松崖筆，尤堪玩味。予子孫其永永寶之毋失。」西莊王鳴盛識於金閶桐涇家塾，時中元日。」

又跋云:「讀後跋,則包山曾有刻本,予未之見。癸巳五月廿六日又識。」「紅豆邨莊」朱文大方、「春艸閑房」白文方、「春艸閑房手定」朱文方、「惠印周惕」白文方、「元龍」朱文方、「惠棟之印」白文方、「定宇」朱文方、「王鳴盛印」「西莊居士」皆白文方、「小房李山」朱文方印、「子孫永保」白文方印。

按,春艸閑房爲金孝章書齋名,見蘇州府志,在卧龍街西雙林巷。平津館記寫本琴史,有「春艸閑房手定」印。

孔子家語十卷 王肅注　日本太宰純增注　寬保二年江都書肆嵩山房刊本

以王肅注爲主,凡所增注皆加「增」字以别之,外加墨圈。寬保二年當乾隆七年。「紹廉經眼」白文方。

孔叢子三卷　鬼谷子一卷 萬曆四五年大梁李濂匯刊本

孔叢子題「儒家三」,鬼谷子題「縱横家一」,所刊必不止一種。孔叢子前有大梁李濂識語,題「丁丑夏日」,爲萬曆五年。緣督廬日記:購孔叢子一册,首有大梁李濂氏序,不審何時刊本。

前人以抄本校，並有批，所據孔叢子抄本爲七卷本，鬼谷子爲三卷本，皆善本也。

板心下方刊工姓名並記字數上方題萬曆四五年刊。

「查瑩圖書」白文方、「種芝山人」白文方、「竹南藏書」朱文方、「聽雨樓查氏有圻珍賞圖書」白文方。

五臣音注揚子法言十卷 明世德堂本 袁授階臨顧澗蘋校宋本

顧臨沈寶硯本，沈臨何義門本。何據宋槧李軌注本校，即秦刻所據治平監本也。何所據爲絳雲樓故物，顧澗蘋審爲亦治平監已修本。顧代秦撰序謂，以篋中何義門校本對勘，即傳録沈寶硯臨何校本也。余以秦刻與此校對勘，有不符之處數十條，已另紙記之。

宋咸序後進法言表、温公序及篇目張衡渾天儀、蘇項進儀象狀各一則，皆授階手抄補。

授階臨顧校訖，又借沈寶硯本復校。沈本藏於黃蕘翁家。後録顧跋，又從沈本録何跋之半。余從愛日精廬志以另紙補録於末。

「愛青山堂藏」朱文方。

列子釋文二卷

顧澗薲從袁氏貞節居道藏本抄出，以贈戈小蓮。後有戈跋。卷中有戈校。「袁卧雪庵印」白文方、「戈襄私印」白文方、「小蓮」朱文方、「戈載印」半朱半白文方、「順卿」朱文方、「半樹齋戈氏藏書之印」朱文方。

列子釋文考異 任大椿撰

顧澗薲傳抄本，以贈戈小蓮。有顧跋并戈校。戈小蓮藏印。戈順卿藏印。

沖虚至德真經八卷 明世德堂本

顧澗薲以北宋本校袁授階本，又以蕘翁校本復勘一過。目録及「臣向上表」，均授階手抄。

顧跋云：「張湛注列子，北宋槧本，不附釋文，本在陳景元前也。蕘翁以重價購之吴興賈人。抱經學士拾補中所區别間有未當者，得此正之。又宋槧本有舊音，亦前所未聞

也。授階袁君以此本命校一過，而藏於三硯齋。嘉慶丙辰十二月顧廣圻記。」〔八〕

袁跋云：「甲子二月又借蕘圃校本復勘一過。五硯主人記。」

余檢思適齋集及士禮居題跋記，證明黃、顧、袁互相借校之始末，皆在嘉慶元年一歲之内，已另紙抄附。

「愛青山堂藏」朱文方。

南華真經十卷 明世德堂本

袁授階臨顧抱沖校宋本。顧藏宋本曾經明初人校讀，抱沖過録於世德堂本。授階借臨之，並抄補篇目。明人原校分三十三篇，爲二百五十五章，悉依陳碧虛章句音義。所引諸家異文，如張本、文本、成本、李本、江南本、劉本，皆碧虛所已詳。惟又引元嘉本、別本，又有標一作者本，或作者皆碧虛所未見。抉擇謹嚴，句讀精審，極可寶重。

卷首抱沖題云：「宋本每行十五字，注三十字，未言每葉幾行，或爲每葉十六行，與世德堂本一式歟。」

近世所傳宋本，有續古逸叢書所印南北宋合璧本。聞又有安仁趙諫議宅本，爲陝西于氏所得。無錫孫氏作札記，曾引趙本，係每葉十八行，且與顧藏宋本多異文，則非一本可知。

「得此書費辛苦後之人其鑒我」白文長方、「仲魚圖象印」朱文長方、「愛青山堂藏」朱文長方、「海寧陳氏向山閣圖書」朱文長方、「鱣讀」白文長方。

袁跋云：「顧二抱沖家藏宋刻莊子十卷，曾經勘閱。是明初人手筆，惜不署名氏。抱沖欲廣其傳，校於世德堂刊本。予向借臨，日校一卷，旬日而卒業。乾隆乙卯四月十日吳郡袁廷檮識。」

亢倉子九篇 金城黃諫刊本

大黑口，十八行，行二十字。何粲注。黃諫音釋。末卷題「新刊亢倉子洞靈真經」。諫題後云：「南京國子監祭酒吳先生以此本寄余，且屬鏤板，遂加音釋，重録壽諸梓。蘭嵎道人金城黃諫書。」

墨子十五卷 明武林郎氏堂策檻刊本

凡例言，得江右芝城銅活字本重校刊。畢氏所見明刊本即此。大略與墨子閒詁對校，頗與吳鈔本相合，須細校方知。

韜略世法 存三卷 崇禎刊本

首卷題：「新編戚總兵家藏營陣圖説韜略世法卷之上，南兵科荆可棟繪圖，都御史張繼孟輯説」。

第二卷題：「新編大明一統地利險要韜略世法上卷，古閩武狀元陳廷對纂輯，豫章武解元吴起夔箋注」。

第三卷題：「新編大明一統九邊險要韜略世法下卷，練軍少詹徐光啓匯選，行邊經略王在晉評釋」。

第二卷之前，又有地利海防邊圖夷考，「小引」後題「行邊經略王在晉識」。蓋第二卷爲地利海防，第三卷爲邊圖夷考也。

營陣圖説題上卷，必尚有下卷，已闕。北大圖書館有韜鈐（略）世法殘本七卷，亦崇禎刊，不知與此本異同如何。

夷考女真下述奴兒哈赤叛寇之事甚詳，而未列入禁書之内。蓋坊賈匯刊之書，未爲清廷所注意也。

致富奇書二卷　明刊本

不著撰人。前有文臺李相序缺前葉。卷前有圖十。下卷「九月占」後殘闕。曩見坊刻本無圖。此書所言皆故老相傳農家要訣,頗切於實用。

傳是樓書目:致富奇書一册,記明陳繼儒撰。

吕氏春秋二十六卷　明嘉靖七年關中許宗魯本

前列許自序,次高誘序。目録後有「鏡湖遺老記」。此即畢氏所據之第三本。每半葉十行,行十八字。板心下方刻工姓名與字數相聯,諒必根據舊本。畢氏謂,其從宋賀鑄舊校本出,字多古體,係因目後有「鏡湖遺老記」一段,謂鏡湖即鑒湖也。但李瀚本即有此記,故許本究根據何本,尚難論定。壬申二月又得一本,與此同。目録後有「萬曆己卯梓於維揚資政左室」木記并重刊姓名,知此非許宗魯原刊,故古體字均已改正。此本目後缺半頁,蓋爲書賈所撕去[九]。

卷首有「宗室盛昱收藏圖書印」,白文方印,蓋鬱華閣舊物。又有「蘊齋」朱文長圓印,未知何人。每册首葉均有「張貞之印」,朱文大方。按,張貞字杞園,安丘人,博雅好古。

見居易録卷十九第四葉。

學林十卷 宋王觀國撰 繡谷亭吴氏抄本

曾經四庫校正。上鈐「翰林院印」。又「繡谷亭續藏書」白文長方印。又「卷流傳勿損汙」朱文長印、「吴城」朱文印、「敦復」白文印、「古潭州袁卧雪廬收藏」白文印。

西溪叢語二卷 嘉靖戊申鶤鳴館刊本

嘉靖戊申俞憲叙云：「依馬西玄抄本刻於武昌。」紹興昭陽作噩姚寬自叙。

二老堂雜志五卷附近體樂府一卷 舊鈔本 戈小蓮校

此爲鈔本周益文忠公全集之殘卷。故小題下有「周益文忠公集□□□」字樣，卷數爲書估挖去。

卷末有題字一行：「丙戌中秋前二日戈莊續古廬中閱竟。」卷中朱校亦戈小蓮手筆。

此爲袁漱六故物，卷端有藏印。

南村輟耕録三十卷 玉蘭艸堂刊本

至正丙午江陰孫作大雅序。卷末有青溪野史邵亨貞疏，即募刊啓，是從元刊本出，故擡頭空格處頗多。板心下有「玉蘭艸堂」字樣，未知明代何年所刊。刊工姓名有楊子厚、楊淳、子文、甫、子承、光、陳、光甫、劉、良、朱、沈、子明、子宜、子、亘、馮、文、威、金、周等字。

内闕葉：總目第八、第九、第十舊抄補；卷六第十三、第十四後半未抄補；卷八第十四後半未抄補；卷九第四前半未抄補，又第十四後半、第十六後半未抄補；卷十六第十八舊鈔補。

「繡江」朱文方，「潛川洪軾澂藏書」朱文長方。

辛未冬，又收得一本爲沈乙庵先生舊藏，無缺葉，擬將舊收者售去。

「象賢林氏家藏」白文長印，「禾興沈增植乙盦氏平生真賞印」朱文大方，「守平居士」、「秀州沈氏」均朱文方。

丹鉛綜録二十七卷 嘉靖甲寅福建按察司僉事滇南梁佐刊本

藍印棉紙。卷八末葉補鈔。

「查子伊藏書記」朱文長方印。

洛陽縉紳舊聞記五卷 大興朱氏鈔本

卷首題字云：「洛陽縉紳舊聞記，宋張齊賢撰。」皆述梁唐以來洛中舊事。共五卷，凡二十一篇，多據傳聞之詞，約載事實，以明勸戒。自稱凡與正史差異者，並録而存之，亦別傳、外傳之比云。簡明目録入子部小説家。

「少河」朱文方印。

古今逸史四十二種 明吴琯刊本

逸志

合志：方言、釋名、白虎通、風俗通、小爾雅、獨斷、古今注、博物志、續博物志

分志：山海經、吴地記、岳陽風土記、桂海虞衡志、洛陽名園記、十洲記、北邊備對、真臘風土記、三輔黄圖、洛陽伽藍記、樂府雜録、教坊記、九經補韻

逸記

紀：三墳、穆天子傳、竹書紀年、西京雜記、別國洞冥、六朝事跡

世家：晉史乘、楚史檮杌、吴越春秋、越絶、華陽國志

列傳:高士傳、列仙傳、劍俠傳、遼志、金志、松漠紀聞、續齊諧記、博異記、集異記首古今逸史自叙,次行題「新安吴琯撰」。下鈐「吴琯」朱文圓印一、「孟白」白文方印一,係初印本也。

選擇曆書　明嘉靖元年重刊洪武本

欽天監洪武九年二月初九日准禮部關該東板房,欽奉聖旨:「欽天監節次選揀出征營造等項,日時多不的確。問來却是舊日術數之徒,各□己見,杜撰得文書多了,以此無一定之□□人難以選擇,恁省臺家説與欽天監□□,每有議見的。諸家陰陽文書仔細□□□要歸一,刊板印造,頒行天下遵守□□□□諸色之家舊日差榖選揀諸般雜書,許令送赴所在官司燒毁。敢有藏匿不首及私下用使者,並行處斬。欽此。除欽遵外,當將諸家陰陽文書考究明白,本監撰定選擇曆書一部,刊板印造頒行,永爲遵守。」目録似未全。除卷一外,卷二、三、四、五第一二行,均有裁補痕跡,恐有缺卷。末葉有「大明嘉靖元年歲次壬午四月吉日重刊」一行。

「紹廉經眼」白文方。

國學圖書館有抄本選擇曆書五卷,不著撰人,無序跋,似即此本。

新刊黃帝内經靈樞二十四卷 明翻宋本

每卷後附音釋。廿行，行廿字。趙府居敬堂本二十四卷，邵亭云明有仿宋刻本，亦二十四卷。所見即此本也。去秋在滬市見居敬堂本，以價昂未得。今得此本，可與顧刻素問並重。蓋版式、字體大致相同也。庚午除夕記。

「獨山莫祥芝善徵甫讀過」朱文長方、「莫天麟印」白文方、「獨山莫氏銅井山房藏書印」朱文長方、「獨山莫祥芝圖書印」朱文方。

另籤題識云：「四庫著録明熊宗立本十二卷。其實熊本蓋從元刊出，雖注明合併，而二十四卷本藏書家罕稱之。此本前人以爲宋刊，審其紙墨不甚似，故題爲明人仿刻。聞明周曰校刊本亦二十四卷，予雖未見，然有其所刊素問，決非此也。」此籤是否莫氏所題，俟考[一〇]。

脈經十卷 萬曆三年袁表刊本

後有一行「福建布政司督糧道刊行」，沈氏翻本無之。

前列宋校定脈經進呈劄子、熙寧元年進呈銜名，次紹聖三年牒文、銜名、廣西漕司重刻陳孔碩序,次元刻脈經移文、元刻脈經序二首,末列福建參政徐付校脈經手札。蓋袁刻從元嘉定江西本出,江西本出於宋廣西漕司陳孔碩本,陳本出於宋紹聖小字建本,刊刻源流歷歷可考。守山閣本無此詳備也。卷首有文蔚堂印。

此本前已向友人借校沈際飛本,閲一年又購得之。刊印精雅,爲明刻醫書之佳者。

脈經十卷 天啓沈際飛重刻萬曆袁表本

行款字句改動極少。吴興姚氏遂雅堂藏書。姚聖常以元本校過。余取影印建安廣勤堂本覆校,又以守山閣本覆校並録錢跋,以資考證。

嗣見守山閣單刻本内經、靈樞、素問顧尚之校本,錢錫之跋云「顧君博極羣書,兼通醫理,其所更正,助我爲多。張文虎撰顧尚之别傳亦云,錢輯守山閣叢書及指海,常以屬君,君以治病不能專力,舉文虎自代,仍常佐校讎,多所商定」等語。以彼證此,疑錢校脈經爲尚之先生所手定,故跋文引證各條至爲精當也。

「吴興姚氏遂雅堂鑒藏書畫圖籍之印」朱文方印、「姚宴之印」白文方印、「師衡沈氏」白文方印、「可均私印」朱文方印。

姚字聖常,號嬰齋,爲文僖公之孫,彦侍方伯世父。

經史秘匯 吴枚庵昰鳳鈔本

法古宜今一卷，即各種秘方。吴趨沈錦桐譜琴纂輯。

景岳十機摘要一卷，同上。

毓麟策一卷，同上。

温瘧論一卷，南園薛生白著。

濕熱條辯一卷，同上。

受正玄機神光經一卷。無名氏序。唐僧一行進神光經表。神光經識後題永樂庚子八十二翁殷勤識。神光經後跋後題嘉靖乙卯錫山三渠黨緒。神光經後語。後題嘉靖乙卯祥符大河子李應魁。

右六種惟神光經係舊抄，有古雷樓印記，餘皆枚庵倩抄胥傳録，未加校正，故多訛字。

合訂二册，書根題「經史秘匯」四字。

「吴昰鳳枚庵氏珍藏」白文方、「愛讀奇書手自鈔」白文方、「枚庵」白文方、「枚庵瀏覽所及」白文方。

經史證類大觀本草三十一卷本草衍義二十卷 元大德宗文書院刊本(即明南監板)

原缺卷八、卷九、卷十、卷十一、卷十二、卷十四共六卷，以柯氏覆刻本配補。「大觀」亦作「大全」，間有作「備急」者。曾至鐵琴銅劍樓觀金貞祐本，字體紙墨與此相仿。惟此本無貞祐牌記，故定爲大德壬寅宗文書院本。

艾晟序及二十二卷末題「經史證類備急本艸」，卷三十末題「重廣補注圖經神農本艸」，均與森立之訪古志合，確爲大德壬寅宗文書院本。艾晟序後牌子業已失去。

重刊巢氏諸病源候總論五十卷 隋太醫博士巢元方撰　明新安汪濟川方鑛校

宋綬序。目録後有篆文方木記云「歙方東雲處敬校刻於聚奎□」十二字。無年號，字體似嘉靖。邵目、邵亭目均以爲汪濟川刊，殆未見此墨記耳。

卷九時氣病諸候論書眉上墨筆記云：「徐應速曰：巢氏病源候論所叙傷寒，不過採集仲景經論中語而已。至於傷寒之外，編輯温、熱、時氣、疫癘四項，則爲諸書之所未備。而四者之疫，卻爲江浙遠近之所常有。亟録一帙，以貽後人，俾百世而下，知元方在隋代猶於温、熱、時氣、疫癘四項反復言之。奈何後世醫士反不列此，而概以傷寒，麻黄、桂枝爲治也。巢氏有論無方，容於暇日酌補。時乾隆丙□□〔一一〕三月朔後也。」

末卷後又跋云：「乾隆元年鄉試赴浙省，有顧姓者攜古書百餘種，其所有醫書多予所未見者，傾囊得銀八錢而購此書。竊聞醫之有論，自巢氏始。今觀其論，悉準臟腑經絡，切當不煩，間有重複偏主，乃其小疵。其書重刊於明初，因靖難兵起而板失，至今少傳之，深可惜。予得是書亦一生之幸會爾。」與前節係一手所書。

卷端有鈐印二，一爲朱文「應速」二字，一爲白文「徐印魯復」〔一二〕四字。據前跋知爲雍乾間吾浙醫家也。

難經本義上下卷 明翻元本　元許昌滑壽著　四明呂復校正

滂喜齋藏有元刻殘本上卷，所叙與此本均合，故定爲明翻元本。但此本亦無危素序，不知絳雲樓本與此本同否耳。

新編西方子明堂灸經八卷 明平陽府刊本

次行題「山西平陽府重刊」。丁氏善本書室志有西方子明堂鍼灸經，亦題「山西平陽府重刊」，而書名稍有歧異，未知是一書否。

瞿目有新編西方子明堂灸經八卷元刊本，所列卷次均與此同，惟卷七側人頭頸圖，此本改「側」爲「正」，尚有挖補痕跡，當係明人重翻元本。

外臺秘要方四十卷

日本延享丁卯山協尚德覆刻明程敬通本 平安養壽院藏板

山協覆刻程本，又得秘府宋本對校，多所訂正。序後凡例十三條。此刻直翻程本，不妄改，有可疑者揭之於上。引用各書各以本書對之，文異意殊者具舉之，文異而意不相戾者舍之。宋本有可疑者，而無本書可考，則録之。程本與本書同，而宋本獨異者舍之。文中似有脱誤，而無本書可考，偶有他書足證者録之。方本出於仲景者，雖引他書，必據仲景之書以辨異同。程不知宋本有注解而私爲按者，皆削之，直揭宋本。

邵目列程敬通重刊宋本，又列經餘居刊本邵亭同。據此護頁有「歙西槐塘經餘居藏板」字樣，又有「新安程敬通訂梓」字樣，知程敬通本即經餘居本，非二刊也。

攝生衆妙方十一卷急救良方二卷 萬曆庚戌兩淮鹺司重刊衡府本　四明芝園主人集　夏邑嵩螺山人校

巡按直隸監察御史夏邑彭端吾序萬曆庚戌。後有嘉靖二十九年四明芝園主人張時徹急救良方序。兩書皆時徹所輯。彭端吾得青州衡府刊本，命鹺司張一棟重刊之。嵩螺山人即彭之别號。衆妙方似應有時徹序，此本失之。

衛生寶鑒二十四卷補遺一卷 日本影鈔弘治七年劉廷瓚本　又以古鈔本詳校並補闕葉

永樂十五年胡廣序古鈔本在啓後。至元辛巳硯堅序。又癸未王惲序、上東垣先生啓。永樂十五年韓夷跋。弘治七年劉廷瓚跋古鈔本在卷首。「岡氏弆藏」朱文方、「清川氏圖書記」朱文長方。

東垣十書 缺格致餘論一卷　嘉靖八年遼藩刊本

第一脈訣，第二湯液本草，第三脾胃論，第四内外傷辯惑論，第五蘭室秘藏，第六遞洄論，第七格致餘論，第八局方發揮，第九此事難知，第十外科精義。序曰：「遼始祖簡王遷國於荆，灼見十書於生人大命有補於仁民之道，乃梓行於時。東垣李先生倔起於金元之際，著脾胃論，著内外傷辯惑論，著蘭室秘藏，而崔紫虚之脈訣、王好古之湯液本艸、王履之遡洄集、米彦修之格致餘論、局方發揮、王好古之此事難知、齊德之之外科精義，咸後先繼述，凡爲書十種。以其皆出於東垣也，通謂之東垣十書。至祖靖王之世，行之既久，板本漫缺。初内外傷辯惑論一書偶刻兩本，後職醫者非良工，見他書間有稱東垣撰内外傷辯及辯惑論者，遂以内外傷辯名一書，復以辯惑論名餘板之本。由是一書標兩名，乃漫以九書分十書，却指數内此事難知一書爲十書外集，致誤我先考惠王，復爲之别序以傳，蓋未察俗醫之謬誤也。予間考閲，知其誤分妄析，既毁辯惑論之重本，後還此事難知本以歸十書之舊。嘗博訪是書，天下惟我遼藩板行中外。顧原板漫涣，不成完書。予既爲校正歸全，爰重稍朗書刻梨行之。嘉靖八年己丑孟夏朔旦光澤王書於勅賜博文堂。」此序在卷首。第九此事難知前又有序曰：「東垣先生醫書一帙，予府已鋟梓傳於世。今又得一書，亦東垣治疾之法，名曰此事難知，予用壽行，而與四方之士共焉。成化甲辰荆南一人書於寶訓堂拙庵。」

按：「荆南一人」當爲遼惠王之别號，即前序所謂「誤爲别序以傳」者也。

板心下方有「梅南書屋」四字。

邵亭所載東垣十書，有醫壘元戎、金匱鉤玄二種。邵氏标注云：「東垣十書實十二種，除著録外又癍論萃英一卷、崔真人脈訣一卷。」無金匱鉤玄。又引醫藏目云：「古本東垣十書：活法機要一卷、醫學發明一卷、脾胃論三卷、海藏癍論萃英一卷、蘭室秘藏二卷，又雲岐子、保命集、保嬰集、潔古家珍、此事難知，共十一種。」又云：「吴勉學校刊東垣十書本，合二十卷，另崔真人脈訣一卷入存目。」據此知東垣十書刊本往往爲坊估任意增加，種類不一。此本光澤王序云「惟我遼藩板行中外」，似爲最初之本。特未知醫藏所引古本刊於何時耳。

卷端「陸治之印」係僞作。

繆氏藏書記：昭明太子集，遼國寶訓堂刊本，無年號。據此知爲成化時刊也。新安徐春甫古今醫統大全作於嘉靖時，所引東垣十書與此合，惟内外傷辯惑論作内外傷辯。

事類賦三十卷 明翻宋紹興浙東刊本（或從元刊出）

前有紹興丙寅邊淳德序，後有進注事類賦狀，板心上方有「寧壽堂」三字。三吴徐守銘、警卿校梓,長洲杜大中子庸同校。

「桐華書屋」白文長方。

邵氏標注云「元刊每頁廿四行,行二十字」,此本行數字數同。邵氏又云,嘉靖本有「吴淑」銜名,此本無之,字體亦似嘉靖。邵亭所見亦非此本。書林清話五:「徐守銘寧壽堂。萬曆丁亥刻初學記三十卷,見孫記、森志。刻吴淑事類賦三十卷,見天禄琳琅九。」是此爲萬曆刊本。

集　部

陶淵明文集十卷

嘉慶十二年丹徒魯氏重刻毛氏影宋本

毛氏扆於崇禎七年得宋刊蘇文忠書陶集，倩錢君梅仙影摹付刊。嘉慶丁卯魯氏銓以原本重刊於鳩兹。卷末有魯序，當是王夢樓所書。十卷後有「江右方又新又可同刻字」長方木記。

「丹徒魯慶恩」白文大方印、「字小蘭一字曉瀾號筱闌」朱文大方印。

陸士龍集四卷

萬曆静紅齋刊本

每半葉十行，行十八字。「陸士龍集四卷，乃明萬曆静紅齋校本。筆力端方，刀法遒勁，勝今坊校者多矣。兼所采擇精詳，真有以少爲貴者。康熙戊子同陳胸度太史遊金陵書肆，因購藏之。櫟園老人識。」下有印章白文云：「一生勤苦書千卷，萬事消磨酒十分。」

陸元大本晉二俊集題曰陸士龍文集。此則專刻詩賦，故改題陸士龍集，並將卷一逸民箴刪去。行款與陸本同，似以陸（本）爲底本。

與陸本前四卷詳校一過。卷一喜霽賦「瞻日月而增憂」，此本「瞻」作「擔」。又南征賦「地靈夙挺」，此本「夙」作「風」。又卷二太尉王公祖餞詩「闡縱絶期」，此本「縱」作「縦」。又贈顧驃騎詩其二「萬民來服」，此本「民」作「物」。又卷三贈鄭曼李詩其四「倆佛有思」，「佛」作「彿」。又贈顧彦先詩「光瑩之偉隋下同珍」，此本「光瑩」作「先瑩」，又闕「之偉隋下」四字。又答顧處微詩其五「匪唯形交」，此本「交」作「文」。又孫顯世贈詩其十「□□重門」，此本闕字作「寂寂」。又失題詩「嗟痛薄祜」，此本「祜」作「枯」。又卷四答張士然詩「通渡激江渚」，此本「渡」作「波」[一三]。除以上所舉，餘皆與陸本符合。

卷中有與汪士賢本對校墨筆校語，未署姓名。

「福州冠悔堂楊氏圖書」大朱文方印、「黄氏餘圃藏書」朱文長方、「黄任之印」白文方。餘不悉記。

謝靈運詩集二卷 明黄省曾編刊本

前有黄序。除昭明所集外，又增入舊寫本十三首，按樂府録入者十六首，共六十九首，刻之齋中。結銜題「吴郡黄省曾編集」。每葉廿四行，行廿字。

焦澹園集廿二題「謝康樂集」。「謝康樂集世久不傳。其見文選者，詩四十首止耳。李獻吉增樂府若干首，黄勉之增若干首，吾師沈道初先生冥搜博訪，復得賦若干首，詩若干首，雜文若干首，輯成合刻之，而以校事委余。」據此知黄省曾本係二謝合刊。

陳伯玉文集十卷附録一卷

漢東華崇重刻弘治四年楊氏本

一至五爲前集，有黄門侍郎盧藏用序。序後列前五卷總目。六至十爲後集。六卷前有弘治四年山西巡撫楊澄序。序後列後五卷總目。末有附録一卷。銜名五行：「新都楊春編　射洪楊澄校」以上爲弘治本舊題，「廣濟舒其志重編　漢東華崇重校刻　邑後學謝中試參訂」以上爲萬曆重刻時銜名。平津館鑒藏記補遺：「陳伯玉文集十卷附録一卷，題『新都楊春編　射洪楊澄校』，後只三行。前有陳伯玉文集序，末葉年月姓名已缺。目録亦分前後集。感遇詩卅八首，每首俱有注，每葉十八行，行十八字。」按，平津館本似即此本，惟「舒其志」銜名三行未刻，或係初印行之本。此本十八行、行十九字，平津記作十八字，或傳寫之訛歟。此本感遇詩亦有注。

郘亭書目載弘治四年新都楊春重編本，萬曆中射洪楊澄重刻校。按此本有弘治四年楊澄序。則萬曆非楊澄刻。殆郘亭所見之本，亦缺銜名三行歟。

卷首有荆州田氏各印，已爲他印所滅没，不可辨矣。「三山陳氏居敬堂圖書」朱文長方印。

有「宋荆州田氏七萬五千卷堂」朱文方印。此印爲僞成親王印所蓋。惟第七卷尚可認。

「玉牒崇恩與齡氏平生鑒藏圖書之印」白文方、「銘心絶品神物護持禹舲真賞得者寶之」朱文方、「敔翁」朱文葫蘆。

分類補注李太白集二十五卷 正德庚辰安正書院刊本

每半葉十一行，行大小均廿三字。黑口雙邊。板心題「李太白詩幾卷」。

春陵楊齊賢子見集注，章貢蕭士贇粹可補注。末卷後木牌子：「庚辰歲孟冬月安正書堂新刊」。

此爲建陽劉氏刊本，各家未著録，惟郘園志有之。以别見安正書堂正德時所刊杜集，與此本相距一年，故定爲正德庚辰刊本。

首卷缺序、傳及目録之半，須假元刊本補抄。因許自昌本注多删節也。

集千家注杜工部詩集二十卷文集二卷 萬曆許自昌校刊本

前人以朱筆過録評點，又以藍筆圈點、墨筆評點，並補録史事。似乾嘉以前人手跡。護葉有題記云：「予覽敬恕堂家藏朱批杜集，不覺感慨交並。念及先祖管卿公手披全唐一百叁十本，一生精血學問，悉著毫端，惟恨家業蕭條，未能述志刻傳。將來若得吹噓，亦可爲後世較正也。後學晚生崑山徐森敬白。」

「歙州閔氏墨慰堂藏書記」朱文長方、「閔印麟嗣」白文方、「蔣斌」白文方、「良佐號敬亭」朱文方、「蔣良佐書畫印」朱文長方。

增廣注釋音辯唐柳先生集四十三卷別集一卷外集一卷附録一卷 明初覆元刊本

每葉廿六行，行大小廿三字，惟目録、卷一、卷二、別集、外集、附録均廿六行，行廿六字，疑係別本配補。配補各卷似正德本，凡行廿三字，各卷似尚在正德之前。陸子淵序、劉禹錫序及諸賢姓名一葉，與正統善敬堂本同。每卷第二行後無童、張、潘題名，與元刻異。

「霽山」朱文方、「求是室藏本」朱文方。

笠澤叢書四卷補遺一卷 歸安姚氏大疊山房翻雕碧雲艸堂本

李越縵手校至乙卷中輟。予以黄蕘圃校明抄本甫里集、徐焴本文粹、隆慶本文苑英華，逐篇補校。又以許珊林手寫精刻本復校。又以顧楗覆至元本對校一過。

元氏長慶集六十卷補遺六卷白氏長慶集七十一卷 萬曆松江馬氏寶儉堂刊本

元集前有宣和甲辰劉麟序，後有乾道戊子洪适序。又有重刊凡例九則。内引董氏所翻宋本，似未見宋刊原本。凡例後有「魚樂軒藏板」五字。補遺六卷皆宋本所無。白集悉依舊本，惟卷次分合未知與錢應龍本同否。

「嘉靖壬子，東吳董氏翻雕宋本，於其空缺字樣，妄以己意填補。無錫華氏有活字板，董氏因之沿誤。」見瞿目元集校宋本蒙叟跋。

「聿修堂藏書印」朱文大方。

劉賓客集三十卷外集十卷 味書室鈔本

長洲龔氏羣玉山房傳録黄蕘圃校宋本，余又以董氏影印崇蘭館宋本詳校一過。又檢嘉靖徐刻文粹及許榆園本覆校異同，證明鈔本之佳處有勝於宋本者甚多。

「龔氏文照」白文方、「羣玉山房藏書記」朱文長方、「相城九霞野逗龔文照紫筠堂藏書」白文長方、「野夫所藏」朱文方、「羣玉清秘」朱文橢圓。

岑嘉州集八卷 明刊本

皕宋樓藏述古堂影宋鈔本，半葉十行，行二十字。結一廬舊藏明藍格鈔本，亦十行，行二十字。適園藏書志謂其源出宋本。此本行數、字數均與二本同，非尋常鈔本也。

十行十八字，與明刊四卷本孟浩然集板式字體相同。前有杜確序。邵亭云「許自昌合刊岑、孟二集」，但此本字體似在許自昌以前，未知何時所刻，俟續考。

孟集已得印氏校本對校一過。此集當求善本校之。

韋蘇州集十卷拾遺一卷 明翻元本

每半頁十行，行十八字。「桓」、「構」缺末筆。與明刊韋江州集對校，知江州集有臆改之字。卷首有「果親王府圖書記」朱文長方印。缺序、目。卷九、卷十、拾遺係抄補，卷四抄補兩葉卷四第十三葉誤訂在三葉之前，應更正。宋元舊本書經眼録列明翻宋本十卷，叙次與此本悉合，無拾遺。

頃在中國書店見一本與此同，前有序，補録於左：

韋蘇州集序

韋蘇州，唐史不載其行事。林寶姓纂云：「周逍遥公敻之後。左僕射扶陽公待價生司門郎中令儀，令儀生鑾，鑾生應物，應物生監察御史河東節度掌書記慶復。」李肇國史補云：「爲性高潔，鮮食寡欲，所居焚香掃地而坐。其爲詩馳驟建安已還，各得風韻。」詳其集中詩，天寶時扈從遊幸，疑爲三衛。永泰中任洛陽丞、京兆府功曹。大曆十四年，自鄠縣令制除櫟縣令，以疾辭歸善福精舍。建中二年，由前資除比部員外郎，出爲滁州刺史，改刺江州。追赴闕，改左司郎中。貞元初，又歷蘇州。罷守，寓居永定精舍。其後事跡，究尋無所見。肇又云：「開元以後，位卑而著名者，李北海、王江寧、李館陶、鄭廣文、元魯山、蕭功曹、張長史、獨孤常州、崔比部、梁補闕、韋蘇州。」以集中事及時人所稱，考其仕宦本末，得非遂止於蘇邪？案白居易蘇州答劉禹錫詩云「敢有文章替左司」，左司蓋謂應物也。官稱亦止此。有集十卷，而綴叙猥並，非舊次矣。今取諸本校定，仍所部居，去其雜廁，分十五總類，合五百七十一篇，題曰韋蘇州集。舊或云古風集，別號澧上西齋吟稿者又數卷。可以繕寫。嘉祐元年十二月二十二日，太原王欽臣記。

序後目録一卷。目録後有傳一篇。補録於左：

韋刺史傳 宋沈明遠作喆補撰

韋應物，京兆長安縣人也。其家世自宇文周時，孝寬以功名爲將相，而其兄夐高尚不仕，號爲逍遥公。夐之孫待價仕隋爲左僕射，封扶陽公。待價生令儀，爲唐司門郎中。令儀生鑾，鑾生應物。少遊太學。當開元、天寶間，宿衛仗内，親近帷幄，行幸畢從，頗任俠負氣。洎漁陽兵亂後，流落失職，乃更折節讀書，屏居武功之上方。復返澧上，園廬蕪没，貧無以自業。客遊江淮間，所與交給皆一時名士。因從事河陽，去爲京兆功曹，攝高陵令。永泰中，遷洛陽丞。兩軍騎士倚中貴人勢，驕横爲民害，應物疾之，痛繩以法，被訟，弗爲屈。棄官，養疾同德精舍。起爲鄠令。大曆四年,除櫟陽令,復以疾謝去。歸寓西郊,擇勝隱於善福祠,從諸生學問,澹如也。建中二年,拜尚書比部員外郎。明年,出爲滁州刺史。滁山川清遠,山中多隱君子。應物風流豈弟,與其人覽觀賦詩。郡以無事,人安樂之。四年十月,德宗幸奉天,應物自郡遣使間道,奔問行在所。明年興元甲子,使還,詔嘉其忠。終更貧,不能歸,留居郡之南岛。俄擢江州刺史。居二歲,召之京師。貞元二年,由左司郎中補外,得蘇州刺史。在郡延禮其秀民,撫其嫜嫠甚恩。久之,白居易自中書舍人出守吴門,應物罷郡,寓於郡之永定佛寺。大和中,以太僕少卿兼御史中丞,爲諸道鹽鐵轉運、江淮留後,年九十餘矣。不知其所終。有子曰慶復,爲監察御史、河東節度掌書記。應物性高潔,善爲詩,氣質閑妙,渾然天成。初若不用功,而近世詩人莫及也。白居易嘗語元稹曰:「韋蘇州歌行,才麗之外,深得諷諫之意。而五言尤爲高遠雅淡,自成一家。」其爲時人推重如此。浮屠皎然者,頗工近體詩,嘗擬應物體格,得數解爲贄,應物弗善也。明日録舊贄以見,始被領略,曰:「人各有能有不能,蓋自天分學力有限,子而爲我,且失去故步矣。但以所詣自名可也。」皎然心服焉。應物鮮食寡欲,所居焚香掃地而坐。爲吴門時,年已老矣,而詩益造微,世亦莫能知之也。子沈子曰:予讀韋蘇州詩,超然簡遠,有正始之風。所謂朱絲疏弦,一唱三歎。昔應物當開元、天寶宿衛仗内爲郎，刺史於建中，以迄貞元。而文宗太和中，劉禹錫乃以故官舉之，計其年九十餘，而猶領轉輸劇職。應物何壽而康也。然自吴郡以後，不復有詩文見於録者，豈亡之邪？使應物而無死，其所爲不當止此；以應物爲終於吴郡之後，則禹錫之所舉者，猶無恙也。蓋不可得而考也。新唐書文藝傳稱應物有文在人間，史逸其傳，故不録。予既愛其詩，因考次其平生行義、官代，皆有憑藉，始終可概見如此，恨史官編摩疏漏耳。嗟夫！應物崎嶇身，閱盛衰之變，晚折節學問，今其詩往往及治道，而造理精深。士固有悔而能復、厄而後奇者，如應物而以自表見於後世，豈偶然哉！

辛未十月記[一四]。

按天禄後目列元本。邵亭謂，當是王欽臣所訂，沈明遠重刻於元初。據此則拾遺爲沈所輯。此本當定爲明翻元刻。

孟浩然集四卷 明刊本

每葉二十行，行十八字。宜城王士源序天寶四載。天寶九載韋滔序。凡詩二百一十八首。

友人宗耿吾購得明刊校宋本，其底本與此同。前人假蕘翁所藏宋本對校，無年月姓名。有「印印川」朱文方印。耿吾云：「印印川，寶山人，著有鷗天閣雜著。」此本疑爲印君手校，即與蕘翁同時，故得借宋本對校也。予於壬申仲夏借校一過。

樊川文集二十卷別集一卷外集一卷 明翻宋本

每葉二十行，行十八字。首列裴延翰序。別集有熙寧六年田槪序。

賈長江集十卷 虞山馮簡緣校宋鈔本　秀野艸堂顧氏舊藏

翁覃溪以明本校過朱筆過。余以明翻宋本覆校。又以文苑英華、全唐詩各校一次藍筆。後又見保山吴佩伯過録湖南省庵校宋本，復校一次緑筆。佩伯又以何義門校本並校，余亦復校一次亦緑筆。

原鈔出於宋。馮校亦依據宋本，其精審處迥異明刻，洵善本也。

孟東野詩集十卷 弘治己未商州刊本

提學楊邃庵以抄本屬商州同知于睿梓行。前有汝南强晟序。蓋所據爲常山宋敏求編次本。後有宋氏題識。結銜稱「山南西道節度參謀試大理評事平昌孟郊」，與嘉靖秦禾本題「武康」者不同，故友保山吳佩伯跋語謂其自棚本出也。

「晉安徐興公家藏書」朱文長方印、「徐熥真賞」朱文方印、「徐惟起印」白文方印、「閩戴成芬芷農圖籍」朱文長方印、「緑玉山房」朱文方印。

增廣音注唐郢州刺史丁卯詩集二卷

影鈔弘治七年本　以弘治本校

是本源出於元。結銜題「刺史許渾字用晦撰，信安後學祝德子訂正」。前有大德丁未王瑭序。序後有放翁七絶一首。後有弘治七年洪洞鄭傑序。蓋刊於鎮江府。

前年見張菊生丈購得一本，暇當借校。

壬申正月借張藏本正訛補脱。弘治本校勘不精，多訛字，應再覓善本補校。聞常熟瞿氏有元刊本，未列入藏目，近始發見。

菊生購時出價五十元，近宗耿吾亦得一本，則出價二百元。舊書日稀日昂，非提倡影印不可矣！

李義山文集十卷

花溪艸堂原刊　崑山徐氏箋注本

李義山詩集十六卷，松桂讀書堂原刊，華亭姚氏箋注本。

文集爲海昌許醇夫點校，詩集爲同邑管芷湘批校，並録竹垞評語。有「管庭芬芷湘」、「許焞醇夫」藏印，又有「別下齋」及「蔣生沐」藏印。

王黄州小畜集三十卷　汪魚亭鈔藏本

此本前有自叙，後有謝肇淛跋。「留」字作「畱」。係從吾研齋補鈔宋本傳録。「汪魚亭藏閲書」朱文方印。

吾研齋原本藏罟里瞿氏。「學」字不作「斈」，「公」字作「公」，與吕氏他種抄本不同，俟考。吕抄本卷一四葉前十行，魚號下脱「曾何足道」四字，此鈔不闕。卷五前三行，吕抄本「寺下」脱名字，此鈔不闕；九行「情罄」，此鈔作「清罄」。略校數頁，知此抄非傳録吾研齋本，或已有人精校，而汪魚亭傳録之也。

重校宋王黄州小畜集三十卷　古吴朱錫嘉以影宋抄本校乾隆二十二年太平趙熟典愛日堂刊本

得宋槧鈔本，細加讎校，三載刊成。有庚辰自叙乾隆二十五年，無黄州自叙，以沈虞卿叙居首，次列宋史本傳。

每半葉十一行，行廿二字，與吾研齋殘宋本合。知原鈔確係影宋，但刻本於擡頭空格已改。後有墨筆識語云：「王元之小畜集，余求之有日矣。今年於京師坊間購得抄本一帙，係從紹興年間歷陽沈虞卿刊本影寫，闕文訛字，一望茫然。方欲貽書余友陳貞白，屬其訪寄善本，更加勘對。越數日又獲此本，亦據沈本重刊者，喜極欲狂。晴窗間適歙邑方柳因、湛厓叔侄助余校讎，閱五日而畢。其間彼是此非，顯然可辨者，書『某作某』。彼此互異而義可兩存者，書『某亦作某』。彼此互異而尚待參定者，書『某一作某』。若彼此或同或異而並有疑義者，則粘籤以俟考訂云。又按郡齋讀書志稱『集自有序』。又浙江遺書總録亦云『咸平三年自序其命名之意』。今兩本俱無自序，豈歷陽開版時獨遺之耶？當續求補之。乾隆五十五年古吳朱錫嘉誌於京師旅寓。」

朱氏得此本，時在趙氏刻成三十年之内，故印本極佳。近涵芬樓重印四部叢刊，抽去經鉏堂抄本小畜集，而代以吾研齋補抄宋本，後附札記，不言採自何本。細加比對，知採自趙刻者甚多。因知趙刻雖經精校，但亦何必諱言之耶？

河南穆公集三卷附遺事 錢氏述古堂鈔本

卷末有「錢遵王家藏照宋抄本」一行。蘇才翁子美悲二子聯句「斯民乃貧」下缺。後有淳熙劉清之題,「我朝」字空格。「平陽汪氏藏書印」朱文長方、「蘿摩亭長」半白半朱文方印、「雈儕」朱文方、「喬印松年」白文方、「鬱華閣藏書記」白文方、「享之千金」朱文方。

河南集三卷附遺事 汪魚亭舊藏語兒吕氏抄本

卷末「斯民乃貧」下,比錢氏述古堂本多六十八字。「留」字作「畱」,「學」字作「斈」。「汪魚亭藏閲書」朱文方印。

河南先生文集二十七卷附録一卷 祁氏澹生堂鈔校本 闕一至七卷

後有題識云:「此河南集廿七卷,乃越中祁氏澹生堂抄本。乾隆壬寅孟夏月河莫氏得織里書估,敬藏之漁學庭中。前明故物也。曠翁有銘存焉。」「澹生堂經籍印」朱文長方、「曠翁手識」白文方、「子孫世珍」朱文圓、「山陰祁氏藏書之章」白文大方、「莫印爾昌」白文方、「理齋」朱文方。

歐陽文忠公全集一百五十八卷 天順六年廬陵郡守程宗刊本

居士集五十卷，外集二十五卷，易童子問三卷，外制集三卷，内制集八卷，表奏書啓四六集七卷，奏議十八卷，雜著十九卷，集古録跋尾十卷，書簡十卷，附録五卷。雲間錢溥序。年譜。每卷後有「熙寧七年秋七月男發等編定，紹熙二年三月郡人孫謙益校正」兩行。後附校勘記。

此爲鄂省徐行可君舊藏。印本首尾一律，在今日已爲難得。

南豐先生元豐類稿五十一卷 嘉靖甲辰仁和陳克昌修補成化本

元豐八年三槐王震序。

大德甲辰丁思敬後序。

嘉靖甲辰陳克昌後序：「先生之集刻自元大德甲辰，此爲元豐類稿。宜興有刻爲樂郡鄒君旦，豐學重刻爲南郡楊君參。歷歲滋遠，板刻多磨。雖嘗正於謝簿普，再補於莫君駿，顧旋就湮至不可讀。取是集讎校焉，易其敝朽，剔其污漫，更新且半，越三月始就緒。」據此知爲第三次修補成化六年楊參刊本。莫楚生棠題簽云：「丁亥桐城蕭敬孚貽予。此書闕數卷，乙未於蘇州復得殘本，合而成完。予又得明王抒刊本，亦不全，手抄補之，贈敬孚矣。」

「柳蓉春經眼印」白文方、「博文齋收藏善本書籍」朱文方〔一五〕、「韶州府印」、「獨山莫氏銅井文房藏書印」朱文長方、「莫棠字楚生印」朱文長方。

豫章黄先生文集九十七卷 又稱山谷全書　嘉靖丁亥寧守喬遷補刊葉天爵本

内集三十卷，外集十四卷，別集二十卷，詞一卷，簡尺二卷，年譜三十卷，附伐檀集二卷。徐岱序。周季鳳序。年譜後附周季鳳著山谷黄先生別傳。又周季鳳重刊涪翁文集跋。又查仲道後序。除周序、查後序，均稱山谷全書。

「許焞收藏」白文方印、「天然圖畫樓收藏典籍記」朱文隸書長方印〔一六〕、「一兩六錢」朱文每字外有圓圈、「□是醇夫手種田」朱文橢圓〔一七〕。

許焞一字慕迂，海寧人，雍正癸卯進士，官翰林院編修。

東萊先生詩集二十卷 南昌彭氏知聖道齋抄本

卷首録四庫提要，係文勤所書。後有乾道二年贛川曾幾題跋。卷中朱筆精校並題後云：「咸豐辛酉嘉平手校一過，恨無佳本互勘。時年七十有五，養園。」「南昌彭氏」朱文方、「知聖道齋藏書」朱文長方、「遇讀者善」白文方、「滇翁」朱文長方、「臣許乃普」白文方。

養園疑係滇翁别號，俟考。

謝幼槃文集十卷 平江陳氏西畇艸堂抄本

紹興壬申苗昌言題。又題名五行：「淳熙二年湯夏趙燁重修。」紹興三年吕本中題：「此本源出於紹興合刻謝溪堂幼槃合集三十卷本。」萬曆己酉謝肇淛題：「幼槃詩文不傳於世，此本從内府借出，自爲鈔寫，清霜呵凍，十指如槌，幾二十日始克竣帙。」謝杲題肇淛之子。東山後學黄晉良題。林佶題。黄、林皆題於謝氏抄本之後。朱彝尊題：「是集流傳甚罕，謝布政在杭抄之内府，在杭收藏宋人集頗富，近多散失。惟此係其手書，子孫裝界成册。平湖陸編修次友典福建庚午鄉試，抄得之。予令楷書生亟録其副。」陳氏蓋從竹垞抄藏本録出。

「西畇艸堂」朱文大方、「陳墫印」朱文方、「復初氏」朱文方、「仲遵」朱文長方、「顛翁」朱文方、「平江陳氏」朱文方、「西畇藏書」朱文方、「陳氏西畇艸堂藏書印」白文長方、「墫印」朱文圓、「西畇耕者」白文方、「秘本」朱文方。

瞿目有之，云：「係謝在杭抄本。未知杲係原抄否。」

張文潛文集十三卷

此即瞿目所謂胡應麟筆叢所載之本。缺馬紃序一篇。舊爲錢叔寶藏書。卷末題云「己未十月楚太傅婺野唐公鉞惠」，下鈐「錢穀」朱文、「錢氏叔寶」白文印。書籤題「張文潛先生集上、下」。下鈐「俊明」、「孝章」朱文兩印。其餘各家藏印甚多，類記如下：「錢乘滅齋收藏」朱文方印、「中吳錢氏收藏印」朱文長方、「邵彌私印」白文方、「碧芸館印」白文方、「陳元璞」白文方、「吾師老莊」白文方、「陳氏珍本」朱文方、「華里布衣」白文方、「陳琦家藏」朱文方、「陳琦」白文方、「潤父」朱白文方、「燕巢」白文方、「陳琦印」白文方、「陳元璞」白文方、「元璞陳琦」白文方、「馬永麟圖書記」朱文方、「雅遊軒」朱文橢圓、「永麟之印」朱文方、「子孫保之」朱文葫蘆、「德星常拱之家」朱文長方圓角。

釣磯詩集四卷 道光庚戌錢唐羅鏡泉以智增輯鈔校本

是集爲宋末邱葵著。諸家罕著録。顧選元詩，錢補元藝文志，均未之及。羅君得舊鈔本，又見裔孫邱珽康熙年刊本名獨樂軒詩集，互相校補，並校正刊本之誤。計以鈔本補刊本者，共增詩八十首；以刊本補鈔本者，共增詩四十四首。通計原本及補鈔共二百七十四首，仍分四卷，詳見跋文及總目。

此鈔本校勘極細密，爲傳書堂舊藏。

數年前於傳書堂殘餘書籍中，搜得吾鄉羅鏡泉以智輯校本釣磯詩集。知其未經刊布，而未敢決定是否手稿。丙子殘冬，顧子起潛示余海粟樓王氏藏文稿四册，未署姓名，版心有「恬養齋偶鈔」五字，共八十九篇。首載經解，次考，次説，次論，次辯，次序，次壽序，次記，次跋，次書後，次書事，次題詞，次贊，次銘，次傳，而以淡巴菰寓言十九殿焉。王子欣夫跋其後云：「恬養爲羅鏡泉齋名，讀其中趙清獻公年譜自序、跋大元海運記，益信爲鏡泉文稿。鏡泉著述甚富，多未刊行，僅錢塘丁丙刊其新門散記、海昌羊復禮刊其七十二候表二種而已。以余所見者，有文廟從祀賢儒表二卷、趙清獻公年譜一卷、詩苑雅談五卷、宋詩記事補遺□十卷。知而未見者，有浙學宗傳敬表録、述齋筆記、恬養齋詩集」等語。余展讀一過，有跋釣磯詩集一篇，與藏本一字無異，不禁狂喜！證明文稿的係鏡泉遺著，且係手定。因行間校改各字，並有手鈔數篇，與釣磯詩集字跡如出一手，兼可證明此輯校本係鏡泉手抄，彌足珍重。年前杭州某坊書目有恬養齋詩集，購之，已歸他人。頃詢起潛，知亦爲欣夫所得。頃已移書假之。他日倘能合詩文兩集爲之刊行，亦後學應盡之責也〔一八〕。

遺山先生詩集二十卷　汲古閣元人十集本

假得宗耿吾兄弘治、沁水李瀚本，己巳冬日手校一過。弘治本半葉十行，行廿一字。係從元本出。首有段成己引，謂「即其家得，所有律詩凡千二百八十首，又續採所遺落八十二首」。汲古閣亦刊段引，乃擅改其文爲「即其家得遺稿若干」。弘治本爛板，汲古本皆作墨□。知汲古實從弘治本出，而子晉後跋並未言所據何本，殊可異也。

「長洲潘鐘瑞麐生所藏」朱文方、「曾藏漱霞仙館」白文方。潘爲咸豐時人，著有百不如人齋詩稿。

通藝録　嘉慶八年自刊本

自叙。目：論學小記、論學外篇、宗法小記、儀禮喪服文足徵記、釋宮小記、考工創物小記、磬折古義、溝洫疆理小記、禹貢三江考、水地小記、解字小記、聲律小記、九穀考、釋草小記、讀書求解、數度小記、九勢碎事、釋蟲小記、修辭餘鈔。附録：讓堂亦改録、樂器三事能言、琴音記原本、濠上吟、蓮飲集、藤笈編、非能編。未成書：儀禮經注疑直、説文解字會極、古今體詩。

卷末夏氏跋云：「易疇先生通藝録，名物訓詁，考據淵博，余心儀之，而未睹其書。近購得之，閱卷中尚有闕葉，因假王露坡本校補三葉，餘付闕如。喪服文足徵記有述兑編目，計二葉。九勢碎事有題蘭亭諸跋，計十二篇。此本俱缺，王本亦缺。又總目有讀書求解，目録卷中亦有其目，而無其書。附録有琴音記元本、濠上吟、蓮飲集、藤笈編、非能編五種目録，今亦無其書。豈與卷中蜾蠃轉語同例，俱爲未鍥之書耶？抑已付手民或爲先生所摘出耶？不然，何以王本所列總目無琴音記以下五種並無讀書求解之目也？又按樂器三事能言卷中鐘磬各圖説，考工創物小記中已備，似亦近重出耳。丙辰九月九日訪雪識於卷末。」

「夏子猷印」白文方、「訪雪之書」朱文方。

蜕庵詩集四卷 長塘鮑氏抄校本

以文手抄釋蒲庵來復序一篇、蘇平仲序一篇、釋宗泐跋一篇。又補録劉岳申張仲舉集序一篇。後題云：「嘉慶壬申九月十八日，介老人從中齋集録補。時年八十又五。」

卷中又以朱筆校正原鈔。有第五卷，以文去之。於第四卷雷火焚故宫白塔七律後題云：「按元本七言律詩止於此，下接七言絶句二十八首，無五卷也。此本絶句後七律七首，蓋從别本增入，當標補遺名目，不必重抄七絶作第五卷也。」「按邵亭目云：『張金吾有蜕庵詩五卷。舊抄云分卷次序與洪武刊本異，多有洪武本缺載之篇。』」

據此知原抄與邵亭所云張金吾本合。以文蓋依洪武本校正。國學圖書館藏一鮑氏校抄本，後題「通介叟」，不知與此本有異同否。

副葉題「蜕庵詩集」四字八分書，當是以文手跡。副葉之陰木刻「趙松雪藏」，書法亦八分書，如出一手。

「紙窗竹屋燈火青熒旹於此間得少佳趣」朱文大方、「歙西長塘鮑氏知不足齋藏書印」朱文大方、「老屋三間賜書萬卷」朱文大方、「世守陳編之家」朱文橢圓、「長塘圖」朱文、「榴皮衛」朱文方、「萬卷書藏一老身」白文方、「香圃所藏」白文方此印當是香圃鈐。

菉竹堂稿八卷 嘉靖八年瘮孫葉夢淇刊於衡州

首葉有葉恭焕題記，云：「此上紅點者，乃俞仲蔚所選，將欲付梓一部。括蒼山人恭煥記。」又有古愚題記云：「菉竹堂稿本，先君之所藏而分授大兄者，被其後人借去十餘年矣。屢索不還，僅償水東日記一部，大兄恒不能忘情焉。今渠後人亡未一年，此書已流落書肆矣。余今得之，不啻趙璧之完歸。大兄歸，當以告之，喜可知也！時丁丑仲夏。古愚識。」

「古愚」白文方。

按王佩初氏題記釋爲葉古愚，似未確。

「葉恭煥印」白文方、「據梧生」白文方。

文莊公自序，天順己卯書於西廣之冰玉堂。

蔭孫夢淇刻菉竹堂稿引，嘉靖八年季冬。

每卷第二行題「皇明名臣正議大夫資治尹吏部左侍郎謚文莊崑山葉公存稿」。次行低八格題「奉議大夫同知衡州府事蔭孫葉夢淇刊行」。第三行又低五格題「鄉進士衡陽門生朱希賢校正」。文、詩各四卷，皆官嶺北及撫廣時所作。目録缺第四、第五、第六、第二十五、第二十六、第二十七、第二十九、第三十各葉，已抄補。又卷二缺第三十一、第三十二葉，已抄補。又卷四缺第五葉，又卷六缺第二十一葉，又卷七缺第十二、第十三、第十六、第十七葉，又卷八缺第三十二、第三十三、第三十四葉，均已抄補。右抄補筆意與古愚題記悉出一手，似爲明代人所書。又有近人據乾隆本校正各籤，散附卷內，俟覓得乾隆本再行整理。卷中俞仲蔚朱點,間有校正處。

此書各家未見著録,民國十二年購自湘鄉王氏,謂係袁漱六故物。

吕涇野先生文集卅八卷　舊抄本

萬曆壬辰庚戌北地李楨序[二九]。結銜題「後學北地李楨編校」。胡篤跋。跋中稱「大中丞李公取仲木集删定之」,篤自稱「屬下吏湖廣漢陽府知府」。此書蓋由李楨任楚撫時,就涇野文集刊本重選刊行者。

「吴瑛之印」白文方。

頃見嘉靖乙卯直隸真定府知府于德昌刊本卅六卷,係依西安府舊刻,又依府志重加讎校。刊行者以目録與此本對校,知李楨係選刊,非足本。辛未臘月記。

前有李舜臣序,稱「諸弟子録其文成集,仲子昀、長孫師皋藏之家,西安高陵嘗梓之」。是西安本外,又有高陵刊本。

洹詞十二卷　明趙府味經堂刊本

板心作複線匡三。上匡刊「趙府味經堂」五字,中匡紀洹詞卷幾,下匡紀頁數。分元、亨、利、貞四册。余廿六歲時購於彰德府考棚。

天目先生集二十一卷附録郭造卿江藩哀録答大司馬張公書 萬曆刊本

有丹稜黎芳後序，云「歲壬午西蜀張公以少司馬督撫東南，芳其屬掾，因緣得事公於錢塘之莫府，而以先生遺稿屬焉。明年秋公在薊州，復以先生集序來，與王公故所撰者並立於前，而以碑銘、傳記、哀辭、悼章附列於其後」等語。今此本無張、王兩序，應補抄。

耄年録九卷 茅坤著 萬曆刊本（自序作於乙卯）

「壬辰以後，年垂八十。凡墓銘、序記、詩文、書札等，隨手日録而貯之，亦隨手而梓之，無復如故時類次。卷七爲自述，即撰年譜，作於戊戌，時已八十七歲。」

千頃堂書目：茅坤白華樓藏稿十一卷，又續稿十五卷，又吟稿十卷，又玉芝山房稿二十二卷，又耄年録八卷，孫元儀輯。此書共九卷，其八卷者，重刻本也。北平圖書館茅鹿門集三十六卷之目，大略檢查並無自述，餘文有無，未及細檢。

炳燭齋集不分卷 海虞顧大韶撰　康熙十年刻本

前有錢陸燦序。顧爲陸燦師。此書入禁書全毀目。大韶之兄大章死於璫禍，與楊、左、魏、周、袁同被難。

琴張子螢芝集五卷 金壇張明弼著　天啓甲子刊本

黄道周序。陳盟序。朱之俊序。王鐸序。

卷一、二賦，卷三雜文，卷四、五詩。作者反對科舉文字之弊，卷三張羅篇、卷五文言痛切言之。詩文胎息六朝，不落纖佻窩臼，石齋許爲庾、鮑之流。是明季文派之佳者。

六家文選六十卷 明嘉靖吴郡袁氏嘉趣堂本

袁氏前後題字俱全。道光庚子銑嶺楊霈題跋，有收藏各印。余得之瑞安黄氏。

文選六十卷 明初朝鮮銅活字本

五臣注在前，李善注在後。

昭明太子序。

國子監准敕就三館雕造李善文選文、李善上文選注表。

吕延祚進集注文選表。

高力士宣口敕。目録。

每半葉十行，每行十七字。小字雙行。末卷附五臣本後序，題「天聖四年九月前進士沈嚴序」。序後題記如下序爲平昌孟氏小字本作：

李善本

天聖三年五月校勘了畢

校勘官將仕郎守許州司法參軍國學説書臣公孫覺

校勘官將仕郎守常州晉陵縣主簿國學説書臣賈昌朝

校勘官文林郎守宣州寧國縣主簿國學説書臣張逵

校勘官承務郎守彭州録事參軍國學説書臣王式

校勘官文林郎守泗州録事參軍國學説書臣王植

校勘官將仕郎守信州貴溪縣令國學説書臣王畋

校勘官宣德郎守饒州軍事判官國學説書臣黄鑒

天聖七年十一月雕造了畢

校勘印板承奉郎守大理寺丞充國子監直講兼北宅故河州觀察院教授公孫覺

校勘印板朝奉郎守秘書丞騎都尉臣黄鑒

天聖九年　月　日進呈銜略

藍元用　皇甫繼明　王曙　薛奎　陳堯佐　吕夷簡

秀州州學今將監本文選逐段詮次，編入李善并五臣注。其引用經史及五家之書，並撿元本出處對勘寫入。凡改正舛錯、脱剩約二萬餘處。二家注無詳略，文意稍不同者，皆備録無遺。其間文意重疊相同者，輒省去。留一家總計六十卷。元祐九年二月　日。

按六臣文選五臣注在前，李注在後者，今世所見惟明嘉靖袁褧本。袁褧之祖本爲崇寧五年鏤板，政和元年畢工，即竹垞所見之王氏賜書堂本也。此本所祖爲元祐九年秀州州學本。秀州本乃據天聖七年監李善注本、天聖四年平昌孟氏小字本五臣注合校而成，並改正二萬餘處。其祖本在崇寧本之前，是今世所傳五臣注在前之六臣文選，無古於此本者矣。

又卷尾有跋云：「鑄字之設，可印羣書，以傳永世，誠爲無窮之利矣。然其始鑄字様有未盡善者，印書者病其功不易就。永樂庚子冬十有一月，我殿下發於宸衷，命工曹參判臣李蕆新鑄字樣，極爲精致。命知申事臣金益精、左代言臣鄭招等監掌其事。七閱月而功訖，印者便之，而一日所印多至二十餘紙矣。恭惟我恭定大王作之於前，今我主上殿下述之於後，而條理之密又有加焉。中略實我朝鮮萬世無疆之福也。宣德三年閏四月　日，崇政大夫、判右軍都總制府事、集賢殿大提學、知經筵春秋館事兼成均大司成、世子貳師臣卞季良拜手稽首敬跋。」

按書林清話卷八述日本朝鮮活字版，云：「大抵朝鮮活字本始行於明初。余藏國語韋昭注，爲銅活字大字本。有跋云『我東活字印書之法，始自太宗朝癸未，以經筵古注詩、書、左傳爲本，命判司平府事李稷等鑄十萬字，是爲癸未字。世宗朝庚子，命工曹參判李蕆等改鑄，是爲庚子字』」等語。此跋所稱太宗，即卞跋之「恭定大王」；所稱世宗，即卞跋之「主上殿下」。是此本爲庚子字所印，時在明初。

原缺卷四十，倩武井樊君影抄袁褧本補之。

「宣賜之記」朱篆文大印、「攝州天滿」「松雲峰寒山寺」朱文楷書大長方。

文粹一百卷　杭州榆園許氏校刊初印本　蔡公重鼎昌批校

許氏綴言稱:「校勘是集,始於光緒戊子,約譚君仲修獻鋭意緝治。後得蔡君公重鼎昌、張君小雲大昌磋磨之助。若古詩九卷皆仲修、公重主之」等語。此本爲蔡君就初印本手批,並校正訛字。聞此書爲浙江書局代刻,許益齋君邁孫亦校勘樣本後仍多訛字,甚怒剞劂之疏忽,甫印數本,即令停刷,俟修補後再印行。蔡君係原校者,又於初印本重加訂正,且全部批點,甚爲精審,足爲此書增重。蔡君又以另紙録王鐵夫芑孫及王槐跋語兩則。兹録於左:

此紹興九年臨安府重刊本。後有知軍府張澄等十一人結銜,吾同年友蕘翁所藏。余讀是書三十年,苦其訛脱,於世所行嘉靖刻三本遍求得之。徐熇本較善,然終不慊,屢欲借校於蕘翁,以蕘翁例不借書,未敢驟請。故以懇求之,蕘翁慨然借我,損其匣而不之惜也。宋本訛脱故亦不少,然自有迥勝今本者。如李華含元殿賦「寺人大伯」,出左傳,今本誤改爲「老伯」。宋之問秋蓮賦「舟青翰」,誤「舟」爲「丹」。張説開元樂章「震震」,今本誤爲「蒸蒸」。是不知「震」有平音而易之也。韓愈元和聖德詩「烜威赫德」,今本訛「怛威赧德」。孟郊古意「願分精與麤」,今本誤改「麤與精」以協韻，不知「精」字複韻，「麤」乃轉韻，而與上「爐」字叶也。張九齡龍池頌序「大盗狃於得志」，今本誤「盗」爲「道」。皇甫湜元魏正閏論「幽王之滅戲」，今本誤改「厲王之居彘上」。以「圮耿比羣胡」，此當從滅。若曰「居彘」，則失之矣。凡此非見舊本，雖有好學深思，末由意揣而得。蕘翁以不肯借書見呰同好，然余無一瓻之送，枉蒙破例，有足感焉。題其後而歸之。鐵夫。

余年二十餘，思讀唐文粹。會有客攜此書至，遂買之。開卷漫漶，其中魚魯不止十一。余寡交遊，無從得善本。去年歸錢塘，過友人錢唯傳孝廉師曾齋，見是書丹黄爛然，有「太鴻」小印，知爲厲先生校本。今年春，余自婁東來，錢君招余，館我於江月松風艸堂。校勘之餘，不廢詩酒，十四日而卒業。嘉慶十七年壬申天中節後一日王槐跋。

惕甫所校正各誤，今斠刻本，均已改正。其跋可毋須過録。惟合觀後一跋，足見古人求善本之不易，因録別紙存之。

以上皆蔡君所録。蓋從王君槐過録厲樊榭校本録出，厲以蕘翁宋本校正，故附録王惕甫跋語。譚復堂序此書，謂「舊有惕甫校本，亡於汀州寇亂」。今蔡君得見，過録蕘翁原本，謂惕甫所校各誤斠，刻本已均改正」。足見許刻遍校各本，極爲精博也。

松陵集十卷　弘治壬戌吴江令劉濟民刊本

後有都穆記，前有皮日休序。刊印甚精，惟卷二末兩頁以翻刻本配。「宛平王氏家藏」白文方印、「慕齋鑒定」朱文圓印、「曾在王鹿鳴處」朱文長方印、「平臺王瓊宴鹿鳴藏書記」朱文長方印、「燕越胡茨邨氏藏書印」白文大方印、「宗室文慤公家世藏」朱文方印、「聖清宗室盛昱伯羲印」朱文方印。

古樂府十卷　舊鈔本

前有至正丙戌克明自序，後有正德四年知扶風縣事代郡孫璽跋語，云：「正德戊辰拜扶風尹，謁康太史德涵，謂予左氏古樂府舊本殘缺，既爲訂正，惜無梓之者。予歸乃屬扶風學生楊斌書以梓之。自冬徂春，八十一日而書成。」此本蓋從正德本傳鈔。焦仲卿詩「守節情不移」句下，未增「賤妾守空房」二句；「新婦初來時」句下，未增「小姑始扶床」二句；「寡婦赴彷徨」，「赴」未改「起」。尚是元刻之舊，與俗本迥異。卷首有「朱氏續京藏」印。並經雙照樓吴氏收藏。

六朝聲偶集七卷 明抄本

藍格棉紙。每半葉九行，行二十字。每卷有子目。每卷前題「吴人徐獻忠選」。卷末題「長水書院刻」。七卷後有「補遺」三首。「古潭州袁卧雪廬收藏」白文大方印。

此書未見各家著録。松江韓氏藏書目録有「六朝聲偶集七卷，長水書院刻本，黄蕘夫校」。又一部係舊抄本。松江韓氏抄刻兩本，已於癸酉冬日見於滬肆，爲識者購去。

唐僧弘秀集不分卷 舊抄本 不分卷

菏澤李龔序。「弘」字未闕末筆。

此書宋刊本聞亦不分卷，爲吾友許君耆世藏。去歲聞已流入文友堂書肆矣。丙子。

西湖遊詠一卷 嘉靖戊戌刊本

錢塘田叔禾汝成、吴郡黄勉之省曾，於嘉靖丁酉同遊西湖，互相投贈之作。共詩三十六首。有勉之序，叔禾後序。有關吾鄉故事，故購而藏之。

叔禾著有西湖遊覽志及志餘。

花間集十二卷補二卷

唐歐陽炯序。序後一行「萬曆壬寅孟夏玄覽齋重梓」。唐衛尉少卿趙崇祚集，集補題「西吴温博編次」。

此爲吴伯宛雙照樓故物，四部叢刊曾借印。

樂府雅詞三卷拾遺二卷 東吴顧氏鈔藏本

「養拙齋」朱文長方印、「顧肇聲讀書記」朱文長方印、「隨庵」白文方印。

此抄本未經復校，訛脱頗多。壬申正初以秦刻詞學叢書本對校一過，正訛補脱。又義可兩存者，均旁注之。惟卷上九張機「塵昏汗汙無顔色」，秦本作「塵世昏汙」。又董穎薄媚第十攧「苧蘿下鉤釣深閨」，秦本作「苧蘿不鉤釣深閨」。又趙德麟鷓鴣天題注「前段後段」，秦本作「前改後改」。又張子野天仙子「落絮倦飛還戀樹」，秦本「絮」作「葉」。歐陽永叔浪淘沙「垂楊紫陌洛城東」，秦本「洛」作「路」；「只有紅塵無驛使」，秦本「無」作「迷」。葉少藴念奴嬌「故人漸近」，秦本「近」作「遠」。均不知此本之尚存廬山真面。恐秦氏付刻時不免有臆改之失，或所據原本亦有舛誤也。

又以四部叢刊本鮑渌飲抄校樂府雅詞對校一過，知此本與鮑校原本同出一源，而秦刻本與鮑校頗多違異。叢刊書録謂「鮑校爲石研祖本」，非確論也。

此爲國初抄本。

晚香室詞選八卷 無題名印記 稿本

肇聲名楗，雍正時人，即刊碧筠艸堂本笠翁叢書之中吴顧楗。養拙亦顧氏齋名。知始李白，終張埜。共選一千二百〇九首。間有注釋，是深於詞律者。字體甚舊，必在嘉道以前。

此本得於常熟翁氏。

葉先生詩話三卷 影抄元刊本 吴門葉調笙廷琯手校

每卷大題後：「石林葉夢得少藴述　古迂陳仁子同俌校正。」末卷後有「茶陵州儒學學正于瑞孫點看，別無漏」一行。「咸豐乙卯臘月吴門葉廷琯依甲辰家刻本校於上下書眉。臘月八日校畢記。」

「三琴趣齋」朱文方、「調生手斠」朱文方，又有袁寒雲收藏各印。

剡溪詩話一卷 嘉靖丁丑俞子容紫芝堂手抄　汲古閣毛子晉藏本

此書見於鐵琴銅劍樓藏書目，今睹原抄，知瞿藏係傳録本。俞子容後識云：「剡溪詩話一卷，從柳大中處假歸，余遂手録。然意此書非似孫所著，觀其筆力，與緯略不同。故書此，以俟博洽者辯之。丁丑六月十七日，後學俞弁子容甫書於紫芝堂中。」

「姑蘇吴岫家藏」朱文方印、「毛晉私印」「汲古主人」朱文方印、「東吴毛氏圖書」「子晉書印」朱文方印、「小李山房」朱文大方。

葉面隸書題：「剡溪詩話　弌編　汲古閣毛子晉。」

藏本似李氏所題，與寒歲堂詩話合訂一册。

歲寒堂詩話一卷 俞子容手抄本

「汲古閣」「毛氏子晉」朱文方印、「子晉」朱文連珠方印、「姑蘇吴岫家藏」朱文方印。「子孫永保」白文大方印，此係小李山房印記。

此書係紹興古越樓流出，庚午春日購得之。經吴方山、毛子晉、李柯溪收藏者。書根題「剡溪詩話　歲寒堂詩話」，尚係子容手筆。確是原裝，未經改動。

蒼崖先生金石例十卷 精鈔本　影元刊

至正五年楊本序。至正乙酉傅貴全序。湯植翁序。戊子王思明序。鄱陽楊本編輯校正。廬陵王思明重校正。「季滄葦藏書印」朱文長方、「西河」朱文橢圓、「毛扆之印」白文方、「書林日掃桐華」朱文長方、「汝南叔氏」朱白文合璧方、「冕卿」白文方、「吾生珍秘之印」朱文横方、「俞氏雅玩」朱文方、「吾生」朱文方、「俞梧生最嗜物」朱文長方。

【注釋】

〔一〕先生書於此條上端書眉處，並未鈔録。

〔二〕原稿如此，當爲群經補義。

〔三〕此處書眉先生加注云「未刊」。

〔四〕原稿空缺。下同。按，當爲楊名時。

〔五〕先生旁注「已分卷而未編定」。

[六] 書稿此處眉端有先生眉批:「已刊」。

[七] 先生眉端注云:「升庵原文,或係刻本更改。未見升庵原本,不敢臆定。」

[八] 先生批注云:「『三』當爲『五』之誤。錢竹汀五硯樓記云:『袁又凱讀書之室,曰三研齋,皆其先世所貽,後得清容居士研及谷虚先生廣石研,因築樓名五硯。』」

[九] 「壬申二月」以下一段,先生補撰於書眉,係後增補,似爲糾正原定「許宗魯本」之誤。

[一〇] 此處書眉有先生批注云:「審是莫楚生棠手蹟。」

[一一] 此處書眉先生批注云:「當爲『辰春』二字,已損。」

[一二] 此處書眉先生批注云:「『魯復』二字略有模糊,不知有誤否。」

[一三] 此處書眉有先生批注云:「『渡』字似誤,其他皆以陸本爲長。」

[一四] 此條似爲先生抄録上述序、傳之日期,并非傳末紀年。「辛未十月」,即一九三一年一一月。

[一五] 此二印書眉處有先生批注云:「此近人之印。」

[一六] 此印書眉處先生注云:「明嘉靖進士潘允端,字仲履,上海人,有『天然圖畫樓收藏典籍記』印。章見天禄琳琅續編元祐本史記條下。」

[一七] 此印書眉處先生注云:「善本書室志作『个是醇夫手種田』。」

[一八] 此處書眉先生批注云:「欣夫已以詩集見惠。」

[一九] 此處書眉有先生批注云:「既曰壬辰,又作庚戌,原文如此。俟考。」

卷盦題跋輯存

葉景葵 撰
柳和城 輯

卷盦題跋輯存目録

書蔡傳附釋……三七三
詩集傳附釋……三七三
詩小序翼……三七三
木訥先生春秋經筌……三七三
孟子趙氏注……三七四
國語補音……三七四
韻補……三七四
朱子經説……三七六
古文徵……三七六
漢書正訛……三七八
後梁春秋……三七八
南史……三七八
明史義例彙編……三七九
南田志稿……三八〇
陽羨風土記補輯……三八〇
宰漣紀要……三八〇
鴿痛記三則……三八〇
塊餘生自紀……三八四
趙君閎訃窆……三八四
安陽葉公渠事實……三八四
諸仲芳筆録端方之死稿……三八六
嚴容孫傳……三八八
戇齋日記……三八八
福州鼇桑公學稿……三八八

及之録……三八八
漸西村人日記……三八九
禁煙私議……三八九
潘氏松鱗義莊規條……三八九
江蘇備志稿……三九一
浙江續通志稿……三九二
水經注校本……三九二
經籍跋文……三九二
卷盦捐書目録……三九三
蘭笑樓藏書目録……三九三
里堂家訓……三九三
南村輟耕録……三九四
南華真經……三九四
藝圃圖序……三九五
墨蘭譜……三九六
明清藏書家尺牘……三九六
養生類纂……三九六
養生月覽……三九七
新書……三九七
物類集説……三九七
曆測……三九八
致曲術　致曲圖解……三九八
九章蠡測……三九八
曹子建集……三九九
晉文約鈔……三九九
孟浩然集……三九九
又……四〇〇
闕文……四〇〇
金奩集……四〇〇
明朝宫詩……四〇一
唐先生遺稿……四〇一
小學盦遺稿……四〇一
觀所尚齋文存……四〇一
白沙子全集……四〇二

安樂鄉人詩……四〇二
國朝杭郡詩續輯……四〇二
攀古小廬雜著……四〇三
縵雅堂詩鈔……四〇三
東洲草堂詩鈔……四〇四
劉瑞臨先生文集……四〇四
白田風雅……四〇四
代言集……四〇五
雕菰集……四〇五
求是堂詩集……四〇五
恬養齋文集……四〇六
趙尚書奏議……四〇六
趙尚書奏議第四次輯録……四〇六
趙尚書遺稿……四〇七
塗子類稿……四〇七
節甫老人雜著……四〇七
盛尚書愚齋存稿初刊批注十八則……四〇八
忠雅堂詩集……四一二
頻羅詩集序……四一三
葉仲裕殘稿……四一四
思玄堂詩……四一五
蛻廬剩稿……四一五
蔽廬叢志序……四一五
紅樓真夢……四一七

書蔡傳附釋

書蔡傳附釋　丁儉卿手稿　丁丑夏日購於滬上。原書，上海圖書館藏。

詩集傳附釋

詩集傳附釋一卷　丁儉卿手稿　丁丑夏撰初收得。原書，上海圖書館藏。

詩小序翼

觀第十一卷末引謝枋得語夾簽，知此爲介侯先生手校定本，當係晚年之筆，不知身後已付刊否，亦不知海内尚有副本否。其底稿恐已流出海外矣！壬午重陽景葵讀。原書，上海圖書館藏。

木訥先生春秋經筌

此楚生先生題簽，知原藏已非全豹矣。庚辰初夏葉景葵記。原書，上海圖書館藏。

孟子趙氏注

甲戌孟冬過録周耕厓校本。原缺卷四下。景葵。原書,上海圖書館藏。

國語補音

國語補音 顧千里抄校本 第三卷係手抄,以正德本、微波榭並本校。凡以雙圈作記者皆此本佳勝處。原書,上海圖書館藏。

韻補

余前購常熟翁氏舊藏毛子晉鈔本韻補五卷,首尾皆毛氏手鈔,其餘集衆手而成,復經毛氏校正。頃書友李子東示余一明初刊本,經文村老民王氏手校者。刊本失去序跋,未詳刊者姓名,但知非許宗魯本耳。文村校語,至爲精審,因取余藏鈔本,詳校一過。文村所引各本,一爲宋本,頗有訛脱,當即瞿目著録之本。文村館於恬裕齋,固寢饋有年也。又引一鈔本,其佳處與此本無不密合,當與毛氏傳録之本同出一源,或即毛氏所見之本亦未可知。此本固出於虞山故家也。又引一本,當係刊本,未詳時代。又引陸敕先校宋本，其底本爲刊鈔，不可知矣。

凡此本與宋本及各本異文皆詳録之。文村校定異文外，復編改所引原書，根究疑義，每於韻母多所訂正。非深于小學、韻學者不能，亦詳録之。

凡文村審爲宋本之訛，而此本不訛者，概不省略。

明初本與此本異文，書曰：「明初本作某。」

明初本間有舊校，凡可與此本相印證者，皆録之。書曰：「明初本舊校作某。」其有文村校語者，更加「校云」二字以別之。

宋本有數處，是以訂正此本，但此本訛字，以文村校語證之。宋本十九皆訛。其宋本訛而此本不訛者，尤屬多數；明初本訛而此本不訛者，亦數十字。始知毛氏所據之本極有價值，復校勘工夫又異常細密，洵屬善本。癸酉二月十一日起，每日燈下校一卷，五日而畢。十五日燈下，葉景葵識。

此卷有爛損字，癸酉仲春依明初刊本補寫。景葵。

原書，上海圖書館藏。

朱子經説

朱子經説，嘉善陳幾亭先生輯，崇禎庚辰寓刊底本，幾亭先生手校並跋。越三百年庚辰正月後學葉景葵敬題。

陳龍正，字惕龍，嘉善人。遊高攀龍門，授中書舍人。上養和、好生二疏。又上言「拯困蘇殘，以生財爲本」及用人探本疏。左遷國子監丞。甫抵家而京師陷，福王力用爲祠祭員外郎，不就。南京不守，龍正已得疾，遂卒。門人私謚曰文潔。金玄，字伯玉，武進人，兵部主事。崇禎十七年，帝崩，投金山河死，謚忠節。劉理順，字復禮，杞縣人，右諭德。城破，投繯死。贈詹事，謚文正。原書，上海圖書館藏。

古文徵

晉書天文志序　地理志總序

隋史經籍志　周易、詩經、三禮、春秋、論語、孝經、小學、道經、佛經

唐一行兩戒山河論

唐韓愈禘祫議　答張童子序

唐書儒學傳

後唐李琪請蠲賦疏

五代王朴顯德欽天曆奏

唐書兵志文藝傳序

新唐書啖助傳

五代史志方考序

宋蘇軾圜丘合祭六議劄子、私議策問　蘇軾古文序

朱熹開阡陌辨、四廟祧主議、周易五贊、六先生畫象讚

胡銓論時政差役諸法狀

宋史兵志序

元馬端臨春秋古經辨、吴澄無極而太極説、東西周辨

此秀水盛柚堂先生選鈔家塾課本，存唐五代宋元一册。除隋史經籍志、道經、佛經，一行兩戒山河論，朱子周易五贊、六先生畫象讚，吴草廬無極太極説等篇，係門弟子所抄外，餘皆柚堂手抄。眉端校注，提要鉤玄，所以示學子讀書稽古之門徑，不僅注意于文章之美。雖屬寥寥殘帙，與予昔年所收陳碩甫選抄經史百家讀本，寔堪並重。爲補寫目次

如右。卷中夾有山陰姜承烈分野辯一篇。□繹柚堂跋語，似爲未刊之稿，附訂於後，以免遺失。己卯二月廿九日，葉景葵謹識。原書，上海圖書館藏。

漢書正訛

王惺齋漢書正訛此尚珏抄録，而惺齋先生又再三修正，要爲精心結撰而成。父子字體相近，非細心讀之，不易辨别。庚辰夏末朱賈自嘉興販來，謂出於衎石先生家，首尾完善，惟改正處多粘簽，易脱落，尚須詳細整理，俾無傳訛。治漢書者，不能不讀也。葉景葵敬識。原書，上海圖書館藏。

後梁春秋

後梁春秋原刊本。此刊本流傳甚少，八千卷樓舊藏影抄本，現存南京國學圖書館。壬申冬日借抄補完。景葵。原書，上海圖書館藏。

南史

潘君博山收得王西莊校本南北史，極爲精美。適故人宗耿吾舊藏劉泖生傳録本散出，余即收之，有南史而無北史。借潘藏本對讀，知第四十九卷以後校語未録，第五十二至六十卷，則校語圈點均未録。蓋當時借書時間匆促，故付闕如也。丁丑之夏，先室逝世，入山養静，即携劉校本，又借潘藏末三册同行。到山後，經十日之力補録完竣。秋後下山，因蔣抑卮兄稱賞此書，乃以余所補録之三册留供繙讀，潘本則挾之赴漢。戊寅春回滬，則博山已由蘇避滬，當面繳還，而抑卮匆匆離山，將余補録本留山，屢托友人往覓未得。至庚辰，荷鄭性白親至抑卮山居檢查，始在書案抽屜内覓得。辛巳春，又荷顧牧師自山中珍重携回上海，始得與全書合併。良友之力，深可銘佩，而抑卮已作古人矣！卷四十五第十一頁，抑卮有校語著於前眉，渠讀書極細密，向少筆墨，此雖寥寥數字，亦可留作紀念。泖生先生校書甚精，此係匆匆傳録，恐他卷尚有遺落之處，應再借原本校讀一過。卷六十四缺末兩頁，亦須補抄，並假北史過録一部，俾人間留一副本。以近日物價趨勢而論，恐已無刊印之望矣！原書，上海圖書館藏。

明史義例彙編

此書羼入四益宧群稿中。前有王旭莊年丈仁東致一山劄。似係章一山同年梫之著作。雖未成書，采輯甚富，治明史者不可不讀。庚辰夏景葵志。原書，上海圖書館藏。

南田志稿

右石經閣馮先生手稿　錢衎石藏印　己卯殘臘葛滬估從嘉善寄來。葉景葵識。

同時購得者有衎石手校鈔本監國日録紀事略及盛氏嘉禾徵獻録原稿五巨册。必有盜入錢氏之室矣。原書，上海圖書館藏。

陽羡風土記補輯

此稿與付刊後又加修正，故收之。庚辰五月景葵記。原書，上海圖書館藏。

辛潓紀要

此許珊林先生槤之曾孫，海昌望族也。父名□祥，字子頌，曾輯許學叢刻，有詩稿，已刊。葵記。原書，上海圖書館藏。

鴒痛記三則

余二弟仲裕于宣統元年己酉六月初三日黎明，舟行長江至泰興上游，投水死，此爲平生極痛心之事。篋中尚存當時家稟三十餘紙，報告甚詳。檢出重裝，使子孫讀之，知吾家有此志事，並爲將來社會青年作借鏡之資。讀者當哀其不幸也！辛酉二月撰初記。

光緒壬寅春，余奉母回杭。同行者胞妹景蓉，將遣嫁于杭州高氏。胞弟景萊仲裕、景莘叔衡，姑表弟嚴江鷗客、嚴瀧龍隱，此四人者，于戊戌後在太康縣署，請一西文算學教習。庚子義和團起義，教習懼禍回閩，無師可教，余慮其廢學，擬同時遣至日本求學，預計四人學費，不過二千金左右。時家君在太康已二年餘，景況稍裕，似學費尚可騰挪。余婦銘延，亦侍母同行，因嫁事非伊不克襄助也。于是一家買舟，自亳州沿運河南行，每夕停泊，則兄弟五人上岸小吃，或沽魚肉，到船聚餐，其樂未央。約行二十餘日，抵杭州，行李未定，即得電，知家君調升汝州直隸州知州，相顧失色。汝州乃著名瘠缺，積累之軀，稍得休息，又入陷阱。家君續來書言，此係受人暗算，明升暗降，大不得了，四人學費萬難供給，命重行核議。兄弟會商，即令叔衡、龍隱赴日本，仲裕、鷗客從緩。余再三忖度，家中負累太重，時勢變幻可慮，決計自身須早尋出路，以分家君之擔負。適趙尚書升署晉撫，來電相召，慨然允之，於是有山西之行。而仲裕、鷗客留於杭州，鷗客又先回河南，仲裕乃孑然獨居杭州矣。是年胞妹出嫁，新婿高采樅維箎即在浙闈中式舉人，闔家大歡，乃留余母度歲，于次年春挈新婿伉儷同至河南，應癸卯補行辛丑壬寅會試，仲裕乃侍母同行。余于癸卯會試後，又奉調湖南，其時叔衡、龍隱到日本後，因語書不習，與教授齟齬，憤而回國，改入北洋大學肄業。鷗客則閒居無事，余招至長沙，介紹一印刷小事。仲裕獨留署中，侍親讀書。余又離湖南，隨趙尚書赴京，鷗客亦入北洋大學肄業。荏苒年余，余由京至湖北，正到省謝張文襄，將派文案，而趙尚書渡遼之命下，余遂有關外之行。仲裕獨居無聊，乃發憤襆被赴上海，入震旦學院肄業。未一年，即受學生風潮，與同志數人創設復旦學校于吳淞。又三年，與同志數人創辦神州日報社，大抵皆復旦學生，主持最力者，于右任、汪漱塵，各任招股之事。仲裕性敦篤，肯負責任，館中事務，以一身攬之，早作夜思，不辭勞瘁。股份不足，于、汪雖有招徠，但到館即罄，仲裕以一身獨任其難，四出賓士，艱窘萬狀。余在關外，雖尺素常通，但未能深悉其底蘊也。至光緒丁未，余自關外歸，見余弟囚首垢面，幾無寸晷之暇，詳詢顛末，始知報館已如無底之坑，萬難補漏。雖出己囊，略周其急，並派人駐館，閲覽流水，知余弟萬不能維持到底，曾婉勸設法讓渡于人。仲裕有難色，又因循數月，形勢日岌。忽與商務印書館經理夏粹芳閒談，渠有意當此難局，介紹與仲裕談條件，彼此參差。經余竭力撮合，由粹芳出資承辦。仲裕不願去實際而仍擁虛名，決計退出。於是神州之厄以解，所苦者，仲裕無事可爲，熱誠坌湧，萬難寂寞寡歡。適杭州安定學校缺人，聘仲裕爲監督，於是仲裕回鄉任事矣。其時諸鄉老如陳丈藍洲先生等禮賢如渴，見仲裕樸誠勞苦，實心任事，待以殊禮。同鄉諸公，委以主持全浙公報，又令參與諮議局復選事宜。其時浙撫增子固，浙藩顔小夏，均器重之，又委以浚湖局之事，一時譽望兼隆。仲裕亦不辭勞苦，爲故鄉服務。不料安定學生屢有風潮，諮議局復選頗受刺激，公報之事亦不順手，盤旋鬱結，新舊交攻，而病作矣。病初起時，經湖州人朱毅臣診治，即斷爲腦神經受病，無藥可治，非卸事静養不可。乃與鄉老熟商，交卸全浙公報事，安定仍留虚名，而另延一人暫代。諮議局初選議員未當選，復選則票數足額，當選爲議員。浚湖局暫時不辭。又經毅臣百計調治，居然痊可，遂伴同回滬。此函則回滬以後之變局也。前後三十餘紙，至今閲之，酸楚萬狀。余所悔者，當神州盤頂之後，叔衡在英留學，曾有函勸余資送仲裕出洋留學，變其環境。迨叔衡書到，已受安定之聘。余初未想到，後又因循，未采叔衡之議，以致鑄此大錯。凡余兄弟中以仲裕爲敦厚，平時訥訥，而任事血誠，待人和藹，起居飲食，堅苦節儉，而遇貧交後進，則揮斥施與，毫無吝色。惜乎生不逢時，環境逼迫，竟未能發揮光大，爲家之光，徒令齎志殞身，與屈平爲伍，是一家之不幸，而亦家督之罪也。辛巳二月既望，揆初記。

此宣統元年己酉六月家書，原未標明，今補注之。辛巳二月記。申官名維，叔衡長子，出嗣仲裕之子。後辦理總承時，又奉父母命嗣爲余之長子，兼祧兩房。辛巳二月十五日記。

原書，上海圖書館藏。

塊餘生自紀

塊餘生自紀二卷　先叔浩吾公手稿　侄景葵手裝。

此稿前已檢出，備交雜誌社附印。滬西戰事時，葵赴漢皋，爲女僕撿置篋中，歸來遍索不得，甚爲悼惜。今夕檢理故紙，忽然見之，喜出望外，急爲裝訂，以待流傳，可以編入家譜也。侄景葵重讀一遍敬記。廿九年十月十九日燈下。原書，上海圖書館藏。

趙君閎訃窆

趙惠甫先生之子君閎大令，相識於端匋齋幕府中，晚年偏盲，群籍喪失。張氏父子諧聲譜稿，承其讓與，並訂傳佈之約。幸不辱命，印行後，爲音韻學專家所寶重。天放樓餘籍，去年經京賈囊括而去。所存日記，亦已不全。頗擬傳鈔一副，不知能見允否也。庚辰十一月，景葵記。原書，上海圖書館藏。

安陽葉公渠事實

嚴君在豫三十六年，歷宰劇邑，所至禁暴扶弱，軫恤農艱，而尤注意水旱之災。旱則防蝻施賄，虔誠祈禱；水則識其被害最重者，相度蓄泄之故道，于水退後修浚之，不惜解囊提倡。如任祥符時，興復賈魯河支流各渠；任太康時，渦水上流泛濫，擇沿河支渠之未經湮滅者，督三十餘村于農隙修治之。皆選正紳督率，按段出夫，捐廉充賞，輕車簡從，周流巡閲，不假胥役之手。凡章程稟報，亦親自屬草，顧皆散佚無存。此稿爲光緒二十二年安陽縣任内所草，景葵侍側，親見振筆疾書躊躇滿志之狀。稿成，顧而諭之曰：北方沙性剽疾，水道易淤，倘後之來者吝惜每年三十串之宦囊，則幾次驟雨，前功盡棄；如永遠遵守不輟，雖數百年如新開之河亦不足異。古今政治往往如此，不僅治水爲然。景葵敬識之，即檢藏此稿，又拓得碑記一通，至今已四十五年。頃檢書篋，完整無恙，亟付裝池，乞農山、鼎梅二先生題記。農山豫人也，鼎梅隨宦，又旅食居豫亦久。題成，與原拓葉公渠碑記同送合衆圖書館保存，因述當年庭聞附書于後，以備省覽。新修安陽志金石門未載此碑記，向來金石著録，於清代之作不甚注重，以後當無此失。頻年兵事，陵谷易遷，不知此渠此碑尚有形跡留貽否？我國歷代循吏之宦心宦政，因視官如傳舍，而付之煙銷雲滅胡可勝道。西門、鄭、白諸賢幸留名氏，而當年規畫井井，今已一字無存，後之治國聞者當於此等實事加之意矣。民國三十年歲次辛巳閏六月十日，景葵記。

「規畫井井」四字删去，改爲「工作制度及文書記載」九字。次日景葵又記。

歷史文獻

第四輯，第四十九頁。

諸仲芳筆録端方之死稿[一]

端浭陽之由鄂入蜀也，調湖北新兵曾廣大一協而行。因前署鄂督時與曾有舊，欲有以借重之可當。是時也，新軍皆富革命思想，曾部亦何能免？而端署江督任内，搜殺黨人甚厲，曾部下之親族故舊，間有被戮者，暗中結怨已深。傳聞有督隊官鄧某，其弟亦爲端誅，銜恨切齒，久圖伺隙報復。故沿途軍紀甚壞，頗多騷擾，端知之而不敢問，曾更未能約束也。洎抵重慶，鄂垣已舉義旗，情勢大變。由渝至蓉，遵東大道而行，計一千另八十里。其時省中路潮益甚，巷哭罷市，咸雇幼童，首頂先皇光緒牌位，沿路痛哭，負郭四鄉同志軍紛起，怪狀奇形，不一而足。識者已覘大亂將至矣！先是端於途中，劾署督趙爾豐辦理不善，並嚴參署藩巡警道周某，以爲川路風潮胥其釀成，應亟罷斥，以謝川民。周則具稟趙督，請宣示路潮内情；一面具稟端督，略爲川路改歸國有，本川民所樂從，因端與郵傳部勾結，必欲估工給價，激起風潮。今因勢若燎原，乃知民怒難犯，而巧於卸責，諉罪他人，以爲一手可盡掩人耳目云云。文長數千言，計端殊力，即以此稟稿，連同上趙督之稟及批示，印刷辯冤書，遣人沿東道各城鎮，遍地拋灑。端見此事，又聞趙督有將俟其抵省即圈禁之説。故行至距省四百八十里之資州，逗留不進。而其部下見時機已至，但省中已派來炮兵團二百餘人接護，乃克意連絡一氣，即於城中天上宫，邀集當地人民開會，並劫端臨場旁聽。當場演説，表暴端罪狀，並詢是否應殺。聽衆處此軍威之下，皆拍掌贊成。當端之被迫而來也，與其第六弟偕步履蹣跚，兩人扶掖而行。人言已先服毒，至是，其六弟泣求鄧某，願以身代。鄧某瞋目答之曰：你也跑不脱！即牽端至殿外院中左偏，坐一板凳上，以指揮刀執行。刃十餘下而頸不殊，死狀甚慘。其六弟亦即被殺乃耳。演説聲明於地方無干，翌日全師而退，不必驚慌。於是散會，囊端首歸營。明晨拔隊東下。當地人士以銀十兩，市桐棺兩具，收埋兩屍於東門之外，翌年由家屬遷去。民國元年冬道經其地，僅見一土窟，旁有斷碣，文曰「清欽差大臣四川總督端方之墓」，猶卧衰草夕陽間也。

右吴縣諸仲芳先生筆録。其時正辦川東電報局，資州亦有分局，故見聞較詳。因陳氏昆仲據夏午貽之説，謂浭陽爲趙季帥所害。其説似是而非，囑仲芳書此三紙，附入卷内，以明當時真相，後來編國史者或有取焉。

民國三十三年四月葉景葵記。　原書，上海圖書館藏。

嚴容孫傳

此復堂先生所撰先姑丈容孫公小傳手稿，由許狷叟丈檢交景葵轉貽鷗客表弟收藏，至今將三十年矣。先姑丈生於咸豐癸丑，殆于光緒辛卯，享年三十九歲，原稿殆有筆誤。己丑春，葉景葵敬記。歷史文獻第四輯，第二十六頁。

戇齋日記

此册係夢旦先生日記。題曰「齊汲草」，不知何意。當詢之拔老。己丑二月景葵記。[二]原書，上海圖書館藏。

福州蠶桑公學稿

此當列入夢旦先生著作。景葵讀[三]。原書，上海圖書館藏。

及之録

此録信筆抒寫，不拘體裁，專供同人業餘消遣，不敢列于著作之林。晉趙武子曰：

「老將至而耄之矣。」故題曰及之録。興業郵乘復第二期。

漸西村人日記

漸西村人日記　第一册　殘存五册　一、同治十一年壬申至十三年甲戌冬盡；二、光緒庚辰仲冬至辛巳五月中旬；三、辛巳五月下旬至十月上旬；四、甲申春初至九月晦；五、甲申十月朔至乙酉仲春。第二册附手抄佛遠教經論疏節要補注。原書，上海圖書館藏。

禁煙私議

禁煙私議一卷，鈔本。桐鄉沈谷成先生善登著。先生藏書極富，擬刊行豫恕堂禁書，未成而歿。藏書在蘇州星散。余有叢書擬目，鈔稿中多秘册。先生爲鍾先生文烝弟子，著有需時眇言，已刊行，此議似亦在内。余前購一部，尚未檢得，容再查對。余有初刻本凌曉樓春秋繁露注，係先生舊藏，有題記。辛巳正月廿三日記。葵。原書，上海圖書館藏。

潘氏松鱗義莊規條

老友潘儉廬六十以後，屏棄萬事，而獨勤勤於松鱗義莊。自祖父以來所制定之義莊規條，無不恪恭循守，其事至纖至悉。尤難者田産之經理，歲豐歉不定，必使豐有所儲，而歉有所備，凡收入支出皆盡心力以擘畫之，自承平以至亂離，罔或失墜。余佩其忠且敬也。請觀歷世所訂正續規條，並得讀碩甫徵君所撰松鱗義莊記。徵君與榕皐先生喬梓有深交，親見其門祚之昌大，故於設莊捐田始末敘之特詳。又歷述其以善錫類之旨，而推原與常棣燕樂之詩。徵君誠深於詩教者也。余按，詩之形容田事者，莫善於載芟、良耜二篇。載芟之詩曰：「匪且有且，匪今斯今。」徵君毛氏傳疏曰：「箋訓且爲此，言不期有此，而今適有此也。言不始於今，而其見於今也。」良耜之詩曰：「以似以續，續古之人。」徵君傳疏曰：「傳言：嗣前歲，續往事。嗣、續俱繼前之言。前、往一也，皆求明年使續今年。據明年而言，故謂今年爲前往也。」由徵君之説而推之，載芟之「振古如茲」，甫田之「自古有年」，與有駜之「自今以始，歲其有」，其意正同。據此知古代春祈秋報之樂歌，所引爲「邦家之光」「胡考之寧」者，皆以歲歲豐穰爲吉語，意爲往歲如此，今歲亦如此，明歲復如此。此真仁人孝子之用心也。請誦諸詩爲儉盧祝，徵君傳疏之言正與記文相印證耳。中華民國三十二年歲次癸未三月穀雨節後七日葉景葵。（印「葉印景葵」）手迹照片。

原文無題，現題由整理者所加。

江蘇備志稿

向之同年殫精乙部，亘五十年無倦容，以不善治生。自清季以後，無論當局爲何如人，皆以一官浮沉，賴薪俸自給，有臣朔常饑之歎。距今四五年前，忽來滬見訪，謂爰居閣主人掌南政府行政，擬聘修江蘇備志。渠固樂于從事，因聘請名義，可無拘束，向居北地，不願南居，且翻檢書籍，以北京爲便，俟稿成，當携之而來。此六十餘巨册，蓋皆在北草創之稿，故名曰備志。厠爰居主人招之南來，謂非居南京則開支無名義。向之不得已允之，乃又以通志局長頭銜加之。既入彀中，不得不隨遇而安矣。今冬來函云，江蘇通志早已寫定，付刊無期，恐終付諸醬瓿。備志六十三卷，爲通志雛形，頗盼識者爲之保存，俾人間留一副墨。余乃贈以通用幣貳千元，向之即亦此稿見贈。尚缺卷二十武職表、卷二十一職官考，允爲補齊。今歲已七十八高齡，記憶稍差，目力腕力尚可繼續。近年所著尚有明代通鑑長編九百四十卷，本受水竹村人之囑，書成而水竹就荒，無人問鼎，其稿散居南北，殊可念也。壬午仲冬景葵記。

原書，上海圖書館藏。

浙江續通志稿

浙江續通志　民國十二年纂修，殘存九百十八頁。

此卷記職官銜名。若官職沿革已載沿革門，此可省[四]。原書，上海圖書館藏。

水經注校本

陳咏橋勱手札，説明全氏真七校本失於寇亂，及重校鈔本非完書。

林晉霞頤山手札，説明全氏手稿前六卷，是重校以後、七校以前之本。其餘若干卷，亦重校以前之善本。又有若干卷係王氏湊合而成。

陳録題詞原目　張石舟戴趙校案　附王跋一　七校本考略　七校本目次考異。

陳氏得今校水經跋　又附録各件　東愼甫　以下佚道光丙午。原書，上海圖書館藏。

經籍跋文

此册爲簡莊先生寫定原稿，後有吴兔床跋語，前刊管芷湘編定目録，又附錢警石致蔣生沐劄。蔣氏刊入涉聞梓舊，由錢氏介紹而成，可于劄考見之。册中各件，皆吾鄉先哲手書真跡，彌足珍重，亟宜寶存，毋使散佚。杭縣後學葉景葵敬題。癸酉元旦日。 原書，上海圖書館藏。

卷盦捐書目録

△家藏

◯送館

批校圈點本，第一箱至第六箱，除上注「送」字外，均作△。惟第六箱讀史方輿紀要係思壹全部句讀，現暫作◯，應詢思壹意見，是否願送館保存。如仍願家藏，則改◯爲△可也。揆初注。 手跡影印件，韋力芷蘭齋書跋三集，第一百八十九頁。

蘭笑樓藏書目録

共六十箱，當係隨帶北京之書，易簀後檢點抄目備查。內或有新購之書未抄入手抄書目內者，應再逐細核對。故此册應與抄目並存。壬午中秋，景葵記。 原書，上海圖書館藏。

里堂家訓

癸未五月夏至日，葉景葵敬觀。 歷史文獻第七輯，第五十六頁。

南村輟耕録

萬曆甲辰雲間王圻重修本。附刻秋江送别圖並贈詩及序，爲原刻所無，頗罕見。因録存之。景葵記。己卯長夏。原書，上海圖書館藏。

南華真經

近世所傳宋本莊子惟安仁趙諫議宅本，每行十五字，注三十字，與顧本同。每卷篇題次行曰「郭象注」，無「陸德明音義」等字，亦與顧本同。均與續古逸叢書所印第七卷後北宋本合。但趙本每半葉九行，據無錫孫氏莊子札記所引趙本與顧本對勘，異文甚多。最著者如人間世「瞻彼闋者」，抱沖校云「闋，宋本作閲，墨筆批云，當作闋」。趙本正作「闋」。秋水「安知魚之樂」，趙本有注云「惠施不體物性，妄起質疑，莊子非魚，焉知魚樂」，顧本無此注。山木「子惡死乎，曰然」，趙本缺此六字。顧本不缺。則陽「犀首聞而恥之」，趙本作「犀首公孫衍聞而恥之」，是顧本與趙本非出一源可斷言矣。景葵，己巳臘月記。歷史文獻第七輯，第九十五頁。按，與卷盦書跋所著録爲同書題跋。

藝圃圖序

虬雲若幕，繁霜響晨。箸冰在簷，梧陰灑窗。風刀剪波，畫尺成丈。覆衾不温，瑟縮作繭。堂堂白日，欲揮戈以無從；沈沈小閣，每嚮明而瞻眺。則有淛江佳士，棲志幽曠。鉛槧之餘，繫情泉石，倚樹結籬，就園種蔬。小山承蓋，縱越半尋，地可二畝，稅無十千。應門宜童，灌園非吏，酌觥醉客，瓶罄不虞。顔非玉而鵷鷲，琴作拂而魚出。于是編箬成笠，挈壺近水。白牙雕欄，不扶自直；抱甕沮灑，萬花欲然。半畝之内，遍植山蔬，紫莖屏風，五光七白。河東之葱，越路之菌，繁薺鄰沼，長蕈卷澍。籬籬莫莫，環列左右，黄白千本，花樹百株。鈴語枝喧，聲不得歇。迤邐而北，達以石徑。提汲安步，宜晴宜雨，敗葉蟲飛，時觸人面。招雀逐酒，宿鳥知香，亢薤雉簨，膩如釵股。朝沃暮灌，葳蕤欲活。三商以後，聞呼刻燭。餘興未闌，時發清謳。孩孺傾耳，囁口而笑。團團零露，霑須如沐。清光夜明，攬之作鏡。人訶狂簡，朋推曠逸。買春賞雨，稱韻事焉。嗚呼！碧翁已醉，天魔漫空，歲月不居，朱顔如故。丁兹幽趣，毋負盛年。董江東目所未窺，庚子山園不妨小，爰含毫而繪事，紀勝境之容與。將使灌園逸史，留妙景於人間。寒菜成畦，假桃李而作記。謝鯤一邱入畫，品勝元規；蔣詡三徑蓬蒿，人來羊仲。載展圖幀，懷此芳度。弁言初就，勝以長歌。

民權素第十三集名著欄,原刊。

墨蘭譜

此嘉慶間蘇州木刻畫,神致如生,比爲良工所致,可傳也。辛巳十月病起題。揆初。

原書,上海圖書館藏。

明清藏書家尺牘

選擇甚精,無一贋鼎羼雜其間,鑒識可佩。癸未元旦立春得此佳書,爲之神望,書此志謝。景葵。

原書,上海圖書館藏。

養生類纂

原缺第十三至十五共三卷。己卯初春借上元宗氏藏本,煩夏玉如女士影抄補足。宗氏本印在後,板已漫漶,故影抄卷中仍有闕疑之字。三月初一裝成。景葵。

原書,上海圖書館藏。

養生月覽

此成化覆刻本。前得養生類纂，與此版式一律，故收此本，俾成全璧。己卯小雪後。撰初。

原書，上海圖書館藏。

新書

丁丑正月，葉景葵觀。

歷史文獻第七輯，第五十二頁。

物類集説

此振綺堂故物，在林字厨第三格，抄本，子類。計三十四卷，二十册，兹僅存四册，計卷一、二、五、六、七、八，共六卷。己卯春得于上海。景葵。

解延年物類集説三十四卷，又策學指歸□卷。字世化，山東棲霞人，正統己未進士，順慶府知府。見千頃堂書目。按己未爲壬戌之誤。

原書，上海圖書館藏。

曆測

曆測　舊抄殘本　丙子向國學圖書館補抄完全。庚辰正月裝成。原書，上海圖書館藏。

致曲術　致曲圖解

致曲術　致曲圖解　杭州夏紫笙先生鸞翔稿本　庚辰三月後學葉景葵敬題。

夏氏算術遺稿四種，錢塘夏鸞翔紫笙：少廣廷鑿一卷，洞方術圖解二卷，致曲術一卷，致曲圖解一卷。致曲術：平圓、橢圓、拋物線、雙曲線、罷線、對數曲線、螺線。此爲紫笙先生手稿，得之□殘塵蠹之中，至爲欣忭，可與戴氏各算稿並傳矣。景葵敬志。原書，上海圖書館藏。

九章蠡測

九章蠡測　錢唐毛宗旦稿本　缺第二册「方田」、第四册「差分」、第五册「少廣」，存九册。庚辰三月得于豐華堂楊氏。葉景葵記。原書，上海圖書館藏。

曹子建集

壬申冬仲，以海虞瞿氏宋本對校一過。景葵。原書，上海圖書館藏。

晉文約鈔

此二十以前所抄。當時學駢文于朱又笏夫子，屬于兩晉文熟讀，故有此選。揆初識。

辛巳二月。原鈔本，上海圖書館藏。

孟浩然集

壬申仲夏，宗耿吾新得明刊校宋本，借臨一過。宗本未題校者姓名，亦無年月，卷首鈐白文方印一紫芝閣，又朱文長方印一漱六藝之芳潤，又朱文方印一印印川，又有「許印運昌」、「魯庵別號崔儔」各印。耿吾云，印印川，寶山人，與蕘翁同時，著有鷗天閣雜著。此本或爲印君手校。景葵識。原書，上海圖書館藏。

又

此烏程蔣氏傳書堂故物，辛未冬，流轉滬肆，與沈曉滄校魯藩本抱朴子同爲故友宗耿吾所得，余均借臨一過。此無校人姓名，前有印印川圖記。耿吾告余曰：「校此書者印君，字印川，寶山人，與黄蕘翁同時，著有鷗天閣雜著。」耿吾宿草已深，言猶在耳。今歲兩書俱出，余得沈校抱朴子，而此書歸陳君澄中。澄中謂卷中墨校筆跡甚舊，余已漫然忘之。乃承携示，與顧道洪本對讀，始知墨筆係校元並録劉辰翁評語，與印川校宋足資互證，惜亦未著姓名。澄中精鑒，儻研求有得，幸以詔余。乙亥殘臘，葉景葵識。歷史文獻第八輯，第十三頁。

闕文

戊寅初冬，依吴兔床校知不足齋本抄補缺文附後。景葵。原書，上海圖書館藏。

金奩集

此紙係曹竣直先生手書　己卯三月十二日景葵記。原書，上海圖書館藏。

明朝宮詩

吕叙係亡友宗耿吾手抄，此書亦係其所珍惜。景葵。 原書，上海圖書館藏。

唐先生遺稿

詩文皆謝刻所未載，蓋晚年之作。己卯七月得於上海。揆初。 原書，上海圖書館藏。

小學盦遺稿

書佩刀歌後鈐有絲窗印記者，是廣伯先生手書。余友蔣抑卮藏字鑒一部，廣伯手校，筆跡正與此同。己卯夏景葵記。 原書，上海圖書館藏。

觀所尚齋文存

氣清而辭潔，不以矜才，使氣而自然合度，知其學養深矣。己卯夏日讀竟謹記。揆初。 原書，上海圖書館藏。

白沙子全集

萬曆刊白沙子全集。錢唐朱是去非遺書。去非卒于山東高等學堂。砥礪氣節，工古文。與徐樹錚最友善。以肺疾死，年僅四十餘。遺書已散，其弟晨夜存保存此書，甲申殘冬見贈，因移贈合衆圖書館，爲去非紀念。揆初記。原書，上海圖書館藏。

安樂鄉人詩

己卯修板重印，後附詩續詞續。尚有丁丑秋日以後之作待續刊。承鑱翁持贈此卷，因記。己卯小雪，揆初書。原書，上海圖書館藏。

國朝杭郡詩續輯

先六世祖登南公選詩一首卷九，原稿尚存；高祖燾莽公選詩一首卷三十六；高叔祖攢夫公選詩二首卷二十九。小傳有爲家譜所遺者，已敬謹録入。原書，上海圖書館藏。

攀古小廬雜著

燈下讀韓詩外傳校議一卷畢，精思入微，迴非趙校所及。惜所校五六百條，僅删存三十餘條。

所刻金文拓本，尚多空白，蓋非完工之刻。印林摹寫金文極精。予得攟古録金文原稿中，多印林摹本，可見一斑。

己卯臘月二十日記。

上元宗氏咫園遺書，己卯殘臘購者除金石書外，寸楮無存矣。江寧鄧氏寒瘦山房殘餘群籍，日内正由京、蘇書估合夥議價，不久將捆載而來。多一次移轉，即多一次損失。且大半流入他國，吾輩即有選購，正如鼴鼠飲河，不過滿腹。文化之損失，不勝計哉！歲不盡九日，葉景葵識。原書，上海圖書館藏。

縵雅堂詩鈔

縵雅堂詩鈔　上册　豐華堂舊藏　附秋舫笛語　王眉叔手稿本　此爲原稿之末册，故後附詞集。估人挖去大題下之紀年，分作二册。庚辰三月景葵記。原書，上海圖書館藏。

東洲草堂詩鈔

魏稼孫手鈔何蝯叟詩，附加評語，皆商榷書法及有關辨論碑版摹印之作，稼孫固不甚佩服蝯叟論書者。庚辰初夏讀。揆初記。原書，上海圖書館藏。

劉瑞臨先生文集

此編所收文未刊入臨端遺書者，計五篇：敬節會例題詞、敕封安人劉府君繼配鍾安人附志、代父靖江府君作先兄余齋行述、代世父牧堂府君作祭稿代妹文、代父靖江府君作祭六姪女文。原書，上海圖書館藏。

白田風雅

辛巳三月朱憶劬兄孫芬惠贈。憶劬爲武曹先生之元孫，克紹先緒，篤行直道，聞圖書館之創設，爲余搜羅古籍，至誠不懈，深可感佩。景葵。原書，上海圖書館藏。

代言集

先王父貞甫公在河南撫幕中，代錢敏肅公所擬，應與奏案粘册一件、諮札稿二件一併保存。孫景葵敬識。原書，上海圖書館藏。

雕菰集

雕菰集缺一至六，又十三、十四卷，共三册存卷亦有缺頁。此寒家舊藏。嚴蓉孫姑丈曾銓與孫耀先年丈禮煜合輯說文匯纂時，用原書裁割粘綴，故缺數卷。時在光緒丁亥、戊子間。嗣後屢思補全，竟無殘本遇見，惟有得暇備鈔而已。庚辰冬，景葵記。原書，上海圖書館藏。

求是堂詩集

墨莊之詩，才華豐瞻，而外觀無斧鑿痕，却能字字堅穩，句句凝煉，其功候甚深矣。文集序立經堂詩鈔云：「玉鐎總角，與予學爲詩，予以知其難而玉鐎易，言之學詩必如造七級浮屠，瓴甓磚石，皆以平地累起而後可。學問之道，知其難則易者將至。」誠自道甘苦之言。庚辰殘刺，景葵識。原書，上海圖書館藏。

恬養齋文集

此羅鏡泉先生文鈔。如騶虞解,如王懷珮七十雙壽序,皆鏡泉手鈔,其他請人代録者,亦經鏡泉詳細校正。首尾完善,當爲手自編定之稿本。丁丑春承王佩諍君見讓,以景葵爲里後學,督促傳佈之雅意。當博訪逸稿,與詩集一併刊行,以慰佩諍之望。葉景葵敬識。原書,上海圖書館藏。

趙尚書奏議

趙尚書盛京將軍任内奏稿壹册。第四次輯。附御史折一件、山西護撫折一件。與前三輯有重出者,應重编。己卯十一月,景葵記。

趙尚書川督任内奏稿三十九册　附録一册目録在三十九册之内不另計。起光緒三十四年五月,迄宣統二年十二月。此係原稿,列入第五輯,應再重编。己卯十一月,景葵記。原書,上海圖書館藏。

趙尚書奏議第四次輯録

第四輯各折片均已載於第一輯内。癸未六月覆核記。景葵記。原書,上海圖書館藏。

趙尚書遺稿

此趙竹君先生鳳昌所輯趙尚書詩稿，並告余曰：已在遺産中提出白銀弍千兩，作付刊之資，托余代辦。余以尚可續有搜輯爲詞，收其稿而未領其款。未幾，竹君物故，其子叔雍迄未將款送來，今已作階上囚矣。竹君圖報知己之願，迄未能實現爲慨也！丙戌十一月揆初記。原書，上海圖書館藏。

塗子類稿

塗子類稿，明塗幾著，殘存五卷。宿遷王氏池東書庫舊藏。惜闕卷六之卷十。北平圖書館有重刻塗子類稿十卷，係嘉靖十五年知宜黄縣事黄漳刻本。跋言先刻於閩，當即此本。原書，上海圖書館藏。

節甫老人雜著

戊寅季春之杪，閱閔葆之所著子屏年譜，詳讀一過。漢宋兩記，弱冠時朝夕繙閱，如逢故人。閔譜尚須補遺。此書亦宿遷王氏故物。揆初記。原書，上海圖書館藏。

盛尚書愚齋存稿初刊批注十八則

一、卷二十六　王夔帥來電(戊戌二月十五日)批注云:趙次帥督兩湖時尚欠文普通學堂、武普通學堂,實則中學堂也。而區别文武,此種學制,令人噴飯。

二、卷三十三　寄香帥(戊戌八月初十日)批注云:梁任公由日本友人密護赴津,乘船徑赴日本。到日本後一日,伊藤博文招,出示李文忠信,請其轉至任公,可乘此時習外國語言文字。可見文忠愛才之篤。此爲任公所告。

三、卷四十三　張香帥來電(庚子閏八月十四日)批注云:咬文嚼字,徒延時日。

四、卷四十三　劉峴帥來電(庚子閏八月十四日)批注云:各督文電往復,又有南皮拘滯,故遷延甚久。倘早請懲辦禍首,早阻幸陜,則德兵或可不至保定,俄兵之席捲吉、黑,亦可稍戢其兇焰也。

五、卷四十三　寄侯馬(庚子閏八月廿四日)批注云:幸有杏公直接通電,故行在消息較靈。

六、卷四十三　寄北京慶親王、李中堂（庚子閏八月是七日）批注云：

此書語語至誠。當日中日交誼確甚密切。免中國之瓜分，即所以保全，日本所見甚遠也。

七、卷四十九　張香帥來電（庚子十一月二十一日）批注云：

南皮始終不主回鑾，恐蹈徽欽覆轍。且奏請遷都襄陽，有旨詢合肥之。覆奏云，不設張之洞久任兼圻，仍有書生之見。故此電云云。此電載故宮文獻叢編。

八、卷五十一　寄江鄂督帥、山東撫帥（光緒二十六年十二月二十四日）批注云：

趙舒翹以服膺程朱自命，極佩夏震武之爲人，任刑部時有剛正之譽，任江蘇巡撫亦知注意吏治，溺於狹義的尊主論。祇知有君，不知有國。卒乃依違腆□，不能自拔。其氣體極强健，絶食不得死，以燒酒浸皮紙，□閉口鼻，始氣絶。

九、卷五十一　寄北京邸相並各省督撫將軍（庚子十二月二十六日）批注云：

袁世凱、許景澄廷争時，朱彊村侍郎祖謀亦抗聲直諫，以身體矮小，起立致詞，爲太后所惡。拿問袁、許時，厲聲問「有一矮人，瞅我一眼，是何職名？」仁和相國跪奏云，臣耳聾没有聽見，幸而得免。此彊村自述。徐承煜逼死其父徐桐，意在求免。真狗彘不如！

一〇、卷五十一　寄江鄂督帥、山東撫帥（辛丑正月初十日）批注云：

日本以切身利害關係，庚子一役曲盡調信之能事。小田切又長於肆應，得力不少。

一一、卷五十九　寄津袁宮保（十一月十七日）批注云：

項城上海一行，即將船、電兩利攫去，獨留漢廠，令其賠累，宜補老之著急也。

一二、卷六十三　寄天津袁宮保（三月十一日）批注云：

精琦條議今日視之，已成芻狗，在當日則聞所未聞。又因施肇基任舌人，中文不佳，又不知學理，故所言更無端緒，實虛此一日也。

一三、卷六十六　寄外務部（九月十四日）批注云：

湘之廢約，實蘇浙拒款傳染病。至張文襄亦堅執廢約而病亟矣！約既不能片面作廢，不得已以款贖回。贖回而無款自辦，乃變爲四國借款。倘無四國借款即不至厲行國有政策，釀成亡國風潮。因果相生，思之淚下。

一四、卷七十五　寄武昌陳筱帥、楊皋台（九月二十一日）批注云：

補老對於放振（賑），以精力果，知人善任，且調度有方，並時大老，無與倫比。金仍珠係馮蒿庵高足弟子，故補老倚重之。此時入清帥幕，兼官銀號會辦，特派會同蘇戡，密與美銀公司代表商訂錦璦鐵路草合同，與英保林公司商訂包工合同，往來奉漢，極爲得力。

仍珠常告余，蘇戡大言無實，見洋人輒氣餒，不敢争辯，且不能守秘密。草合同甫訂，即爲日俄所知，蘇戡與有責焉。

周克昌係銀號老手，敦篤而廣潔，清帥最信之。

一五、卷八十　奉天趙次帥來電（辛亥七月初六日）陳漢第批注云：

此即午帥致趙次帥電中所謂不能守口如瓶。繼而查辦之命下，是又所謂請君入甕也。初九致澤公電，有「派萃萃絶不畏難」語。意欲萃生而坐收署理兩湖總督之利，不知萃爲澤公姊婿，澤公嘗右之。萃已密電澤公，不願生而保午帥。午帥未之知也。故午帥一再呈請，另派與路事無關之大員，而卒不獲邀准行，抵資州，趙爾豐派兵迎而戕之，非果死於亂民也。

先生批注云：

端爲趙戕之説，出諸夏壽田之口，無實據，不足信。季帥非陰險之人也。惟趙部下如田正葵，頑悍而不知大體，難保不散播流言。又如周巡警之散播傳單，尤足激爲民怒。故祇能斷爲有間接關係，未便以此獄歸之香帥。

諸仲芳之秉録頗翔實，惟謂鄧曾因端曾殺革命黨，有復仇之意，則未必然。端最肯保全革命黨也。

一六、卷八十四　寄宜昌端大人（辛亥七月二十八日）批注云：

起用西林以會同趙督字樣，本菲所願，故擬一電文，一示三秉，即算繳卷，仍堅卧不起。中朝大老大憚西林者多，即補老亦未必敢與共事。故力促午帥入川，以爲端得川督，較易共事，於是端之死期近矣！當時論者多謂，西林喜唱高調，其實解決此事，確非如此不可，所費不過數千萬，保全者大。

一七、卷八十五　武昌端制軍來電（辛亥八月初九日）批注云：

觀此電可知，端督亦深忌西林之起用。

一八、卷八十五　寄武昌岑宫保（辛亥八月初九日）批注云：

所謂以閉門羹餉之。　原書，上海圖書館藏。

忠雅堂詩集

卷首有「知讓」朱文印。知讓爲心餘先生次子。補遺下有書知讓遊廬山詩後七古一篇。知讓字師退，亦能詩。辛巳六月，揆初讀。　原書，上海圖書館藏。

頻羅詩集序

頻羅即世之八年，哲嗣哀其遺稿，將梓而壽諸世。維時凋林隕風，晚蒼彌望，芝蘭不存，閟芳靡絶。余以盍簪，誼無過諉。敷陳厥指，可得而言。夫文府元始，壯聲曩册。漢雅騷音，各程令規。六代三唐，瑰辭代起。承流遞嬗，作者聿興。足以翊翼春華，揚厲汙簡。吉光是珍，文化斯懋。别集之録，由來尚矣。頻羅英挺奇質，負志青雲。尚羊儒林，振采詞苑。落花依草，邱中郎之才華；初日芙蓉，鮑明遠所心許。皇甫當前，無事遠求白傅；子雲承明，豈獨文似相如。乃以屢厄清時，勉成吏隱。東坡游鄂，遂傳黄州之詩；子山憂國，厥有江南之作。破涕一掬，入握不温。吟魂三尺，歸來何暮？嗚呼！正平適魏，僅識孔生。嗣宗登山，但聆孫嘯。長沙服鳥之賦，宣室不聞；佺期射鵰之才，結眉空歎。然而顯晦不齊，遭逢非偶。釋蘿襲衮，豈必稟經之彦？握瑜懷瑾，弗屑門戟之榮。侏儒醉飽，士甘枵腹。簧舌翻瀾，人咸充耳。賢者聞而興喟，高人望而避舍矣。況夫流風亡沫，善操終棄。淮南拔宅，人頌劉安。河間遺書，録存子政。南山種豆，無楊惲而損歡；東籬采鞠，待元亮而載酒。杜少陵號稱詩史，劉孝標豈無故人？以彼例此，詎不其然。當此國華凋謝，墳籍廢弛，戎衣屢警，禮教中息，眷懷絶學，憯焉若痗。不有大雅，疇爲扶輪，則斯集之傳也。將使白雲在天，廣樂振地，崇勖光采，如瞻景星之華。愛護波潮，足障黑水之沸，激濁揚清，其在斯乎？今者羽陵飛蠹，未食神仙；楓林大招，每懷太白。彦升出郡，哭僕射而謳思；牧之愛才，傳長吉而作敘。雖勞百聲於繡虎，無補陳思。而蔽一言于游龍，眷懷李耳。爰攄崖略，用弁鴻著，仰此之詠，庶無悶焉。民權素第四集，原刊。

葉仲裕殘稿

葉仲裕殘稿　辛巳六月重裝。

杭州安定學堂規約

復浙撫增辭浚湖局會辦函

附手鈔浙撫顔疏浚西湖碑記

與陳蘭薰函

與胡叔田函

調查浙紳仕籍殘片

亡弟仲裕之夭死情形，余别有鴒痛記詳述之。生平無著作，即家信亦散佚，惜其文采不章。兹撿得光宣之交，在杭州安定學堂監督任内公私稿件一册，其治事之整嚴，律己之不苟，可見一斑。距其死日，不足一年。譬諸將盡之絲，未灰之炬，特爲手裝保存之。後之閲者，當憫其志節，而更惜其年之不永也。辛巳六月初三日兄景葵識。原書，上海圖書館藏。

思玄堂詩

學義山，去其晦澀堆垛之病，又能灝氣流轉，洵屬雋才。入後應酬之作，嫌太多。壬午仲春讀竟。景葵。原書，上海圖書館藏。

蜕廬剩稿

仁和朱養田先生諱鍾琪手稿。壬午中秋日子婿葉景葵敬題。

此甲午春正，景葵在濟南結婚後第一次與先嚴書。景葵注。原書，上海圖書館藏。

蔽廬叢志序

文學權輿，導源於六經，濫觴于諸子。詩書左國，文采爛然；荀列老莊，頤志玄覽，義主醇雅，稱極軌焉。漢魏以迄六朝，賈董曹劉張其幟，鮑謝顔庾蜚其聲。長門天臺，振采雲路，小園枯樹，騰茂林府。雖有文體之微殊，要本雅馴之正詣。唐宋而後，情貌日淪，沿波逐靡，取經殊途。柳州散文，嶄然獨超，而群聲聒耳，岨峿不寧。故王駱討原于齊梁，而昌黎則自鳴矯異。蘇歐標采於北宋，而曾王亦緣枝附葉。自茲以降，代有作人，程才效伎，稱夕秀焉。比來塵網荆榛，偏弦奏響，國學陵遲，不絶如帶。而一二瘁音之夫，自矜杼軸，揄揚驟作，徒貽子陽之譏，無當步兵之目，識者於此，有微慨焉。詞人箸超先生，宿學彬蔚，掾志墳典，芟繁蕪於衆鳴，析華實於四集。金聲擲地，誦左賦而俗耳頓聰；彩筆自天，入江室而明星有爛。文則沈博喬麗；詩則俊逸清新。其爲説也，若游龍之翻空易奇；其雜纂也，若魚瀾之涓涓不測。發音者一室，肆響者萬里。播之金石，傳之其人，探源導古，有由來矣！維時商聲初謝，霜葉灑窗，叢菊成戀，墮歡在目。吟魂有淚，覆錦幔而不温。插架古香，拾文蠹而盈寸。於是嗜書之士，劬學弗舍，矻矻中夜，裒然成帙。固當削鄧林之簡，光照汗青；訪香山之詩，雞林增直也已。惟是玄黄晦冥，淟涊成風。語蕭選文心之編，則違戾庸衆；吟杜曲樊南之句，則匿笑僮僕。太羹玄酒，沃唇不旨。劉冠衛布，入市則嘩。將使部婁之草，可增峻於松柏。燕雀處堂，足媲美於鴻鵠。此一誤也。大事有事，考春秋而聚訟禮文；騶牙騶吾，繹傳箋而各標新解。刺六經作王制，誣博士爲無稽；以考工補冬官，疑周禮爲僞託。此一誤也。又或屏弁師承，樂新惡舊。

惑安石之經義，譏孔鄭爲穿鑿。悦西崑之雕飾，謂王孟爲空寂。向壁虚造，而群頌爲神明。摭拾成詞，而共推爲作者。此又一誤也。又或食古如鯁，刻鵠成鶩。崎錡訓詁，恒遲回於禿伏禾之文；墨守六書，復牽就於馬頭人之義。升公幹之堂，不免舉莛扣鐘。擬郊島之詩，或至寒瘦成槁。淆良窳爲一貫，因内嗛而成蚩。此又一誤也。若夫捐彼衆誤，度兹四集，則當知緣情體物，舉辭透宗，頌楊柳波水之句，必非膠柱可求；覽陳宫茂苑之篇，味在鹹酸以外。文章兩字，始於禮經之訓；釋樂一篇，可補樂亡之闕。朔皋不根，固已比於髠衍。論語逸文，不妨分爲魯齊。此則文詩雜説，四部搜輯，力除岐誤，一主雅純之正例也。況以廟堂軍旅，既相如少孺之殊材，小智大愚；復孔融、王韙之異趣，閣百詩之百回讀，不能强倚馬同科。陳思王之七步吟，豈得俟十年成賦？事有萬殊，弗宜强合。分别部居，不亦可乎？今者新豐客去，長鋏人歌，景叢志而仰止。羌寄意於微波，溯湘綺之衣鉢，小子歸歟！承蒙山之學派，吾道南矣！欽遲大雅，爰頁蕪詞，笙磬同音，足征正調。比諸七略前事，未可軒輊。即此十步芳香，謹攄弁論。民權素第四集，原刊。

紅樓真夢

著者侯官郭則沄嘯麓，光緒癸卯進士，授編修，出爲温處道。入民國，于徐世昌任大總統時爲秘書長。生平頗好詩詞，所作亦清麗。故此書多倡和之篇，即其寄託處也。辛巳春，揆書。　原書，上海圖書館藏。

【注釋】

［一］諸仲芳原件無題，此題由整理者所加。原稿三紙，先生題跋書于第三頁後半。原稿夾於盛尚書愚齋存稿初刊卷八十處。

［二］後有李拔可批注：「蓋取汲蠲少戇之意。」原注無署名，據字跡考得。

［三］封面原有題記云：「此係元稿，夢日所擬，經某商改者，後未付刊，並無副本。到滇後或録一過，將此本郵回申。各表頗簡要，有條理，故藏之。此上子有觀察足下。知名不署。」此爲先生在此題記旁題識。

［四］此條在職官卷首頁。

書名索引

説　明

（一）本索引依據《卷盦書跋》《卷盦札記》《卷盦藏書記》《卷盦題跋輯存》所列圖書、書畫、碑帖以及詩文，按四角號碼檢字法編排。

（二）凡條目前冠以版本、撰者等項者，分列二條目，一條按原書條目出現；另一條則列出書名，將版本、撰者等注於書名後，以便檢索。

（三）各書所附續集、外集或附録、補遺等，均附於正集之後；獨立性較强的另立條目。

0

0018_1 癡

癡婆子 241

0021_7 亢

亢倉子 310

0022_2 廖

廖季平全集 256

0022_3 齊

齊民要術 105

0022_7 方

方輿紀要州域形勢説 58

方輿考證 59

0022_7 帝

帝王世紀 293

0026_5 唐

唐詩鼓吹 265

唐先生遺稿 401

唐僧弘秀集 361

唐浙中郡縣長官考 248

0028_6 廣

廣韻 285

廣雅(畢刻四種) 280

0029_9 康

康南海詩集 246

0033_1 忘

忘山廬日記 43、221、243

忘適齋視草 258

0033_6 意

意林 219

0040_0 文

文選 183、203、354

文道希書札 236

文粹 241、358

0040_1 辛

辛壬春秋 258

0080_0 六

六家文選 354

六朝聲偶集 361

六典理董鯆書 242

0128_6 顔

顔氏家訓 89

0212_7 端

端臨文集 229

0266_2　諧

諧聲譜　25

0292_1　新

新疆圖志　250
新刊黄帝内經靈樞　317
新編西方子明堂灸經　321
新化鄒徵君傳　38
新舊唐書合鈔　257
新書　397
新纂杭州府志　59

0460_0　謝

謝靈運詩集　328
謝幼槃文集　345

0464_1　詩

詩説解頤　210
詩集傳附釋　373
詩小序翼　373

0466_0　詁

詁經精舍文集　254

0466_0　諸

諸仲芳筆録端方之死稿　386

0468_6　讀

讀史方輿紀要　51、231、232(2)、233、237、243
讀史方輿紀要(清溪文集續編)　256
讀史方輿紀要續編　267
讀書日札　217
讀書隨筆　288
讀書敏求記　247
讀易劄記　13、208

0668_6　韻

韻補　286、374

0710_4　望

望雲樓詩稿　238

0733_8　戇

戇齋日記　388

0762_0　詞

詞律　236、257
詞源　215

0861_2　説

説文解字　241
説文解字理董(説文理董前編)　23、237
説文解字彙纂條例　25
説文解字注　264

説文解字徐氏繫傳　282
説文解字補義　259
説文解字考異　239
説文解字段注　24
説文解字篆韻譜　281
説文繫傳考異、附録　283
説文繫傳校録　239
説文段注訂補　239
説苑　203

0862_7　論
論語(吳愙齋篆文)　22

1

1000_0　一
一切經音義　126、243、288(2)
一芝草堂詩稿　238

1010_0　二
二老堂雜志　313

1010_1　三
三國志　32、291

1010_2　五
五代史　251
五代史記注　251
五代會要　298
五臣音注揚子法言　307

1010_4　王
王侍郎奏議　262
王儼齋明史稿真蹟第十四册　33
王黄州小畜集　340
王烟客與王子彦尺牘　150

1016_4　露
露香書屋詩集　213

1017_7　雪
雪澂先生遺稿　250
雪煩廬紀異　248
雪煩叢識　248

1020_0　丁
丁酉草　258
丁卯詩集　134

1021_2　元
元氏長慶集、補遺　332

1022_7　兩
兩漢金石記　74、217
兩當軒全集　158
爾雅(畢刻四種)　280
爾雅郭注義疏　23
爾雅正義　22
爾雅翼(畢刻四種)　280

爾雅匡名 243

1023_2 震
震川先生集 148

1040_7 夏
夏小正箋疏 19

1060_1 晉
晉文約鈔 399
晉書斠註 32、233
晉略 253

1060_2 石
石川集 147
石湖文集 234
石湖居士詩集 140
石鼓疑字音義斠詮 245
石田詩文鈔 257
石林居士建康集 138

1060_4 西
西溪叢語 313
西湖遊詠 361
西泠僑寄客遺詩 170

1068_6 礦
礦政雜鈔 128

1073_2 雲
雲海集 209

1080_4 天
天目先生集、附録郭迭卿江藩哀録答大司馬張公書 353

1080_6 賈
賈長江集 131、338

1111_1 非
非儒非俠齋集 175

1118_6 項
項城公牘 246

1120_7 琴
琴張子螢芝集 146、354
琴川志注草、續志草 241(2)

1123_2 張
張文潛文集 138、346
張伯幾詩 248

1164_0 研
研北易鈔 235

1210_8 登
登岱詩 255

1211_0 北

北夢瑣言 35

1212_7 瑞

瑞安黄氏蔘綏閣藏書目録 71

1220_0 列

列子釋文 308

列子釋文考異 308

1224_7 弢

弢園詞 252

弢園隨筆 99

1240_1 延

延露詞 241

1241_0 孔

孔子家語 304、306

孔叢子 306

1243_0 孤

孤本元明雜劇提要 250

1260_0 副

副使祖遺稿 146、236

1280_4 癸

癸巳存稿遺篇 92

1290_0 水

水雲村氓稿殘本 143

水經廣注 47

水經注 294

水經注釋、附録 294

水經注校本 392

水經圖説 253

1314_0 武

武林歲時風俗記 216

1413_1 聽

聽鐘山房集 219(2)、221

1611_5 理

理董鄦書 242

1710_2 孟

孟子趙氏注 374

孟浩然集 337、399

孟東野詩集 338

1723_2 豫

豫章黄先生文集 344

1724_7 及

及之録 388

1750_1 羣
羣碧樓善本書目 72
羣經音辨 29

1760_2 習
習學記言序目 90

1771_0 乙
乙未草 258

1814_0 致
致富奇書 312
致曲術 398
致曲圖解 398

2

2010_5 重
重刊巢氏諸病源候總論 320
重校宋王黄州小畜集 340

2022_1 停
停雲集 195

2022_7 秀
秀野草堂第一圖 117
禹貢匯疏 278

2060_4 舌
舌鑑辨正 125

2060_9 香
香字抄 235

2090_4 集
集韻 27、243
集千家注杜工部詩集、文集 331

2108_6 順
順直河道改善建議案 267

2110_0 上
上合肥書 237

2121_2 虚
虚受堂集 260

2122_0 何
何恭簡公筆記 98

2122_1 衛
衛生寶鑒、補遺 323

2125_3 歲
歲寒堂詩話 364

2128_6 頻
頻羅詩集序 412

2155_0 拜
拜環堂奏疏 220

2172_7 師
師二宗齋讀易劄記 13

2191_2 紅
紅樓真夢 417

2191_2 經
經濟特科同徵録 40
經史證類大觀本草 320
經史秘匯 319
經典釋文補條例 254
經籍跋文 392

2210_8 豐
豐川續稿 217

2211_0 此
此事難知 241

2220_7 岑
岑嘉州詩集 129
岑嘉州集 333

2224_7 後
後山詩注 137
後漢書疏證 31
後梁春秋 378

2233_1 熊
熊秉三家傳 268

2240_8 變
變法平議 63

2290_1 崇
崇雅堂碑考 258
崇雅堂叢書 258
崇禎紀元後五乙酉貳年司馬榜目 245
崇蘭堂詩文存、詞稿、日記 248

2290_2 紫
紫竹山房詩集 257

2290_4 樂
樂府雅詞 194
樂府雅詞、拾遺 362

2294_7 緩
緩堂詩鈔 229

2320_0 外
外臺秘要方 322

2324_0 代

代言集 405

2324_2 傅
傅子 215
傅青主女科 244

2328_4 伏
伏跗室題跋(圖書季刊) 211
伏羌縣志 259、260

2328_4 俟
俟庵文集 245

2377_2 岱
岱頂秦篆殘刻 75

2420_0 射
射山詩選 247

2421_2 先
先澤殘存正續編 256

2426_1 借
借閒隨筆 254

2436_1 鮚
鮚埼亭集 153

2495_6 緯
緯略 218

2520_6 仲
仲嶼日記 221

2524_3 傳
傳經表補正 30

2590_0 朱
朱子集 227、229
朱子經説 376
朱衍緒札(師友尺牘) 209

2591_7 純
純常子枝語 267

2598_6 績
績學堂詩文集(績學堂詩文鈔) 210(2)

2600_0 白
白沙子全集 402
白田風雅 230、404
白氏長慶集 332

2641_3 魏
魏始平公造像記 231

2651_3 鬼
鬼谷子 306

2694_1 釋
釋名 281

2694_7 稷
稷山段氏二妙合譜 38

2694_7 縵
縵雅堂詩鈔 403

2712_7 歸
歸震川先生文鈔 148

2720_7 伊
伊闕三龕碑 230

2721_2 倪
倪文貞書畫 112

2730_3 冬
冬暄草堂遺文 168、237

2731_2 鮑
鮑氏戰國策注 34

2733_7 急
急救良方 323

2742_7 芻
芻牧要訣跋 107

2752_0 物
物類集説 397

2762_7 郜
郜雪嵐集 216

2791_7 紀
紀文達公遺集 227

2794_0 叔
叔俛師友尺牘 203、209

2799_9 録
録浄山莊詩稿 238

2822_7 傷
傷寒論文字考 125
傷寒百證歌 125

2824_0 傚
傚徠山房所藏五朝墨蹟
112

2824_7 復
復初齋文集 157、251
復堂日記 40、250
復性書院講録 242

2825_3 儀

儀禮疑義 279

2829_4 徐
徐霞客遊記 49、296

2998_0 秋
秋蟪吟館詩鈔 165、268

3

3011_5 淮
淮南子 242
淮南釋音 97

3030_2 適
適廬曾藏金石文字 247

3030_3 寒
寒瘦山房鬻存善本書目 72

3034_2 守
守山閣叢書 197、205、217

3040_1 宰
宰湕紀要 380

3040_4 安
安樂鄉人詩 402
安般簃詩 240(2)
安陽葉公渠事實 384
安陽縣葉公渠碑記 218

3040_7 字
字典翼 248

3062_1 寄
寄簃先生遺書 263

3080_1 定
定鄉小識 248
定盦集 245

3080_6 實
寶迂閣日記 41
實録廳題名記 245

3090_4 宋
宋丞相李忠定公奏議、附録 294
宋季三朝政要 293

3111_2 江
江蘇備志(稿) 259、391

3111_4 汪
汪廷儒札(楚楨師友手札) 206
汪孟慈札(楚楨師友手札) 206

3111_6 洹

洹詞 352

3111_6 漚

漚巢詩話 248

3112_0 河

河海崑崙録 252

河南集、附遺事 342

河南穆公集、附遺事 341

河南先生文集、附録 342

河套圖志 254

3112_1 涉

涉園藏書目録(海鹽張氏) 73

涉園圖詠 116

3116_1 潛

潛夫論箋 212

3126_6 福

福州鼇桑公學稿 388

3212_1 浙

浙江續通志稿 392

浙江圖書館善本書目甲編 69

3212_1 漸

漸西村人日記 389

3214_7 浮

浮溪遺集 247

3216_9 潘

潘博山傳 264

潘氏松鱗義莊規條 389

潘榕皋先生墨筆山水 115

3224_0 祇

祇平居士集 246

3230_2 近

近體樂府 313

3313_2 浪

浪史 241

3316_0 治

治廧室書目 259

3318_6 演

演易 277

3322_7 補

補松廬文稿 212(2)、219

3330_9 述

述漢冶萍產生之歷史跋 63

3413_2 法
法言義疏 254
法象考 111

3418_1 洪
洪文卿與李文忠書札 236

3418_1 滇
滇緬界務新約諍議 69

3418_5 漢
漢石經考證 248
漢冶萍史 63
漢書 238(2)、239
漢書正訛 378
漢陽闕先生遺集 208

3510_6 沖
沖虛至德真經 93、308

3512_7 清
清溪文集續編 256

3521_8 禮
禮記訓纂 19
禮記正義 280
禮記集説 280

3530_8 遺
遺山詩集 143
遺山先生詩集 348

3612_7 渭
渭南文集 141

3614_1 澤
澤雅堂集 249(3)

3630_3 還
還魂記 241

3712_0 洞
洞簫樓詩紀 244

3713_6 漁
漁浦草堂文集 248

3716_4 洛
洛陽縉紳舊聞記 315

3722_7 祁
祁忠敏公日記 250

3730_1 逸
逸周書管箋 257

3730_2 通
通藝録 348
通典 203、297

3730_8 選
選擇曆書 316

3810_4 塗
塗子類稿 407

3815_7 海
海鹽張氏涉園藏書目録 73

3830_3 遂
遂初堂集 214
遂初堂詩集 261
遂初堂(文)集 151、214(3)

3830_4 遊
遊志續編 296

4

4000_0 十
十賚堂集 235、237

4001_7 九
九章蠡測 398
九十九淀考 295

4003_0 太
太康物産表 107

4022_7 有
有不爲齋集 263

4022_7 南
南唐書箋注 46
南雷文約 209
南疆逸史 36
南豐先生元豐類稿 343
南遷録 34
南池雅集圖 120
南來堂詩集 227
南華真經 94、309、394
南村輟耕録 314、394
南朝會要 61
南史 217、378
南田志稿 380
南田畫册 259

4024_7 存
存雅堂遺稿 142、215(2)

4033_1 志
志盦詩稿 176

4040_7 李
李越縵文稿、詩稿 204
李義山文集 339

4046_1 嘉
嘉業堂書目提要 256

4050_6 韋

韋蘇州集、拾遺 334

4060_0 古

古文徵 376

古文苑 241

古文尚書 14、277

古文尚書撰異 16

古樂府 360

古越藏書樓書目(圖書季刊) 211

古今韻會舉要 287

古今逸史 315

4073_2 袁

袁氏續正論 258

袁忠節日記、文稿 258(2)、260

袁爽秋日記 219

4080_0 大

大廣益會玉篇 284

大元海運記 62

大戴禮管箋 257

大明寶鈔 62

4081_5 難

難經本義 321

4090_0 木

木訥先生春秋經筌 373

4092_7 槜

槜李叢書 198

4094_8 校

校説文記 239

校禮堂集 252

4196_1 梧

梧竹山房日記 221

4212_2 彭

彭尺木文稿 156

4252_1 靳

靳文襄奏疏 253

4257_7 韜

韜略世法 311

4390_9 求

求是堂詩集 405

4410_5 董

董立方遺書 253

4411_2 地

地學問答 127、216

4411_2 范

范石湖詩集 140

4412_7 濿

濿絲龕印學觚言 245

4416_4 落

落帆樓文集 163

4420_2 蓼

蓼綏閣藏書目録(瑞安黄氏) 71

4420_7 夢

夢溪筆談 90

夢樓集 244

4421_4 花

花間集 187

花間集、補 362

4422_7 萬

萬首唐人絶句 182、234

萬卷樓集 267

4422_7 蘭

蘭笑樓藏書目録 393

4423_2 蒙

蒙兀兒史記 250、251

蒙古諸部述略 49

4424_8 蔽

蔽廬叢志 415

4426_7 蒼

蒼霞草 235

蒼崖先生金石例 365

4429_8 藤

藤香館詩鈔 169

4439_4 蘇

蘇亭詩話 248

蘇學士文集 136

4440_7 孝

孝經鄭注箋釋 211

4445_6 韓

韓詩外傳 18

4446_0 姑

姑山遺稿 144

4450_2 攀

攀古小廬雜著 162、403

4450_4 華
華嚴經音義 288
華陽國志 44

4462_7 荀
荀子 235、246

4471_5 耄
耄年録 353

4473_2 藝
藝圃圖序 395
藝林彙考 241

4477_0 廿
廿一史彈詞注 78、303
廿二史札記 243(2)

4477_0 甘
甘泉鄉人稿 161

4477_7 舊
舊唐書 227
舊唐書疑義 248
舊唐書勘同 248

4480_1 楚
楚辭榷 266
楚楨師友手札 205
楚楨尺牘、詩稿 203

4480_4 莫
莫釐王氏家乘 244

4480_4 樊
樊川文集、别集、外集 338

4480_6 黄
黄小松薛公祠圖 118

4490_1 禁
禁煙私議 389

4490_4 葉
葉先生詩話 363
葉仲裕殘稿 243、414
葉徵君文鈔 165

4490_9 菉
菉竹堂稿 350

4491_0 杜
杜詩輯注 229

4491_2 枕
枕碧樓叢書 263

4491_2 藴
藴愫閣詩文集 250

4541_0 姓

姓氏辯誤 129

4599_9 隸

隸釋 218

4611_3 塊

塊餘生自紀 384

4614_0 埤

埤雅(畢刻四種) 280

4621_2 觀

觀所尚齋文存 401

4622_7 狷

狷叟詩録(鈔) 171、239、240

4622_7 獨

獨學廬初稿 159

4692_7 楊

楊龢甫先生手蹟四種 123

楊惺吾札(師友尺牘) 209

4722_7 鶴

鶴背生詞稿 248

4762_0 胡

胡文忠札(楚楨師友手札) 205

胡綬之文稿 210

胡綬之跋靖康稗史七種 196

4772_0 切

切問齋集 211

4772_0 刧

刧灰録 35

4792_0 柳

柳洲遺稿 156

4792_0 栩

栩緣老人墨蹟 122

栩緣日記 41

4792_7 移

移華館駢體文 253

4816_6 增

增廣音注唐郢州刺史丁卯詩集 339

增修互注禮部韻略 285

增廣注釋音辯唐柳先生集、別集、外集、附録 331

4844_0 教
教經堂詩集 213

4864_0 敬
敬孚類稿 256、257
敬思堂文集 157

4893_2 松
松雪集 241
松皋文集 151
松壑鳴泉 260
松桂堂集 241
松陵集 360
松鄰遺集 173

4895_7 梅
梅花夢傳奇 248

4980_2 趙
趙君閎訃窆 384
趙君閎行略 38
趙尚書御史任内奏議 69
趙尚書遺稿 407
趙尚書奏議 406
趙尚書奏議第四次輯録 406
趙尚書奏議目録附趙大臣奏議目 267

5

5000_6 中
史記正義 290
史通 75
中吴紀聞 48

5000_7 事
事類賦 325

5010_6 畫
畫竹齋評竹 110
畫竹齋論竹 247

5022_7 青
青溪遺稿 259

5023_0 本
本草圖 218
本草衍義 320

5033_6 忠
忠雅堂詩集 412
忠雅堂集 244

5060_1 書
書蔡傳附釋 373

5060_8 春
春秋緯史集傳 21

春秋胡傳申正 238、239、247
春秋繁露 266
春星草堂文集 263

5090_3 素
素問識 236
素問釋義 235

5090_6 東
東洲草堂詩鈔 404
東垣十書 323
東萊先生詩集 344

5090_9 泰
泰和宜山會語 242

5104_1 攝
攝生衆妙方 323

5114_6 蟫
蟫廬日記 260

5131_7 甎
甎屑録 178

5304_4 按
按摩十術(聞鐘山房集) 222、226

5310_2 盛
盛尚書愚齋存稿初刊 408

5523_2 農
農政全書 107

5560_6 曹
曹子建集 399
曹君直遺集 210、229、249
曹君直舍人殘稿 177

5602_7 揚
揚子法言 79

5701_2 抱
抱經堂藏書圖 217
抱朴子 94

5702_7 邦
邦畿水利集説 47、295

5708_1 擬
擬山園選集 204、215

5725_7 静
静齋至正直記 235

5803_1 撫
撫浙疏草、檄草、移牘 213

5811_2 蜕
蜕廬剩稿 415
蜕廬鐘韻 196
蜕庵詩集 349

6

6010_4 墨
墨子 96、310
墨子閒詁 230
墨香閣文集 262
墨蘭譜 396

6010_5 里
里堂家訓 264、393

6010_5 星
星匏館隨筆 263

6015_3 國
國語 291
國語補音 374
國朝浙人詩存 215
國朝杭郡詩續輯 402
國朝杭郡詩輯 244
國策 293

6021_2 四
四書考典 235
四當齋集 172

6033_0 思
思庵先生文粹 247
思玄堂詩 254、415
思益堂日札 92

6033_2 愚
愚齋函稿、牘稿 238、241
愚齋存稿初刊 170

6050_0 甲
甲午九月送毅白南歸 255

6050_4 畢
畢刻四種 280

6060_0 吕
吕涇野先生文集 352
吕晚村詩 251
吕氏家塾讀詩記 17
吕氏春秋 96、212、312

6060_4 圖
圖書季刊 211

6080_4 吴
吴詩集覽 213
吴伯宛先生遺墨 174
吴窓齋尺牘 219
吴窓齋與陳簠齋尺牘 218

吴窓齋篆文論語真蹟 22
吴江陸幹夫先生墓表 37
吴漁山蘭竹 113
吴興長橋沈氏家集 263(2)

6080_6 圓
圓庵集 245(2)

6090_6 景
景德傳燈録 204
景杜堂存草 216

6091_5 羅
羅昭諫江東集 136

6355_0 戰
戰國策 292、293
戰國策注(鮑氏) 34

6508_1 睫
睫巢集 152

6621_5 瞿
瞿忠宣公集 149

6624_8 嚴
嚴容孫傳 388

6701_2 晚
晚香室詞選 363

6702_0 明
明唐荆川先生年譜 39
明代通鑑長編 258
明清藏書家尺牘 396
明通鑑 33、211(3)
明太祖御製詩文集 263
明志閣電稿、文存、詩存、詞存 268
明志閣遺著 268
明朝宫詩 401
明史稿(王儼齋真蹟) 33
明史義例彙編 379

6708_2 吹
吹豳録 257、258
吹豳録(振綺堂本) 20

6782_7 郥
郥溪集 248

7

7021_5 雕
雕菰集 405

7028_2 陔
陔南池館遺集 253

7121_1 歷
歷代統系 36、235(2)、238

歷代官制考略 61

7126_9 曆
曆測 398

7171_1 匡
匡謬正俗 89

7171_7 甌
甌北詩鈔 242
甌北集 242

7210_0 劉
劉瑞臨先生文集 404
劉賓客集 130
劉賓客集、外集 333

7223_2 脈
脈經 123、218、317、318
脈學輯要 236

7421_4 陸
陸廉夫先生編年畫册 116
陸琰卓詩稿附詩餘 236
陸射山詩餘 236
陸士龍集 327

7529_6 陳
陳後山集 137、208
陳偉堂八言箋對 245
陳伯玉文集、附録 329
陳蘭甫尺牘(叔俛師友尺牘) 203

7622_7 陽
陽羨風土記補輯 380

7713_6 閩
閩中書畫録 39

7721_2 閱
閱史郄視 302

7722_0 周
周禮疑義 279
周易本義辨證 11
周益文忠公全集 313

7722_0 陶
陶淵明文集 327
陶勤肅奏稿 254
陶樓存稿 256

7724_7 殷
殷强齋先生文集 243

7740_1 聞
聞塵偶記 104、236(2)

7740_7 學
學庸通義 211
學林 313

7744_0　丹
丹鉛綜録　314

7748_2　闕
闕文　400

7771_7　巴
巴黎敦煌殘卷敘録　227

7772_7　鷗
鷗巢閒筆　248

7778_2　歐
歐陽文忠公全集　343

7810_2　鹽
鹽鐵論　79

7834_1　駢
駢體文鈔　185、187

7876_6　臨
臨安旬制記　248

8

8000_0　八
八瓊室文稿　160
八瓊室金石補正　250

8000_0　人
人境廬詩草　169

8010_4　全
全唐詩抄　228
全上古三代文　233(3)、234、235(2)
全上古三代秦漢三國六朝文　184
全浙詩話刊誤　248
全氏七校水經　216

8010_9　金
金文靖公集　245
金文通公集　149
金石萃編補正　301
金仍珠家傳　268
金奩集　400

8020_7　今
今體詩鈔　240

8022_0　介
介存齋詩　252

8022_1　俞
俞雪岑詩稿　264

8022_7　分
分類補注李太白集　330

8033_3　慈

慈雲樓藏書志 299
慈湖遺書 139

8060_2 含
含嘉室文存 212

8060_6 曾
曾忠襄集 216

8073_2 養
養生月覽 397
養生類纂 396
養知書屋圖 121

8315_0 鐵
鐵琴銅劍樓藏書目録 70
鐵橋漫稿 160

8315_3 錢
錢牧齋尺牘 241

8712_0 鈞
鈞磯詩集 141、346

8732_7 鄦
鄦盦文稿 212

8732_7 �
�痛記 215、380

8782_7 鄭
鄭志 287

8810_8 笠
笠澤叢書、補遺 134、332

8822_7 笏
笏庵詩稿 164、245(2)

8822_7 簡
簡松草堂文稿 158

8824_3 符
符藥林手稿 247

8826_1 簷
簷曝雜記 244

8854_1 籜
籜石齋詩集 227

8862_7 笥
笥河文集 243

8872_7 節
節甫老人雜著 407

8877_7 管
管子 238、239(2)、247
管子校本 95

8879_4 餘

餘冬璅録 239

9

9000_0 小
小謨觴館詩文集 234
小謨觴館詩集注 160
小爾雅義證 259
小西腴山房集 260
小學盦遺稿 401

9021_2 光
光緒杭州府志稿 60
光緒甲午科浙江同門齒録 250

9022_7 尚
尚書古文疏證 14

9050_0 半
半櫻詞 181

9071_2 卷
卷盦捐書目録 393

9101_6 恒
恒言廣證 23

9182_7 炳
炳燭齋集 354

9188_6 類
類編草堂詩餘 195

9206_4 恬
恬養齋文集 406
恬養齋文鈔 162

9280_0 剡
剡溪詩話 364

9406_1 惜
惜蛾草 214

9502_7 情
情種 241

9508_0 快
快閣叢書 238

9601_3 愧
愧郯録 98

9805_7 悔
悔過齋集 254

9960_6 營
營造彙刊 267